九歌一〇五年——小說選

主編 李瑞騰、莊宜文

九歌一〇五年小說選
年度小說獎得主

楊　照

〈一九八一光陰賊〉

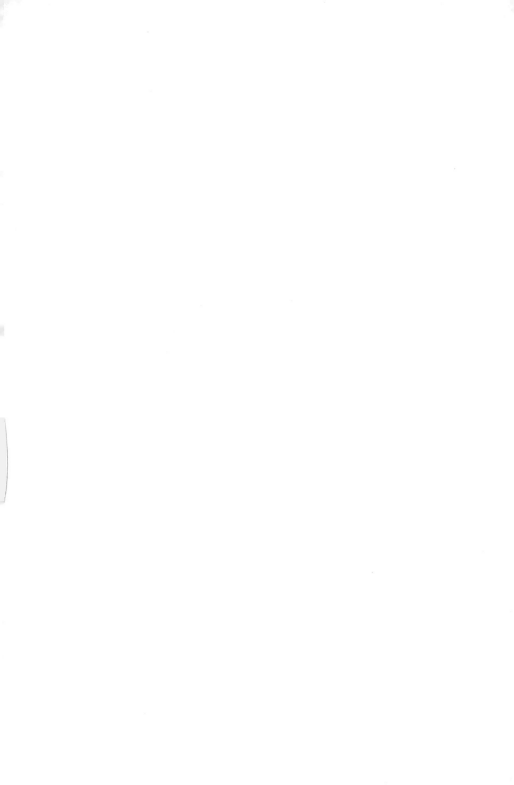

得獎感言

楊照

我一直尋找著，小說寫作在個人與公共領域上的意義平衡。有一段時間，自我堅持唯有面向社會、碰觸公共議題的題材才值得書寫；又有一段時間，我幾乎徹底遺忘了讀者，單純為了自己心中的記憶、情感與藝術的滿足而寫。

〈一九八一光陰賊〉是在後面一種強烈心境中完成的，那是極度私我私密對於過往時代的探索與記錄。寫完之後，我一點都不覺得自己完成了一部小說，毋寧比較接近像是勇敢地走了一趟意識與愛情的迷宮，不可思議地得以全身而退。

我不知道這樣的文字，會有怎樣的讀者、被如何閱讀。只是在決定開始發表「百年荒蕪」系列小說時，任性、衝動地想將這作品，以及作品中的幽微難測釋放出去，回到產生這些經驗的台灣社會中。

沒想到，竟然還真能找到願意理解、願意被這份幽微難測感動的少數讀者，讓我心存感激。深切地感激。

目錄

《九歌一〇五年小說選》編序一

編一本好看的年度小說選

——李瑞騰

上個世紀的八十年代，我應邀編過年度詩選，但一直到現在，我始終沒有機會參與年度小說選這持續經年的人文建設工程，常以為憾；所以當九歌出版社陳素芳總編輯找我的時候，我當下便答應了，心想既可彌補多年的遺憾，又可藉機好好讀一些最新的小說。那時我正在休假，於是做了一些規畫，實際作業程序也都想好，就只等行動了。

沒想到，沒多久我就銷假回校，承乏文學院務，打亂了我所有的計畫，本想向九歌請辭，但那不是我的行事作風，最後在九歌同意下，我邀請我的同事莊宜文老師一起合編。

宜文是我的學生，她曾將兩大報的小說獎放進一九七〇年代以降的小說發展史去考察，也曾探討過民國張（愛玲）派小說，最近幾年則致力於研究小說文本如何改編成電影或其他戲劇形式；她熟悉文壇生態，在學校也教小說，有她一起工作，編選的事肯定沒問題。

我們首先面對取材問題。如所周知，時至今日，新興網路媒體已日漸取代紙本印刷傳媒，過去整個二十世紀以報紙副刊和文藝雜誌為傳播場域的生產及流通方式，已經起了很大的變化，因電腦和手機等３Ｃ產品已進入我們日常生活的最核心地帶，可以說人人皆有屬於自己的傳播媒介，許多小說已不再經大眾傳媒「發表」而直接「出版」成書，各種大大小小的文學獎已成為另類發表空間，但我們不能放棄傳統文藝傳媒，因此要多方尋找小說，包括流通不多的文學獎得獎作品集和浩瀚書海中的小說集。在這方面，九歌編輯部提供了很多協助。

宜文花了很多時間細讀小說，她初步挑選出來的作品，我們逐篇討論，希望能為讀者編成一本好看而有意義的年度小說選。

入選各篇小說的內容旨趣，宜文在序二〈魔法森林〉中有精采的詮解，我不再贅述，謹針對年度小說獎和長篇小說存目略作說明：

關於年度小說獎，我們決定贈予楊照。楊照是全方位的文化人，做他所能做對社會有益的事，包括寫作、民間講學等；而作為一位寫作者，他寫詩、散文、小說、文學和文化評論，也編過劇本。去年，他出版「百年荒蕪系列」之前二部：《一九八一光陰賊》、《遲緩的陽光》，他計畫寫一百篇「年分小說」（一九〇一至二〇〇〇），呈現二十世紀一百年的台灣面貌。我們深受他的宏願所感動。

在文學不景氣的年代，台灣有許多作家以寫長篇小說來自我挑戰，是一件令人欣慰的事。我想，長篇小說不應在年度小說選中缺席，原計畫精選二到三部，提要且作節錄，但做起來不是很容易，最後決定放棄。不過，我還是把我們初選的長篇存目在此，以供讀者參考，並以備忘。

陳耀昌《傀儡花》：印刻，一月

邱致清《水神》：麥田，一月

吳鈞堯《孿生》：遠景，三月

李金蓮《浮水錄》：聯經，三月

阮慶岳《黃昏的故鄉》：麥田，四月

林克明《天涯海角熱蘭遮》：印刻，四月

施叔青《度越》：聯經，五月

馬家輝《龍頭鳳尾》：新經典，六月
成英姝《寂光與烈焰》：印刻，六月
王文興《剪異史》：洪範，八月
劉梓潔《真的》：皇冠，八月
葉姿麟《雙城愛與死》：時報，九月
朱和之《樂土》：聯經，十二月

《九歌一〇五年小說選》編序二

魔法森林

——莊宜文

作為年度小說選的編者應是幸福的，雖然泅泳在排山倒海的小說潮裡，不免感到與時間競逐的氣壓。但翻閱各種報刊書籍時，得以看到小說最初發表的姿態，佳作會像寶石般閃爍幽光攫住目光，留下作家在特定時空的思維線索，有時它們還在不同角落暗暗聲氣相投。

李瑞騰老師讓我分擔這份重責大任，我們因而互相分享讀到的精采小說，在說故事的時候，常試圖引起對方的好奇和會心，有時候卻產生困惑，比如兩三篇最新世代作家作品，讓我這中年人看得霧茫茫難以捉摸，險險放棄，經心理年齡更年輕的老師加持選入，接下來我的工作就是得試圖努力破譯了，反覆閱讀之後，竟迸發共鳴而感到興味。不同的文學觀點和趣味，讓更多元風格的作品納入了小說選，甚至對這十四篇小說產生別樣的感情，與它們有了生命中的某些交會。

於今歸納本書作家世代，有著傳承的意義：二年級資深作家黃春明筆耕不輟，對人文關懷恆常；五年級中生代江文瑜、楊照、蔡素芬、章緣、黃錦樹、賴香吟，文風鮮明技巧純熟。超過三分之一的篇章，讓新人登上年度小說選舞台，六年級謝明憲作品題材特殊，七年級後段的謝凱特、林育德、林新惠，以及八年級的聶宏光、鍾旻瑞、張台澤，部分仍在學已獲重要文學獎，他們少有包袱窠臼，多充滿天馬行空的想像力，令人驚嘆，讓我們看見點點繁星在文學夜空中閃爍。

●

一篇好小說大體上是生活經驗和想像力的巧妙融合，營造出引人入勝的迷人氛圍，展現了作者對人生的觀察和體悟，每一篇小說都組成了一個迷人的世界，帶領讀者進入一座魔法森林。一〇五年度入選的小說題材和風格多樣，多充滿生命的實感和力度，涵括親情、情愛、都市、鄉土、兒童和少年成長等議題，最大宗的仍是以親情為題材。

黃錦樹再次以短小精悍的〈樹頂〉入選，小說選自一〇五年出版的力作《雨》，先前未曾發表於報刊。黃錦樹獲一〇三年度小說獎時曾比喻：「作品未定稿前，它會躁動不安，少了幾句話，漏了一些小細節，都會讓它呻吟不已。」然而〈樹頂〉面世後未就此棲息，滿溢著躁動賁張卻壓抑的生命力，牽引讀者跌入深邃的雨林。小說以馬華男孩辛的主觀視角，細膩刻畫父親在大雨之夜離去之後，家人尋覓的經過，父親的古船下落詭異，帶來不安疑惑。期間母親和周圍男性互動時細微的情緒變化，以及妹妹對生命中外來者的直覺反應，都描寫得直觀而敏銳。河域和林間充斥各種魚類昆蟲，交織出神祕的南洋氣息和陰鬱又詩意的氛圍，且透過華裔和馬來人的對話，呈現不同種族語言文化的差異，最終以戲劇性的轉折戛然而止。

章緣〈善後〉則描寫上海城市中母女姊妹的互動，失智親長安養衍生的家庭問題，是近年棘手的現實社會議題。小說以倒敘方式，在中秋節前回憶母親節前夕發生的變故。旅居上海的作者將部分上海方言入文，將療養院描寫得生動寫實，手足關係處理得幽微細膩。友蘭和友竹這對中年姊妹，個性一冷一熱，處事一緩一急，生活重心天差地遠，長久以來既對比又互補，潛藏緊張的角力和依附關係。小說呈現命運禍福難料，人生如戲的無奈蒼涼，許多細瑣的鋪敘蘊藏深意，末段童語對比於悽慘的現實人生，令人動容不忍。

獲教育部文藝獎學生組小說優選的聶宏光〈黑雲〉，適巧也描寫父親缺席的家庭。敘述者「我」以冷靜筆調進行具象描述，從童年到少年觀察母親行徑愈趨激狂。歇斯底里且偏執決絕的母親，蘊藏神祕不可解的情感，充滿暴力毀滅的傾向，對生命中陸續出現的女性密友、情人和街狗，態度皆激烈瘋狂，且對孩子行蹤多加控制。全文籠罩陰鷙的氣壓，襯以風格化的筆調，有如孟克（Edvard Munch）陰鬱癲狂的畫作。

林新惠〈虛掩〉則以父女關係為主軸，運用精準流利的文字描述喪親，獲林榮三文學獎。現代禮儀公司透過手機軟體指導客戶進行儀式步驟，在七七之後卻讓家屬格外失落，新鰥的先生藉由逛販賣夢想的家飾賣場，逐一採購家具填補家庭不完整的缺憾。面對中性化打扮如T，心思細膩且患嚴重經痛，青春期之後即因生理變化產生微妙距離感的女兒，父親默默觀察卻難以主動表達關心，同住一屋簷下各自承受傷痛和孤寂。女主人獨居臥室的門鎖之謎，牽繫了父女共同的思念，小說終句「妻子回來了」，指涉逝者的愛和親人的思念，帶來恆久的精神撫慰。巧合的是，小說最後燉雞湯的情節也和〈黑雲〉一般，成為不知如何面對至親脆弱之際，表達關心和撫慰的方式。作者於得獎感言中自述飽受生理痛楚，小說透過客觀形體、聲音、氣息的細緻描繪，將生理的痛感形容得非常貼切，也與喪親的心靈之痛和空虛相應。林新惠於同年度發表的另篇小說〈剝〉，題材也頗為新穎奇特。

林育德〈阿嬤的綠寶石〉以對朋友說故事般輕鬆詼諧的口吻，娓娓道來「我」因父親為船員，母親離家，和阿嬤相依為命，耳濡目染下著迷於看日本摔角比賽電視節目的祖孫之情，獲台北文學獎小說組首獎。以摔角為題材的小說前此罕見，作者一〇五年出版的系列小說《擂台旁邊》異軍突起。〈阿嬤的綠寶石〉詳述幾樁職業摔角選手死於擂台上的真實事件，和日、美摔角的異同，讓影像與生活，比賽與人生交互輝映。通曉日語的阿嬤，和孫子以台語對話，面對台上台下的真假虛實，一貫維持不驚不動的淡定態度，回應看似簡單實則充滿智慧的言語。「綠寶石」已非特定的摔角招式，而是一種通達的人生哲學。

壓抑的情愛永遠是小說迷人的元素，江文瑜和賴香吟不約而同將其置於日本特殊的文化時空，陰柔細緻的文風中流動浪漫淒美的氣息。江文瑜身為學者兼作家，小說卻毫無學院氣，洋溢著奔放不羈又節制有度的藝術性，早期詩作即展現對肉身的關注。〈和服肉身〉中的林竹芙從台北到京都，穿上日本和服學習傳統舞蹈，在擔任畫室人體模特兒時認識了長者吉田，熟悉的氣息讓她想起也說日語的阿公，吉田和竹芙各因時代政治和個人感情自我放逐，經歷不同的文化衝擊和認同。期間竹芙體驗身體感官的細微變化，以及情欲湧動的力量，並感應人際間微妙的電流。小說彌漫令人著迷的氛圍，文字彷彿散發誘人香氣，透過和服上蝴蝶和黑面琵鷺等的意象，抵達角色的心靈樣態，言猶未盡的結尾誘引讀者浮想翩躚。

賴香吟〈時手紙〉秉持了沉靜淡遠的散文化風格，或也融入作家旅日和文學館工作的部分經歷。小說以日本蒲郡市「海邊的文學紀念館」為真實背景，藉由一封館員寫給失聯多時、情感微妙的文學前輩的書信，訴說了對文學和人生的思考。紀念館中「時手紙」的服務取自時空膠囊的概念，訪客可指定未來日期寄給特定對象，館員也因此介入許多人的故事。一位從事物理學研究的外籍中年男子，欲讓館方保留一封繁體中文信，牽引出一段逃避多年的戀情，也分享了對時空概念的思考，因而牽動館員對自身多年來逃避創作與情感的反思，陌生人的交會對生命造成某種程度的影響和轉變，淡淡的筆調流露淒哀之感。其中一針見血地點出創作的核心特質：「寫作經常是件與人生等價交換的事」，「當善與美有所衝突，藝術似乎不惜選取惡來接近美」，也適用於詮釋本年度小說選中大半作品。

●

獲鍾肇政文學獎首獎的謝明憲〈喊暝〉，題材十分罕見，求神問事的民間習俗歷來已久，但少見小說描寫。文元童年時經常在睡眠中驚醒，噩夢連連，母親帶他四處求醫不得其解，後多方求神問卜，歷經波折。小說今昔交錯，過去式段落為全知觀點，運用了許多台語對話，現在式則以限制觀點進行回憶思索，兩者穿插流暢。求神過程富於戲劇張力，氣氛營造生動，儀式細節如在眼前，結尾爽快俐落。

鄉土小說題材可見突破，晚近都市小說描繪現代人的處境則更顯虛無寂寥。都市有如讓人重心失落，空幻又捉不著邊的紗網。蔡素芬早期以鄉土小說揚名，對都市女性處境的描寫亦極為貼合。〈紗層裡還有紗層〉收錄於《別著花的流淚的大象》，和另篇〈瓶蓋裡還有瓶蓋〉互文相涉。描述年逾四十歲的資深裁縫師，因年約三十歲散發青春自信的女客光臨，暫離終日窩居的裁縫店，步入亮晃晃的百貨公司和婚紗店，引動一連串對青春和夢想流逝的驚覺及感嘆。二十年來她成就客人追求的理想形象，卻落得孑然一身，最終在無限失落中，蜷入作繭自縛的淒哀姿態。小說中女性對完美衣飾的追逐，正是對現實中不完美的人生和愛情的補償與投射，在今昔對照、人我疊映間，刻畫了都會女性的蒼涼身影。

謝凱特〈表面功夫〉捕捉了都會裡的浮花浪蕊，將妓女、盲人按摩師、整形醫師、健身教練的生活巧妙串連。身體是靈魂的載體，卻也可能是空洞的符碼，無論是性交易、舒緩疲勞、塑造曲線，他們的職業都需與客人身體接觸，也易於穿透表面探觸內在狀態，照見可視中的不可視。作者對按摩和體感有著精確體會，對同志圈進行深入觀察。小說將生活片段組合，對人物內心雖未多深入探勘，情節貫穿卻顯流暢滑順，展示大眾小說練達的敘事模式。

兩位八年級生鍾旻瑞、張台澤的小說充滿異想。鍾旻瑞一〇五年在報刊發表數篇小說，思維特異、風格飄渺，本書收入了最玄奇的〈練習〉。第一人稱「我」著迷於素描，將室友作為生動的素材，創作的靈活精進竟與被描繪者生命力的削弱萎頓成正比，走向超現實的發展，留下滿室畫作，素描者最後滿足地鑽進室友的被窩，有如一則創作吞噬現實人生的寓言，又似微妙情愫占據侵蝕對方的隱喻。鍾旻瑞另兩篇小說〈觀看流星的正確方式〉、〈煙火〉，分別以同性戀和異國戀為題材，情侶都無法理解彼此的心理狀態，對方也都選擇默默消失在「我」的生命中，呈現人際間難以跨越的疏離隔閡。

未滿二十歲的年輕作者張台澤〈人們說石頭早上就在那裡〉，獲《幼獅文藝》「類型文學．小說獎」。描述城市上空突然出現巨石，人們在不同時間目睹或感知其存在，都市人初始以為是行銷手法或「政府的玩意」，觀察石頭成了狂熱的全民活動，政府暗中執行探勘任務卻未能達成目標，遭人民抗議「隱瞞實情」、「違反正當程序」，引起群眾暴動，人們在縝密計畫下迅捷攻破數個大樓樓頂拉開繩索。小說對實踐理想的無名先行者加以歌頌，對政府和民眾關係的轉變寄予期待。作者在得獎感言中訴說受馬格利特（René Magritte）。畫作「庇里牛斯山的城堡」影響，小說宛如一幅混融現實與夢境的畫作，石頭蘊含抽象的寓意，代表希望且促成了改變。超現實題材似含藏對現實的反思，更充滿超越時空的哲學性思辯。

●

近年奮力對抗病魔的資深作家黃春明，大病初癒後即接連發表數篇小說。〈尋找鷹頭貓的小孩〉充滿童心異想，和四十年前發表的散文〈屋頂上的蕃茄樹〉部分題材近似，延續對孩童教育的關懷。孩童天馬行空的想像，遭師長怒斥或訕笑，扼殺了創造力，也斲傷了自尊心，反襯成人世界充滿了規範和限囿。父母和老師都困在僵化的思維模式中，唯有老牧師從宗教角度，認為上帝發明萬物，許多生靈或仍不為人知，宜保持謙沖開放的心胸。夢境中叢林老人有著自然寬厚的胸懷和環保意識，意旨遙深，小說勾起讀者對童年經驗的記憶。

年度小說獎得主為楊照中篇小說《一九八一光陰賊》。十年前，楊照即開始創作「百年荒蕪」系列小說，欲以百篇小說橫跨二十世紀，擷取各個年度的光影片斷，構築百年歷史滄桑。楊照或許有著冷熱極端的體質，曾在隔著距離的冷觀和迫切欲改變現實間長期拉鋸，應足以令一位中年以後的知識分子疲乏慵懶，他藉由持續的寫作召喚青春理想，並帶來自我救贖。此書為其百年小說出版的首部，以一九八一作為百年小說的關鍵時間，因其時作者未滿十八歲，青澀的經歷卻形塑了對文學和對世界的認知，並醞釀了其後創作的動力。

小說的骨架令讀者好生眼熟，散文集中《迷路的詩》、《尋路青春》中，曾多次複述高中校刊社的風雲人物李明駿，與負責主編《北市青年》的M之間的情誼，M大他十一歲，將在兩百天後追隨已赴美的新婚丈夫。他常到M的辦公室暢談文藝和人生，親訪M的故鄉嘉義。M在離台的前一晚，邀他到家中聊到深夜，離去時他在闃黑小巷間迷路，想到次日再也無法告訴她這一切，悲痛難抑。這樣的分別情境，早先在小說《往事追憶錄》中表姊結婚前夜閃現，謎中原有暗鎖。《一九八一光陰賊》在此骨架上大肆鋪排情欲糾葛，第一人稱「我」背向聯考壓力，和原稱林姊的M展開一場場在家中的隱密偷情和身體探索，那其實附加了成人經驗與中年後的想像，帶著些許戲謔和誇張的表現，因而和前此抒情散文劃開明確區隔，也由此延宕了倒數計時的光陰流逝，留存介於真實／虛構間永遠的青春記憶。男女主角透過漫長的聊天交換記憶，類如楊照〈一九九〇〉中林隆山和愫細（與張愛玲小說女主角同名）產生的同情共感，也是親情匱乏的代償。

此書結合愛情、親情、少年成長等議題，捕捉了具體可感的時代氣息。M的母親和男主角的父母，都期待他們赴美發展，小說裡國語、台語、日語、英語交雜的詞彙，體現了複雜的時代背景，台北／嘉義／美國，這些地點各蘊含不同的文化意涵，主角的本省家庭背景也和韓的眷村環境形成對照。此書與其歸為歷史小說，不如納入少年成長小說，也可謂詩意小說，將詩偷渡入小說，且留有散文般細膩真實的質感。

●

本書選入的作品，包含各種家變樣貌、情欲姿態，都市小說與鄉土小說皆可見新進展，兒童議題和少年成長小說也引人入勝。此外，多篇作品皆觸及日本文化的影響，如江文瑜〈和服肉身〉、賴香吟〈時手紙〉、楊照《一九八一光陰賊》，以及謝凱特〈表面功夫〉和林育德〈阿嬤的綠寶石〉中的長輩等，都可見日本文化對台灣文化的浸染。數篇未入選的小說也令人難忘，限於篇幅只能割愛。在此特別感謝九歌素芳姊、佩錦的全力支持，和《文訊》封姊、穎萍的熱心協助，讓本書的編選工作進展順利。

前行作家的書寫，對後來讀者而言，就如同「時手紙」。有如迷宮般的小說世界，隨著角色們的淡入淡出，那些未完的故事和命運，總帶來無數的想像。親愛的讀者，現在請您進入這留存了一〇五年度時代氣息的魔法森林，在樹頂上、黑雲間，將會瞥見破繭的蝴蝶、珍希的鷹頭貓、閃耀的綠寶石和懸浮的灰色巨岩……相信總有些迷人的角色和意象，在腦海中盤旋不止，成為長久的懸念。

表面功夫

謝凱特

東華大學創作暨英語文學研究所畢，曾獲林榮三散文獎、小說獎，蘭陽文學獎，林語堂文學獎。現任報社編輯。在臉書寫字，把日子結晶。部落格「金星早晨」https://episode.cc/about/kite0506

小粉紅原本不叫小粉紅，叫阿彩。

一到台北，酒店老闆覺得俗，就連名字也改了。那天阿彩穿著細肩帶和短裙，張狂地露，像是過時的AV光碟封面，挑不起半點情欲，除了光滑肌膚也沒別優點可說，身上顏色都是熱帶魚般的妝點，上半身螢光綠下半身螢光黃，手腳指甲用紅橘黃三種指甲油輪流漆上，除不盡餘二的兩隻小指頭就紅橘、橘黃各半，別讓任何一個落單。走在酒店暗廊裡，她倒成了移動式的夜光照明設備。

她一走進老闆的大包廂，所有人都鄙夷著，不只膝蓋上有個膚色不勻的鬼臉，鼻子還塌扁扁的，大家都注意到那條彷彿被擀麵棍擀過的鼻梁。她本來還有點自信的，但一看到前方坐著的老闆、美女祕書、站著的小弟，六七個人板著同一種眼神看著她，她也只得低下頭來。

頭一低，臉就更扁了。

你啊，生得還不錯，就是俗了點，花點錢包裝一下就好了。你做過嗎？

阿彩點點頭。

老闆指指旁邊小弟，給個眼神。她不遲疑，走過來拉下小弟的拉鍊，小弟嚇了一跳趕緊推開拉回拉鍊。美女祕書笑了一下，給你吹免錢的還怕成這樣。

阿彩見多了但沒談過戀愛的她就這樣啃雞腿般吃了起來。老闆一樣咧著一邊嘴笑著看戲，沒幾分鐘小弟就不行了，阿彩脣上粉紅色的口紅被抹成一圈亂七八糟的塗鴉。老闆稱讚，好，真有種，邊笑邊說，衛生紙拿去拭一拭，還交代美女祕書帶阿彩去買衣理髮，把這一身俗氣的皮囊給褪了，省得讓都市裡的人看不起她。

從那天起，阿彩還有了新名字，小粉紅。

有新的名字挺好，她戴著角膜放大片看著鏡中的自己，摸著自己頭上直順順的棕色長髮，設計師不斷用雙手撫摸著，在鏡中人影翻找任何一枝分岔的髮尾再修剪。美女祕書在背後說，不用挑了很漂亮了，脫胎換骨了。你之前在哪裡做啊？

阿彩沒有答話。

她小學時是田徑隊的選手，撐竿跳時，她知道這個高度她過得去，真正撐起竿子時，身子輕飄飄的，拗背翻過橫桿，才發現自己跳得比想像還高，她做到了，身體落在軟墊上，同學歡呼著。

長年練田徑，不知怎麼著膝蓋上練出個「鬼臉」來。阿彩自覺沒有天分，基礎訓練別人練跑三十圈，她跑四十圈；別人跳幾下就休息，她可是跳了好幾次，休息時還拿著竿子拗來拗去，看竿子的彈性能讓她在什麼時候放手飛得比較高。這回又拿第一名了，同學都跑過來說，哇，這鬼臉真是鬼見愁。

不過是小時候的事，罷了。

她現在拿乳液抹，巴望著哪天這鬼臉會消掉；穿上長襪，大家都以為她是學生妹。客人調侃起來，欸你滿十八沒，還是學生吧，不要害我犯法啊。我是學生，滿十九了，怕什麼啦！要不要我拿身分證給你看？小粉紅拿出身分證，遮住名字和身分證字號，酒客酒女兩人搖搖晃晃算年紀，酒客才說真的十九啊，小心會衰喔，年齡逢九，要不要我幫你改改運啊。說完兩隻手就小腿伸了上來摸到膝蓋。

小粉紅沒推開，忍了一下。改什麼運啊，先加錢，你已經摸了喔。鈔票一張一張來。她現在是小粉紅，現在是台北人，本名什麼的遮起來，住址也遮起來，反正早就拆掉的房子，沒什麼留念的。

拆掉的紅磚厝是僅存的祖產，阿彩是被媽媽丟給外公的小孩，她只在小二過年時見過媽媽一次。那天一群大人裡唯獨一個穿得最妖豔的、身上縫滿亮片的那條豐腴的魚沒見過，大姨拉著阿彩到亮片魚前，推著阿彩說：叫媽媽啊。媽媽側臉抽著菸，吐著煙，阿彩什麼話不好說，偏要說：學校老師說抽菸不好，會得肺癌。

大姨好尷尬，媽媽轉頭終於正眼看她。

長輩都說她的鼻子像媽媽，一看才知道媽媽的鼻影怎樣都撐不起過塌的鼻梁，像用顏料把自己抹成白鼻心。她漠漠把菸丟掉，用高跟鞋踩熄，轉身離開。

升上國中沒過多久外公就中風，急得阿彩打電話找大小姨舅，他們不回來就算了，一回來就翻起舊帳打了起來，大舅一拳打昏小舅仍氣不過到處撒潑，歇斯底里地說：就你從小把他給寵壞了！

外公在床上嗯嗯啊啊的，誰都不知道他有什麼話說。

媽媽早就不見蹤影了，大姨說，沒有一個人聯絡得到她，她就像吐出來的煙，翳在阿彩眼前沒多久就消散了。

姨舅誰都不想答理外公，大姨是別人的媳婦，也不好回來照料。阿彩就學了附近的姊姊阿姨，站在路邊招攬客人起來。剛開始站時前輩們還碎念，好手好腳的怎麼不去工作，但附近是軍營，阿彩一站，所有阿兵哥都圍上來，看這榮景，就連前輩們也湊來撿嫩草吃，撈了一小筆，拿去簽彩。

阿彩在臥房裡接客，外頭陰暗的走道就躺著癱掉的外公。她有時疑心外公知不知道她在做什麼，每次替外公翻背，外公都瞪著眼看著她，她走掉的時候就開始喊：あや，あや。

她巴不得這些都毀掉。

外公過世後，房子拆了，跟著她的就是膝上的鬼臉和塌鼻梁。但她知道自己到底不一樣了，每接一次客人，仗著青春，她都能把這些男人男孩騎個半死，就像跑田徑那樣，竿子一撐，她知道自己能跳得更高。

有一朵花在她身體裡開得盛，是割掉那些殘枝敗葉之後才能開得更美的花。

但她到底介意著這些割不掉的。

日本客人最愛找她了，只因她從小就跟外公學了些日文，外公過世前還喃喃喊著あや。到現在日本客人喊她ピンク，有的喊ピンちゃん，酒水推送，喝多了還會忘記他們在叫誰，回過神來尷尬笑著回答叫我嗎？ごめんなさい趕緊陪罪，敬酒，喝了一大口，嘆一大口氣，只有她知道這口酒是為自己喝的。酒客手指逗弄著她的鼻梁，好像鋼琴按鍵啊真可愛，登登登，還調皮配音。小粉紅難得收起笑容，沒說什麼，藉故離開洗臉，在廁所裡望著鏡子裡那個不是自己的自己發呆。

就那裡，不漂亮。

她下班回家倒頭大睡，下午睡醒往按摩師十三號那跑。十三全身都按，邊按邊說小姐酒喝太多了，肩頸氣結多，肝腎都起火。他眼睛是盲了，但按穴位奇準，壓著肩膀就定了錨，循肉與肉間的凹槽往下找，肝俞膽俞脾俞胃俞三焦俞，一路壓下來只顯劇痛，小粉紅平日接什麼客人弄得多用力都不吭一聲，現在倒誠實地哇哇叫。壓到關元俞喊痠，硬得壓不下去，他一覺不對，七情鬱結，浸淫酒色，下焦鬱滯，他按小粉紅第二次就猜到了，只是閉口不提，提醒小粉紅，好好保重身體，青春是從內而外的。小粉紅覺得奇怪，十三不知怎麼身體練得結實非常，天天往健身房跑似的，加上他戴著大黑墨鏡撐在挺挺的鼻稜上，第一次看到他，還以為他是長得像韓星的接待打工小弟。

冷氣風扇上下擺動，呼呼吹著，風從她兩腿間空空地搧過，十三行雲流水地按完了，手指頭完全不在她身上多滯留半分鐘。

真可惜啊，他不是她酒店裡遇到的那些男人，她戴著放大片的眼睛看別人看得可清楚了。

你長得真好看。

十三只能訕訕笑著，你應該也長得很漂亮。

小粉紅嘆了一口氣起身，我這個鼻梁不好看，像喃喃自語又像說給他聽。十三也不是不熟的人，身體都摸透了，但還是有一層膜在他外頭。

儘管她不想只是剩下經脈和穴道，或者新生的妝容、新染的頭髮。

下次再來。

他接過小粉紅付的錢，聽見她走掉。手裡的觸感每次都有些奇怪，鈔票一張兩張變厚的差別他都摸得出來。玄關處他和他健身教練的相片不知道她看到了沒，他幾次把多出來的錢退回給小粉紅，小粉紅有時說沒啊我沒多給，有時說給你小費吧，被你按完我工作表現更好了。這句話聽在他心裡卡卡的。

電鈴響了，小儀來了，跟著他走進屋裡如入自家，找了浴室自己沖水。門外十三拿著毛巾，想了一下不叫他小儀，喊，李醫生，毛巾掛在門把上，敲敲門。知道了，門裡頭的小儀說。一團熱氣從他身後移到身前，蒸蒸的人味撲面，還穿進他的下襬，像是摸遍了還不夠似的緊揪著他不放。

那樣的感覺並不舒服，他和小儀最多只能是普通朋友，不能有別的。幾年前，小儀對他說：你長得很好看。還用手在他臉上摸著，額、鼻、下巴各三分之一，眉尾眼尾到嘴角連成一線，你看這比例多好。別人說還不信，一個整形科醫生都在他的臉上丈量了，數字和比例也變成甜言蜜語，說得他心癢癢的，他突然在曖昧的眼前看到一些清楚的形體：我長得很好看？

明眼人世界裡的鏡子，是這個意思嗎？

他不想再做了，當時他還是有老闆抽成的，話一出口，氣得老闆攆了他出去，不做全套哪賺得夠，你搞清楚你再紅也是混飯吃的，真以為自己金盆洗手就成了良家婦女嗎。但他才不管，錢攢得夠多自己開工作室，打著純按摩招牌，按出一票ＯＬ、酒店小姐，全是衝著他的長相而來。工作室名字仍用十三，一些舊時客人打電話找他，他通通委婉回絕掉，還在無名指上戴上戒指，幾個老客人看了就消遣，唉唷，你跟誰結婚啊？少來了。不然你幫我按按就好了，手勁習慣了，給別人按渾身不對勁。

說是這樣說，按到一半客人總會自己撲上來。戴了婚戒，到底也只有他一個人圈住自己。

他以為事情藏在這房裡沒人看得見，只有自己知道。體液都在地上化成了水，發出氣味。他輕輕用膠棉拖把將整個房都拖了一遍，越拖越覺得不乾淨，一定有哪裡漏了沒拖到。

他拿起電話長按1號鍵撥出去給小儀，沒接，猜在手術室。

不和小儀在一起的時候，他就只剩下自己，盤算著小儀的時間。當他按下手中女體時，小儀是否也正用刀劃開某個女人的腋下放進填充物，把胸部撐挺挺的，再稍加按摩調整。他想著就分了神，力道沒抓準，死命壓得ＯＬ簡直哭出來。他安撫著：你的脊椎歪了，這樣一調，氣血順了，身材自然就好。客人才耐著疼不說話。

有時他會在一片只有光與影的視野裡，想像自己正在撫摸的就是小儀的身體。他摸出小儀並沒有運動習慣，但手非常軟嫩。而他的手長了粗糙的繭，每次他都喜歡握著小儀的手，緊揪著像是怕他跑了似的，把繭按在小儀的掌心裡，嵌一個位置進去。常常，繭與肉摩擦的感覺才是真正讓他高潮的原因。結束後小儀總逕自走去浴室沖水，水聲一停，整個屋子就只聽見十三自己的呼吸聲。他瞎摸著櫃子，抽出其中一條毛巾，其他的塌了一地，掛在門把上，敲敲門說，毛巾在這裡。

知道了。

聽到聲音，他才稍微安定，轉身卻踢到剛剛散在地上的毛巾。

久了，他也不想要這種一回身，發現有東西散落一地的感覺。

小儀擦完身子穿上衣服，頭湊過來，要親吻他，他找了一下才找到小儀的脣，把小儀的手放在他自己的臉上，眼角有一點淚。

他決定不再用小儀的手感覺自己了。

他拄起杖，問了好幾個路人才到附近的健身房，櫃檯人員一看到他還以為是走錯了，問了幾次他要去哪，他都說我要加入會員，拿著信用卡就要刷。裡頭一串腳步聲踏近，問：怎麼了？

沒怎樣啦，只是在考慮要不要讓他跟課。

為什麼不要？

那你來帶，這學生給你。

好啊。教練的聲音聽起來就像在攝影棚內把窗簾拉起投射進來的假陽光，撲上柑苔香水味，我叫尚恩，以後由我來幫你安排課程。十三不理解為什麼健身中心的人都喜歡取一個聽起來不像名字的名字，每一次健身時，手裡握著杆開始臥推，左邊走過 Peter，右邊笑著的是 Sam，每個人說話都非常明亮，聽著這些不明所以的名字在腦海裡出現風光明媚的夏威夷畫報不禁要起疑自己在哪裡。

尚恩抓著十三的手肘，扳直。出力的時候，你要感覺自己的肌肉群有血液流過，緊繃，慢慢用力。
大概了解。
我示範給你看？
十三為難地笑了。我可以用摸的嗎？
他摸著他手臂二頭、三頭，被這樣鮮鮮的身體圖像霎然嚇了一跳，後來他每一次去健身時，都要尚恩示範給他「看」，上胸、下胸、上腹、下腹、側腹肌、大腿、小腿、肩膀，他可以感覺得到每一條肌肉都有日積月累鍛鍊篆刻下來的紋路，血液在脈搏跳動之間從心臟往肌肉送，他用指甲輕輕刮著尚恩的皮膚，細小的纖毛就像山丘上的小草，骨和肉間的連接處就像山脈的轉向，直瀉下田字腹部，還有沖積的三角洲，深如海溝的陰部和大腿內側，這種深靛藍色讓他感到非常溫暖，像是可以讓人躲進去的祕密基地，恣意地撫摸。而尚恩一點也不反抗，神話雕像般定定站在那裡，施著力，讓血液充滿身體各處，擺出最好看的姿勢，讓十三觸看。
幾個月後，尚恩拉著十三要自拍，稱讚十三練得真好看，稱讚了半天才讓十三點頭答應。他志得意滿的把照片放上臉書，寫著，這是我最特別的學生，嘿，你看，上千人按了讚，一千零三十二個，一千零三十三個。
你朋友這麼多嗎？

四千多個，還有追蹤的人啦。

他帶著他收操，然後進了淋浴間，褪去衣服時，十三聞得到他身上的味道，水幕沖下，肉貼上來，他瞬間弄懂什麼。

那天離開前他從口袋拎出一張名片遞給尚恩，我是做按摩的，如果你有需要的話⋯⋯

十三？

那是以前的代號。

十三離開後，拿起手機長按1，一樣沒接，轉語音留言時，他對著沒人回應的電話說：你這禮拜還要來嗎？他沉默了好幾秒才又說，李醫生再見。背景車陣突然轟轟響起聲音，這裡是庸庸碌碌的街邊，他拄著杖，摸不清自己是站在騎樓還是柏油路，心空了一塊。一路磕撞撞走回自己的工作室，關上門，褪去自己的衣服，摸著身上剛剛尚恩幫他抹過乳液的每一塊肌肉。

他又開始接男客了，每一次都讓這些男人們對他讚嘆著，身材真好，長得又帥，八塊肌噎。他會記得這些話語，並讓他們摸遍他身體上充血的任一塊組織，直到他覺得自己像透了尚恩。有時他換了好幾種姿勢，只是想藉著另一個人的肉身知道身體最深處是什麼樣的地方，於是不停地挖掘，挖掘，那些客人們頻頻發出這種淫聲浪語，他只是聽，只是觸，像在夜裡挖著土，替自己挖一座舒適的墓。

他的世界到底都是黑夜，光在他心裡，只是個身影。

電話又響起，李醫生打來預約，十三推諉不掉，只好讓他又買走一段時間。李醫生按了門鈴進來，他用手指搓搓自己指節上的繭，厚了一些，還長出新的繭來，在大拇指尾端與小雞腿的交接處上，是拿久了健身器材磨出來的。每次他都會建議客人如果腸胃不舒服就按這，有的客人會用言語吃他豆腐說，腸胃不舒服你用那根幫我通一下就好了啊。

十三的工作室總是太過乾淨整齊，沉了薄荷加薰衣草的味道。小儀看見他和健身教練在健身房對著鏡子的合照，兩個人都身形一模一樣，只是十三稍瘦，教練練得久了壯了一些，他推推眼鏡，仔細看著兩個人的臉和身體。

長得越好看，越讓他惱怒。

他沖完身體後，拿著毛巾隨意擦著，看著十三就直接熊抱上去，十三硬冰冰站著不做任何回應，惹得小儀自己一古腦欲火自生自滅，在心裡燒成惱人的灰燼。

十三慢慢把他安放在床上，翻過身，順著他的背脊往下按，大椎，脊中，命門，小儀悶哼一聲。他問：昨夜又去哪了？

小儀不想說，昨夜去了三溫暖，烤箱裡他看著自己的肚子，再瞥瞥左右兩邊，如果不是練得磊磊結實，就是肉壯路線，每個人的身體都不斷出汗，水光在身上都起了膩膩的觸感——就算沒有真的摸到，也讓他底下勃然而起。

他常在那裡看著不一樣的身體，就端看誰和他對到眼了，來一場遊戲，但真正玩得起來的人不多，他每每照著鏡子就怨嘆自己不只身材不好，五官比例也亂七八糟，小眼淡眉，鼻子雖挺但有些朝天了，就像小孩子隨意選了繪本裡的圖案拿著魔鬼氈黏在他臉上。而他又挑剔，長得不夠好看的他也不想碰。於是他有時只在布簾後偷偷看著別人的過程，看著軀體像人體模型般翻摺、用力。胸肌邊緣連接側身的地方很難練出肌肉來的，再壯碩的人那裡都會透出肋骨的形狀，就像甲冑的邊緣有金屬橫條焊接之處。

他只有在那裡才能看到大量的男體。白天時，他的腦海裡全是女人的尺規，他不是不愛，只是每一具身體都是他以工匠之姿打造出來的。當客人上門滔滔不絕地說著自己眼睛太小，鼻子太塌，胸部太扁，臉頰太胖，說出千百種感人肺腑的故事但說來說去都把事情怪罪到自己身上，他寧願多花一點時間在自己辦公桌上用紙黏土捏出來的女泥人。

做出來一模一樣的樣子，問題就解決了嗎？他常常在心裡問。也是有一整再整，讓他困擾不已的顧客，不，病人，歇斯底里的整張臉換掉都不滿意的病人。

女泥人安靜不說話，被他捏成原始藝術，身形胖胖短短，眼袋飽滿的樣子，笑笑地坐在他的辦公桌上。

他現在就像他的女泥人，他是十三手中的泥人，被捏整出型來。他工作並不是太累，只是他貪看著十三的臉龐和身體，只要一通電話，十三不會拒絕他，他來，他要全套，他想略過所有前戲，只要緊緊箍抱住他，並要十三施虐般地讓他痛，他叫的樣子，沒有一個女人看過。

十三看不見他，如果看見了，十三會說什麼呢？應該很醜吧，他在心裡把自己貶得很低很低，但沒有人拉他一把。

但他著實懷念，十三會拿著他的手在他臉上撫摸的那些時刻：告訴我，我這裡長得好看嗎？有多好看？只說很好看是不夠的，他搬出醫學和美學綜合起來的數據，告訴十三，你活得很有價值。

十三的不安比他想像得還大，有時他接到電話不得不躲到陽台上說，一開始只是和十三談談小戀愛，久了他就得安撫十三的情緒，妻子打開陽台門問，你跟誰說話？他都要解釋喔是跟朋友啦，一個按摩師傅，男的，盲人，按得很棒。

十三聽到了。

妻子不疑有他，走回房裡一邊用尖尖的指甲摳腳皮，一邊看著政論節目，隔兩個禮拜睡前跟他說，噢我去找你的按摩師傅了，按得真好，而且他長得真好看，活脫脫韓劇裡跳出來的嘛。

你是怎麼找到他的？

看你的手機就知道了。

小儀不說話了，默默轉身過去假寐，撒氣地拉長音喊，關——燈——。

燈一關上，他的思緒拉到了十三的工作室裡，那裡比燈還亮。背後也是他的作品的妻，病人整成了太太，腦裡全是十三和妻子和他的畫面——就像他拿著手術刀抵著太太的眼皮，十三從背後抱住他，只消輕輕一動，太太一隻眼睛就會毀了。

我要走了。

去哪？

去哪你別管，你只是個按摩師。

小儀走出工作室，在三溫暖睡了一夜，沒人找他，他也不想找誰。妻子電話來了五六通、簡訊來了好幾封，他不接也不回，隔天他去上班，進了診間，他捏捏那女泥人，捏成大家都想要的樣子：纖瘦、瓜子臉、小而挺的鼻子、細長漂亮的眼睛，看著就是他太太的樣子。預約的顧客剛好走進診療間，玫瑰香水味馬上塞滿整個診療間，他抬頭一看她側面山根塌陷，鼻影畫得再深到底也只是平面的東西，她坐下來就不意外地說，要整鼻子。

小儀不是小儀了，拿起手術用的標記筆，在漂亮女孩的鼻梁上畫上虛線，我指給你看，把這邊隆起來，預想的效果大概會高個零點五公分，不能多，一多就會不自然，太高的鼻梁會讓臉上的陰影變多，反而不適合東方人圓潤的臉型，反而顯得苛刻。

李醫生，不能再高一點嗎？

現在隆鼻手術通常有兩種方式，注入填充物或是自體軟骨移植，注入填充物是最快的，馬上看得到效果，也不用復原期，但是過一陣子填充物會被吸收代謝，你又要重新打。自體軟骨移植是從你的身上拿軟骨，通常是耳朵，切一小塊，塞進想隆鼻的地方，一勞永逸。

軟骨移植有缺點嗎？

當然要麻醉，還要有復元期，如果你這當中有別的安排就算了，另外就是耳朵會少塊骨頭。你在乎嗎？

可以馬上幫我做嗎？

為什麼呢？本想問的問題，在小儀心裡壓了下來，不問，他想起還沒結婚時的妻子當初也問了同樣的問題，他追問原因，是妻子那時有個劈腿的男友總是嫌棄她的眼睛太小、腰圍太粗，她拚命減肥，看似少了一個受人指摘的缺點，男友又說：你鼻子太大了，每次接吻的時候都會撞到。

那時他才剛執業，聽到這些義無反顧地就幫忙整了，過幾天妻又回來說，我還要隆胸。

你沒有那麼差。這句話一說，妻從病人，變成他的妻。

而他只是一個長相醜陋的凡人，夜夜被妻子抱在懷裡睡，妻的胸部是平的，他有時都有那麼一點慶幸，平的。

幾個禮拜後，小粉紅推開工作室的門，看到十三就搬出酒店酬酢套語，抱歉啦最近真的很忙很忙，都沒來給你交關一下，如果你來我們店裡我一定招待你。

十三不說話，只是笑笑，開始按著，他的手一樣點到穴位深處就不沾了，小粉紅的關元俞越壓越緊，客人更多了吧，十三在心裡小聲嘆氣，但不再要小粉紅注意身體健康了，只是淡淡的問：問題解決了嗎？

小粉紅愣了半晌，腰脊被推得這麼痠痛的頓時什麼感覺都沒了，她趴在按摩床上，漂亮的長髮都垂了下來，她撩起頭髮，想到這張臉終於長成她要的樣子，又讓她變成酒店最貴的紅牌，每個男人都在她的粉紅色笑容和兩腿之間留下許多鈔票。她用這些錢替外公買了北海岸一塊風水寶地厚葬，請法師連續唱誦七天的經文，業者一路鞠躬叩首歡送她走，到底是出了一口氣。她按著自己耳朵上的缺塊，那種欣慰，不知道和誰說，擺在心裡發出酸甜的陳香。想到這裡，她倒是滴下一滴沒有聲音的眼淚，身體顫顫的。十三摸得出來，一樣收手不沾，風扇從她胯間吹過。

夜又是一個新的開始，她的瞳孔如此之深，沒有一個男人看穿。

她又留下了一疊鈔票給十三，穿起長筒襪，蓋住鬼臉膝蓋，她好久沒運動了，是不是該去跑步了，看見玄關檯上，十三和健身教練的合照，她不禁要想，十三看得見自己在照片的邊緣，被鏡頭切了一半嗎？

電話響起，十三接起來。
我是小儀。

本文獲二〇一六年第十八屆台北文學獎

尋找鷹頭貓的小孩

黃春明

一九三五年出生於宜蘭羅東，筆名春鈴、黃春鳴、春二蟲、黃回等。屏東師專畢業，曾任小學教師、記者、廣告企畫、導演等職。近年除仍專事寫作，更致力於歌仔戲及兒童劇的編導，此外亦陸續擔任過東華大學、成功大學、中央大學、政治大學及台東師範學院等大專院校駐校作家。曾獲吳三連文學獎、國家文藝獎、時報文學獎、東元獎及噶瑪蘭獎等。現為《九彎十八拐》雜誌發行人、黃大魚兒童劇團團長。

著有小說《看海的日子》、《兒子的大玩偶》、《莎喲娜啦·再見》、《放生》、《沒有時刻的月台》等；散文《等待一朵花的名字》、《九彎十八拐》、《大便老師》等書。

張震洲 攝影

1

小學三年級的黃小鳴，他是一個聰明的小孩，可是爸爸媽媽、學校的老師，他們都一致認為，小鳴聰明是聰明，可惜就是不專心。上課或是在家作功課時，常常發呆，不知道他心裡在想什麼？

那一天放學，他和鄰居的同學一道回家，路過一家寵物店，他一眼就被新來的客人，一隻貓頭鷹吸引住了。他佇足看得入神，要不是同學催他，他一定還會看下去。

他回到家放好書包，就坐在書桌前，拿出紙筆專注地畫起畫來。他倒不是要畫得像不像，計較畫得好不好，其實也不是學校的作業，他在畫他沒見過的，他只憑想像的對象。他是認真畫了幾樣，一邊盯著看，一邊在想。媽媽在廚房知道小孩回來了等了好一陣子，都沒看到小鳴來跟她打個招呼。媽媽叫了他，也沒得到回應，她管不了菜透不透，趕快把它撈起來盛在盤子之後，一邊叫孩子，一邊往他的書房。小鳴只顧看他畫的畫稿，他好像什麼都沒聽見。媽媽一走進房間：「小鳴，你耳朵聾了是不是？怎麼媽媽叫你，你都沒聽見？」

小鳴回頭看媽媽時，好像從很遠的地方回來似的神情。

「小鳴，你到底發生什麼事？怎麼老是心不在焉。」媽媽捧著他的下巴拉抬一下，看看他，小鳴有點不好意思地把臉別開，媽媽沒看出有什麼不對勁，心就安了。媽媽還看桌上的畫，小鳴以為媽會問他畫什麼？他想就可以借題發揮，問媽媽有關鷹頭貓的問題。結果小鳴猜錯了，媽媽什麼都沒問。小鳴在失望中，另外得到安慰，他告訴自己，如果媽媽問的話，她一定會說他又在胡思亂想，接著就是一連串的嘮嘮叨叨。

爸爸下班回來了，他把公事包放好，小鳴準備好找他問的時候，電話響了。靠近電話的小鳴，一拿起話筒就聽到爺爺在鄉下那一頭講話的聲音。順便跟爺爺打個招呼，爺爺卻高興得這通電話就像為了找小鳴打來的。小鳴知道，爺爺知道很多奇奇怪怪的東西和故事，他逮住了機會問爺爺說：

「阿公，你知道貓頭鷹的另外一半嗎？」

「貓頭鷹的另外一半？」爺爺以為他沒聽清楚，在稍作遲疑時，小鳴等不及地說，「就是老鷹的頭，接貓的身體的那一種鷹頭貓啊。」

「哎，哎，我被你這個傻孫子搞胡塗了，貓頭鷹就是貓頭鷹，哪還有什麼鷹鷹鷹，鷹鷹……」

「鷹——頭——貓——」小鳴一個字一個字地把它念得很清楚。

「哪有什麼鷹頭貓不鷹頭貓的怪東西。連戲裡面，故事裡面也沒看過聽過。」

「那又為什麼有貓頭鷹呢？」

「貓頭鷹就是貓頭鷹的蛋生出來的啊——！」爺爺有點不耐煩地說，「你媽媽說你愛黑白亂想，我現在才相信。自盤古開天到今天，都沒有這種貓頭，呵不，你說的那種怪東西，鷹頭貓。不管了，叫你爸爸聽電話。」

小鳴懊惱又無奈地把電話交給爸爸。他在旁等著，等爸爸說完電話之後，要來問爸爸，可是爸爸和爺爺好像在談有關房子買賣的事，談了好久不停，他只好到院子晃了一趟，等他回到屋子裡，看到爸爸忙著翻一些文件。

「小鳴，阿公說你問他什麼鷹頭貓的怪物。」

「嗯，爸爸，為什麼有貓頭鷹，沒有鷹頭貓？為什麼？」

「你怎麼會有這樣的問題？沒有的東西有什麼好問。媽媽叫吃飯了，走，去吃飯。」爸爸看到小鳴失望的樣子，「管他什麼貓頭……」話還沒說完，小鳴不高興地搶著說：

「我是說鷹頭貓——！」他加重語氣，說得就要哭起來。

「貓頭鷹就是貓頭鷹，哪有什麼鷹頭貓？你這孩子！」

「那又為什麼只有貓頭鷹，沒有鷹頭貓？」小鳴纏著問，爸爸撇開不理，低頭翻文件說：

「我忙，去問媽媽。」

媽媽正好來叫吃飯。

「媽，貓頭鷹是不是貓的頭，老鷹的身體？」

「對啊，所以才叫作貓頭鷹啊。怎麼樣？」

「那，那剩下來的老鷹的頭，還有貓的身體都到哪裡去了？」

「誰知道？」媽媽一邊擺碗筷，「快來吃飯，快來吃飯，菜都涼了，管他鷹頭貓。」

「我就是要知道嘛。」小鳴變成賭氣。

「嗨！我會被你這個黃小鳴逼瘋。你管他是貓頭鷹，鷹頭貓，這又不考試。你啊，要是讀書有這麼認真就好。不要亂想了，你回家的作業做了沒？來，先吃飯先吃飯……」

「人家就要問嘛！」小鳴忍不住哭起來了。

「自己愛亂想，想不通又要氣成這樣。你這孩子真好笑耶。」爸爸走過來摸一下小鳴的頭，小鳴把爸爸的手撥開，哭得很冤枉地說：「才不好笑——！」

2

第二天，小鳴上完第一節課，鷹頭貓在他的心裡頭，頻頻衝撞。他小心地走到吳老師跟前，怯怯地說：

「老師，我有一個不是功課的問題。」

「什麼不是功課的問題？問吧。」老師樂意地說。

「為什麼有貓頭鷹，那又為什麼沒有鷹頭貓呢？」小鳴話才問完，沒想到吳老師卻大驚小怪地叫起來，教室裡的同學都轉過頭來看他們。

「你說什麼？」停了一下，「有沒有鷹、頭、貓？」

小鳴嚇得看著老師點了一下頭。

老師有點不高興，他仍然把聲音提得很高，像向全班上課那樣說：

「絕了，絕了，鷹、頭、貓？天底下哪有鷹頭貓這種怪物？」他瞪著小鳴，「你啊！你又在胡思亂想了。上課不專心，滿腦子盡想些有的和沒有的。我當老師的，最傷腦筋的就是碰到你這種學生。你唐詩背了沒？」他看小鳴愣在那裡不知怎麼好。「去去去！等一下一上課，我要你頭一個起來背唐詩。知道嗎？去吧。」

多少會招到挨罵是事先料到的，但沒想到吳老師竟然誇大到這樣的地步，著實讓小鳴嚇到了。老師走了之後，小鳴悻然回到位子，乘上課鐘響之前，翻翻詩複習。

第二節課，吳老師一出現在教室門口，他就直盯著黃小鳴看。班長的口令讓大家向老師行完禮坐下後，老師就問大家：「唐詩都背了沒？」

「背了——。」上吳老師課，同學不敢不齊聲有精神回答；有時還讓同學們回答幾次，聲音大得天花板上的灰塵都飄下來。

「黃小鳴同學，請問〈春曉〉的作者是誰？」老師裝得斯文客氣地問。同學聽了，都偷偷笑起來。老師掃視了一圈把笑聲就掃乾淨了。

「孟浩然。」小鳴怕怕地回答。

「不是鷹頭貓嗎？」學生的笑塵又被掀開，連老師也禁不住笑了。「好吧，那就請你背〈春曉〉吧。」

小鳴難堪地站起來，兩眼斜望黑板上方的天花板，開始背起來了，就像走鋼繩那麼小心地背：

春眠不覺曉

處處聞啼鳥、聞啼鳥、聞啼鳥……

其實這幾首詩，小鳴在讀幼稚園的時候就會背了。爸爸媽媽常常要他在客人面前背給客人聽，好讓爸爸媽媽贏得面子。這早就可以背得滾瓜爛熟的詩，特別是〈春曉〉，一旦背詩是被拿來懲罰他時，背完頭兩句，腦子一下子就變成空白。他像跳針似的：聞啼鳥、聞啼鳥、聞啼鳥地跳個不停。

老師打趣地說：「怎麼了？背到聞啼鳥，你就想到很多鳥，想到貓頭鷹，想到鷹頭貓了是不是？」

同學們雖然沒弄清楚吳老師的話，什麼很多鳥了，貓頭鷹了，還有怪怪的什麼鷹頭貓的，大家還是覺得很好笑。小鳴只有低著頭，無意識地用力扯著褲子。

吳老師看同學笑得那麼開心，他就把上課前，小鳴問他的話說了出來。

「各位同學，你們說，有鷹頭貓這樣的動物嗎？聽好，是鷹頭貓喔。」老師話才說完，同學都笑著回答：「沒——有——。」然而在這齊聲回答的聲浪中，竟然漂浮出「有」字來。老師馬上板起面孔問：「誰？誰說有的？」他環視一下，「說有的同學把手舉起來。」

有一位坐在後頭靠窗的同學，慢慢把手舉起來。老師瞪他大聲地，「你看過？」

「我、我看過貓頭鷹。」這位同學害怕地說。

「看你這種學生，上課都不用心。老師剛剛問什麼？」

「鷹——頭——貓——。」大家齊聲笑著回答。

「聽清楚了嗎？貓頭鷹先生。」學生都笑起來，老師用手比著要大家安靜，又接著說：「我們在動物園、寵物店，還有鳥類圖鑑、影片都看過貓頭鷹，就是沒看過什麼鷹頭貓的這種怪物。說真的，吳老師當老師這麼多年了，連聽都沒聽過這種怪東西。算老師有耳福了，第一次聽到黃小鳴說什麼鷹頭貓的。老師應該向黃小鳴先生說謝謝才對。」老師自己笑了。

經過吳老師如此這般地調侃，小鳴的心情，一下子落寞得令人發寒。他略微看了一下同學，他們雖是笑臉回他，可是都帶著老師調侃他的意味，逼得他把頭重重地垂下來。他很想坐下來，他想只要他把〈春曉〉背完。沒想到這時候他記起來了。「處處聞啼鳥」，接下來，「夜來風雨聲，花落知多少？」可是他不想背下去，心裡一堅持，難過得淚水都流下來。

「有誰會背？」老師一問，很多同學舉手，同時叫著「我、我……」地搶著要背。

小鳴站在那裡，想起整個過程，心裡好懊惱，他搞不懂他到底犯了什麼錯？不能問有沒有鷹頭貓嗎？他在自己內心裡，很大聲地問了幾次，回答他的是流出更多的眼淚。

「有什麼好難過的，以後要多用功就對了。還有不要問一些有的和沒有的。知道嗎？坐下。」

老師叫小鳴坐下，他沒隨令即刻就坐下來。他站著不由自主地微微晃了晃身子，多站了二、三十秒，才聽自己的意思坐了下來了。

3

小鳴在他不是很清楚的意識中，不服大人他們對他的責備；說他胡思亂想，胡說八道，不專心用功等等，尤其是他想弄清楚，到底有沒有鷹頭貓，和有關的問題之後，也被老師看成怪物學生。尤其他不放棄對鷹頭貓的好奇，在走投無路的時候，竟有一點記憶，像一隻孤孤單單的小螢火蟲，在一片黑黑暗暗的腦海裡，閃著微弱的光，輕盈地飛著。他想起來了。

他幼稚園的時候，上過禮拜堂主日學的課，在那裡牧師告訴他們小朋友，說上帝是萬能的，上帝創造了萬物。這麼說，貓頭鷹也是上帝創造的，那麼另外一半老鷹的頭，和貓的身體呢？他一個人的時候，他想，他自己回答，可是問題還是沒有答案。不過經過這樣的追究思考，至少還有牧師可以問。他笑了。

事隔幾天，下課時間，他尿尿的時候，張西堂正好就在隔板的一邊；其實，這是小鳴想了幾天才這麼做的。西堂的爺爺就是當地長老教會的牧師，他們兩個以前上主日學也是同學。小鳴很想透過西堂找牧師問鷹頭貓的事。

「西堂，我可不可以去找你爺爺？」

「去找他做什麼？」

「問他有沒有鷹頭貓的事。」

西堂一聽是要問有關鷹頭貓，馬上笑起來說：「不要了。我爺爺一定會笑你。」

小鳴本來就不敢抱著太大的希望，只是抱一線希望找機會試試。西堂的回答並沒傷害他，不過在腦海中閃爍著的螢火蟲不見了。小鳴看到西堂小完便還笑著。他怕他回教室說給其他同學知道。小鳴求他不教其他同學知道，他想找張牧師的事。

事隔一個禮拜，早自修的時間，西堂一進教室就往小鳴的位子看。小鳴還沒來，臉上愉快的笑容也不見了。才坐下來整理書的時候，看見小鳴踏進教室，西堂馬上笑臉迎他，叫了一聲小鳴。小鳴暗示他到外頭，他退到教室門外，西堂很快地跟上，靠近時小聲地說：「小鳴，我爺爺說放學以後，我們一起到教堂去找他。」

「你問你爺爺了？」

「我昨天才跟他說你要問鷹頭貓的事。」

「他沒說我什麼嗎？」

「他說你很有意思，他還笑哪。」

西堂像是帶來了火引，點著亮了小鳴多日來不愉快的心，難得露出笑臉來，連吳老師也注意到了。上國語課時，吳老師還不忘虧小鳴一下：「鷹頭貓。」

小鳴望著老師，一臉茫然。

「叫你啊，你還裝蒜。」全班的同學都笑了，小鳴也笑了。「找到鷹頭貓了？」老師看小鳴處之泰然的樣子，好像也知道演不下去了。「上課囉！」看大家收了笑臉，「打開第九課……」

小鳴終於等到放學，要西堂帶路去見張牧師。他們穿過兩條小巷子抄近路，出了巷口拐個彎，沿著一排開粉紫色花的水錦走的時候，遠遠就看到教堂尖頂上的十字架，最後再轉個彎就看到教堂的正面，同時還看到西堂的爺爺，他雙手背在後頭，低頭在門口踱步。小鳴又高興又緊張。「西堂，你爺爺在等我們了。快，我們用跑的。」

「慢慢走，不要跑，小心跌倒。」老人家雙手平抬，上下擺動，要小孩走慢一點，小孩還是喘吁吁地跑上台階。西堂喘著氣說：「我叫小鳴不要跑，他都不聽。」

「沒跌倒就好。來，我們到裡面吃綠豆湯。」

他們走進教堂後面的小辦公室，老牧師早就準備好吃的東西招待。這對小鳴來說，受到大人，尤其是在地方上很有名的張牧師，這樣客氣的迎接他，令他顯得十分不自在。張爺爺替他們添好綠豆湯，「不要客氣，吃完了再添。來，小心燙到。」老人家的溫和客氣，讓小鳴不知不覺地放鬆不少。並且話都由牧師帶，他從一般無關緊要的瑣碎漫聊，然而小鳴卻急著想聽聽，有關鷹頭貓的事。張牧師也沒讓小鳴等太久，他終於要踏入正題：

「小鳴你平常對什麼事情有興趣？」小鳴被這麼一問卻答不出話來。「比如說，你最近除了功課以外，你都在做什麼？」他還是覺得不知怎麼回答好。「西堂說，你很想知道，到底有沒有鷹頭貓是不是？」小鳴的心跳了一下：

「張爺爺張牧師，有沒有鷹頭貓這樣的動物？有沒有？」

「有沒有鷹頭貓？我不知道。我長這麼大把年紀了，我連聽都沒聽過，何況是看過，但是我不能說我沒看過，就說沒有那種東西。」聽到這麼說，小鳴的心開始開朗起來。「世界上沒有一個人，敢說他什麼都看過。所以他，還有我們沒看過的任何東西，人家問起來了，我們就說沒有。那是不對的。你問我有沒有鷹頭貓？我剛才說了，我連聽都沒聽說過，我就憑我自己的經驗，說沒有鷹頭貓。不能，我不能這麼說。」老人家好像把一直堵住小鳴想通往而打不開的門打開了。小鳴高興得搶話說：

「但是，但是上帝都看得到啊！」老牧師點頭笑著等小鳴說下去。「張牧師，你以前就告訴我們小朋友，說上帝是萬能的，祂創造了萬物……」這時西堂插嘴，「阿公……」但是被老人家阻止了。「讓你的同學說完。好，再講。」

「所有的萬物都是上帝做的，難道上帝都不會弄錯嗎？」

「上帝怎麼會弄錯？那就不能叫作萬能的上帝了。」

「阿門。」牧師雙手合十說了一句阿門。很高興西堂好像插嘴要解救阿公。「對啊，上帝是不會弄錯什麼事的。你能不能舉例子，在你知道的東西中，是上帝弄錯的？不用怕，我們是在討論，你說說。」

「那那，那像是貓頭鷹啊。貓頭鷹是貓的頭，老鷹的身體拼起來的，那是不是上帝拼東西的時候拿錯了，把貓的頭拼到老鷹的身上了？還有剩下來老鷹的頭和貓的身體都到哪裡去了？」

老牧師感到小鳴既聰明又可愛，他深深吸了一口氣說：「上帝做的東西沒有對和不對的。上帝是創造萬物的生命。是萬物的生命。知道？」小孩顯得有點疑惑。「這麼說好了，你說上帝拼湊貓的頭和老鷹的身體是弄錯了，那你看，貓頭鷹有沒有生命？」小鳴和西堂都認真地點頭。「對啊，這就是創造了最寶貴的生命。」牧師笑著繼續說：「在我們的世界上還有許許多多奇奇怪怪的動物，看起來就好像弄錯了的，有叫作四不像的，最明顯的就是蝙蝠了。牠是老鼠的身體和鳥類的翅膀拼湊在一起，但牠可以在黑暗中飛來飛去，還可以抓蟲，多麼神奇的生命，這都是上帝創造的。」小鳴專心聽著張爺爺的說明，頭也不停地點。「上帝創造的生命，一定還有很多的人沒看過，也不知道那些東西，長在世界上的哪一個角落。所以說，我們不能隨便說，有這個，沒有那個。」看到小鳴有點疑惑的眼神時，張爺爺又說，「好比說你想知道的鷹頭貓，我沒看過，老師沒看過，然後就肯定地說沒有鷹頭貓這樣的事。」

沒想到小鳴竟然紅著眼眶笑著說：「我們吳老師說沒有。」

「是啊，我聽到西堂說了。我不敢這麼說。」

「那，那鷹頭貓會在哪裡？」西堂也急著想知道。

「世界上人那麼多，很多東西也都被人發現了。還沒被發現的，應該是在人少，或是沒人的地方。要是說像鷹頭貓這類動物，如果有的話，大概都在原始森林的深處吧。我不知道，嘿嘿……」張爺爺笑得很開心，小鳴從張牧師替他打開的那一道堅厚的門，一踏出去，一想起鷹頭貓的事，已經不成為痛苦的事了。

道別張牧師和西堂，下了教堂台階後，也不是自己想要的，竟然用跑跳步跑起來，笨重的背包上下動得厲害叫住了他，才放慢了腳步。回家的路寬暢了，心裡有一種說不出成長的喜悅，好想趕快就回到家。

4

小鳴一回到家，一進門就叫一聲，「媽，我回來了。」在廚房的媽媽，一時被久違了的，孩子輕快的聲音，像給低瓦特電流觸及到似的舒爽，但也著了一驚。這是小鳴幾天來沒有的心情。媽媽放輕鬆走到小鳴的書房，孩子抬起頭又叫一聲「媽」，她看到小孩完全回神過來的樣子。

「媽媽，我肚子餓。」

「有麵包。媽媽先去泡一杯牛奶給你喝。」媽媽才回頭走出。「謝謝媽媽」的一句禮貌話，燙得媽媽高興地偷看了小鳴一眼。她幾乎按捺不住，想問問小鳴，到底什麼事讓他看起來這麼高興？想了想，還是不問好，這孩子敏感得很，還是不問好。另外她想到爸爸一回來，一樣會發現小鳴的改變，而問起不該問的問題，要是惹起小鳴不高興，縮回前些日子的話怎麼辦？媽媽不敢打電話，她在另一個房間帶上門，急著傳簡訊：

「喂！先生。告訴你一件好消息，我們寶貝兒子恢復正常了耶。你不要約輔導老師了。你快回來看就知道，但是你見了兒子，千萬不要問東問西，就是不要亂講話。記住！你祖媽警告。」

小鳴喝完牛奶，乖乖地在書房寫作業，之後把他從學校的圖書館，和社區的圖書館借回來的動物圖鑑，特別注意四不像、食蟻獸、穿山甲，還有蝙蝠這些外形比較特別的動物，仔細的看了好幾回。

爸爸下班回來了，好像比以前提早了一點。

小鳴眼睛沒有離開圖鑑，叫了一聲「爸——。」

「小鳴。」爸爸過去探頭了一下。他意識到小孩的臉亮起來了，聲音也開朗了。他很快地去看太太，兩人一見面就偷偷無聲地對笑起來。太太還把手指頭豎在嘴前警告。

「飯好了沒？我肚子餓了。」那是故意填時間的空話。

「你和小鳴一樣，一進門就叫肚子餓。好了好了，先去洗洗手。」

小鳴走進廚房探了一下，他反而覺得爸爸媽媽有點怪怪的。大人常常有些事情不讓小孩知道，小鳴也不想問。

「小鳴來吃飯。」爸爸坐好在那裡等。媽媽把最後做好的一道菜端上來，她說：「哇！今天有小鳴最愛吃的蝦子，還有爸爸愛吃的滷豬尾巴，我愛吃的鹹菜湯，還有炒青菜。」這一連串話，和他們不知道在高興什麼笑瞇瞇的樣子，都令小鳴覺得和平常不大一樣。

這一頓晚飯，爸爸和媽媽為了說話的話題，更加謹慎。媽媽說：「小鳴今天一回來就在做功課。」

「真的？」爸爸故作驚訝，「作業有那麼多嗎？」

「還好，不多。我是在看動物圖鑑。」大人聽了之後，不約而同地相視了一下，媽媽伸出桌下的腳，輕輕地踢了一下爸爸的腳，要他小心接話。

「爸，獅子、老虎，還有豹，牠們都是貓科嗎？」他們還以為要問鷹頭貓，而嚇了一跳，視線很快的相觸，爸爸故作難堪地說：「我以前生物考得不好，」媽媽打岔說：「博物，不是生物。」「對對，是博物，不是生物。因為博物不及格之後，也不知怎麼地就不喜歡動物了。」爸爸掰得很不自然。

其實小鳴心裡有所準備，要是他們再取笑他的鷹頭貓的話，他就想告訴他們去找張牧師的事，還要告訴他們，自己沒見過的東西，就說沒有這樣的東西是不對的。媽媽轉到另外一個話題，說暑假到哪裡去玩好。為了兩三個地點有小小的爭論，使小鳴沒有機會重提鷹頭貓的問題。

飯後兩個大人在背後，慶幸沒講錯什麼話。

5

小鳴他們一家三個人到山區露營。他好想能碰碰運氣，在那裡看到思思念念的鷹頭貓。

他在茂密的叢林裡迷路了。上坡時扶著一棵大樹喘息的時候，聽到遠處的地方，好像有人在呼叫貓咪的聲音。小鳴朝著呼叫聲的方向，想去找那個人問路。他在密密的草叢間犁著蓁草前行的時候，好像有不少動物也應聲，跟他朝同一個方向迅速地從身邊擦過，而擦過之後的草叢，草都被劃成不怎麼明顯的一道一道痕跡，然而在瞬間瞥見之下，可以看到牠像是貓的身影。當小鳴漸漸接近頻頻呼叫貓咪的人時，他已經看清楚是一個老人，端一大盆飼料站在茅屋前，準備餵那些貓咪。等小鳴面對著老人的時候，連一隻貓咪都看不到。「貓咪呢？」小鳴問。

「我這裡養的貓，沒見過陌生人，別人也沒見過牠們。都躲起來了。躲在茅屋附近的草叢裡。我想我再怎麼叫也叫不出來吧。貓──咪──……」老人連叫了好幾聲，還是看不到牠們出現。

「什麼時候可以看到牠們呢？」

老人二話不說，暗示小鳴跟他悄悄地走。老人帶他繞到屋後，找一處縫隙，要小鳴偷偷瞄一瞄。小鳴看到了，看到兩三窩母的在餵奶。他驚訝得忘了呼吸，當他憋不住氣時，退後深深吸了一口氣後，對老人說：「是鷹頭貓！」

「你怎麼知道是鷹頭貓？你看過？」老人驚奇地問。

「沒看過。」

「那你怎麼知道是鷹頭貓？」

「我一直想像有鷹頭貓。奇怪？和我想像的一樣。」小鳴興奮地說：「我回去後，要告訴我爸爸媽媽和爺爺，對了，還有吳老師。他們一直都不相信有鷹頭貓，還罵我胡思亂想，笑我神經病。」

「不能不能，誰都不能告訴他。現在的人很壞，一知道有他們沒看過的鷹頭貓之後，馬上就有人來獵捕，當寵物，賺錢做買賣。說不定鷹頭貓棲息的地方，馬上成為觀光的景點，結果鷹頭貓沒有生存地方，最後都滅絕了。不行，絕對不能告訴任何人。」

老人嘆了一口氣，認真地接著說，「我們的地球上，有很多的動物就是這樣被滅種了。你一定不能說出去。」

小鳴用力點頭說，「我一定不會告訴任何人，一定。」

「我相信，我知道你是一個聰明的孩子。」老人說完還摸摸小鳴的頭。

●

「小鳴，你要遲到了。還睡。」媽媽來搖醒他。「你整個晚上都在說夢話，媽媽起來看你三次，三次你都把毯子踢到地上。會感冒啊。」

小鳴一被叫醒，伸一下懶腰，就對媽媽叫肚子餓。「好奇怪，我最近很快就覺得肚子餓。」

「好啊，胃口好表示你在長大了。快起來把毯子疊好，去洗臉。我弄東西給你吃。」

小鳴洗臉時，站在鏡子面前，看了一會自己笑起來了。

——原載二〇一六年三月二十、二十一日《聯合報》副刊

練習

鍾旻瑞

一九九三年生，台北人，師大附中畢業，目前就讀政治大學廣電系。曾獲台北文學獎、台積電學生青年文學獎、林榮三文學獎等。作品曾選入《九歌一〇〇年小說選》、《九歌一〇四年小說選》。

二十歲那年秋天，一個下午，我手抱著筆記本，躺在住處的床板上念著期中考。隔著玻璃，我的室友站在小小的陽台，右手的食指和中指間夾著一支菸，在他自己所製造的雲霧之中看著樓下充斥著鐵窗和遮雨棚的防火巷。他察覺到了我的視線，轉過頭來看向我的方向，我並無什麼值得觀察的，因此他立刻便轉了回去，然而那眼神如此直接且穿透，至今想來，我依舊感到胸口一陣炙熱。

因著那樣的眼神，我拿起已被寫鈍的鉛筆，企圖將這樣的畫面封存下來，在筆記本的空白頁，隨手素描了被煙霧所包圍的他，接著撕下，打開窗戶將塗鴉傳給他，並對他說，別再把菸灰往樓下丟了，我們總是被鄰居所抗議。他看了我的畫，把還沒抽完的菸往牆上熄了，並將皺巴巴的菸屁股往樓下丟，然後告訴我，「畫得很好，繼續畫。」說完，右上方隔壁公寓的窗戶突然冒出一張女人的臉，她看著我們，氣呼呼地關上了窗，想是被菸味熏得受不了。他笑著對我說：「我要戒菸了。」

後來我想，許多事情都是從一個眼神開始的吧。那是我們當天所進行的所有對話，但那個下午他所說的事卻全都實現了，他再也沒抽過任何一支菸，而我則因為他隨口所說的一句稱讚，開始繼續畫畫。我在此之前從未認真地畫過任何一張畫，因此也不知道畫一幅畫，需要怎麼樣的工具和技術，我去附近的書局買了圖畫紙，幾枝深淺不一的鉛筆，和一個橡皮擦。結帳離開時，我又回頭去買了一把美工刀，我印象所及的所有畫家，都是用自己雙手的力氣削鉛筆的。

那把刀的尺寸比起一般來得更小一些，我選擇它的原因是因為方便攜帶，任何一個鉛筆盒都可以輕易地裝下它，同時，做為一把刀，它非常適合成為傷人的暗器，但我並沒有想傷害任何人。

回到住處，我隨意拿了室內幾樣物件開始素描，但怎麼畫，都沒有那日畫下他時所感覺到創作的衝動，作品的線條也生硬又僵直。我拿起他抽菸的那幅畫，細細看著，試圖察覺其中的不同。此時他正好從打工的地方回到家裡，他打開門，看見我的動作，脫了鞋走到我身後，一起看著我的畫。他說，「也許你適合畫人像吧。」並說如果需要練習的話，他可以充當我的模特兒。

從此以後，我就常常在各種時刻觀察著他，我的視線幾乎不離開他，如他那樣不太在意他人眼光的人，偶爾都會被我的視線看得臉紅起來。在這樣的注視下，時間的轉速好像變慢了，他的所有行為都被切割成極細小的單位，我仔仔細細地看著，即便是極端日常的場合，也會有令人無法忽視的片刻，讓我必須拿起筆將它畫下。

有一次，已然轉冷的天氣裡，突然降臨了秋老虎，我們為了省電不開冷氣，將所有的窗戶都打開，室內還是熱得令人受不了。他坐在電腦前寫著作業，在悶熱的空氣裡，他索性將上衣給脫了，背對著我，我看著他背部的線條，隨著手部的動作牽動肌肉，讓我聯想起曾經在電視裡看過的草原馬的背，光滑平順的背，形狀像遠山，可以支撐天空。我試著將他的模樣畫下，在我作畫的過程間，他因熱而流下的汗水，不斷地改變著我眼前的景象，我也因為這些變化必須做出修改。

最後我投降了，我的速度永遠也跟不上他的變化，僅能與時間妥協，捕捉大概的印象。完成了畫作，我喊他的名字，他站起身走來我旁邊，仔細地看著畫，和我貼得非常近，我甚至感覺得到他身上傳來的熱氣。他非常滿意地笑了，對我說：「你畫得真好，就好像我活在畫裡面一樣。」接著伸了伸懶腰，拿了毛巾，走到浴室去洗澡。

在蓮蓬頭的水聲中，我盯著畫看了好久好久，直到眼睛發痛才閉上。在一片黑暗裡，我看見畫中的他，那停留在眼球上的殘像在意識的海中漂浮著，並漸漸地活動了起來，就彷彿那畫是有生命的，在灰階的世界裡生活著，我終於明白去追趕時間是沒有任何意義的，當我完成了一件作品，時間就被封存在那裡。那是我和他共同擁有的時間，我從沒有一刻感覺到和他這麼親近。

在反覆的練習後，我的畫工漸漸地進步了，我畫下他每一個細微的動作，甚至跟著他外出，將他在工作或是和朋友聚會的樣子也畫下來，每完成一幅滿意的畫作，我便將畫作貼在住處的牆上供他檢視。他對我的進步感到驚豔不已，問我為什麼從來沒想過要當一個畫家，我沒有回答他，但我在心裡想著，直到現在我也不曾想過要當一個畫家，我只是想要將他的模樣給畫下來。

創作累積的數量愈來愈多，慢慢地占領了住處的牆，於此同時，他產生了變化。

我畫下他工作的樣子，他漸漸便不再去上班；以往他總是會在房間裡氣喘吁吁地鍛鍊身材，在被我畫下以後，他也不再出現過那樣的舉動。刷牙洗臉、曬衣服、躺在床上看電影，一項接著一項，他每日所進行的活動逐漸地限縮了，不知道是什麼原因，不過我所畫下的作品，似乎正從他的生命之中偷走什麼，而他並沒有察覺。那樣的改變不是一瞬之間，而是循序漸進的，活動的頻率愈來愈低，有一天他就再也不做那些事了。

我真正感受到事情已經無可挽回，是我無意之間畫下了他講話的樣子，而我再也想不起來他所說的最後一句話是什麼，因為我太專心於素描。我一邊畫著他嘴脣的形狀，只見他的音量慢慢降低，最後像是放棄一樣，閉上了嘴巴。我問他，「你把話說完了嗎？」他只是徒然地看著我，然後搖搖頭，自那以後，他就再也沒有開口講過一句話了。到那時，其實他幾乎已經足不出戶了，每日就是起床、用餐，然後花非常長的時間睡眠，僅僅維持著生命的最基本要求，他似乎並不知道這樣的結果是我所造成的，沉默地在房間裡遊蕩，或許是錯覺，但他身體的輪廓似乎愈來愈淡了。

我不知道為什麼我的創作會使得一個人變成這樣，但我卻無法因此而停下來，他點燃了我的創作欲，那欲望無限膨脹，到了我們彼此都無法想像的地步，終究成為了像是惡意一般的巨大衝動。我不免想著，如果我繼續畫下去，在前面等著他的會是虛無或是死亡？

某一天，我回家，看見他坐在我的桌前，左手臂流著血，而他用右手努力壓著傷口止血。他的視線看向桌上的美工刀，原來他想要看我未完成的畫，卻被我沒收好的刀子所劃傷了，我確切記得我出門前有將桌面整理過，但從我買下那把刀子的那天，我就知道它總有一天是會傷害人的。

我拿了一張紙和筆，將他的樣子給畫下來，他的血便漸漸地不再流了，他無語地盯著自己痊癒的傷口，再看向牆上貼滿的他的畫像，最後望向我。他什麼話也說不出來，但那是我這輩子所看過最悲傷的一雙眼睛，他的瞳孔灰暗，好像鉛筆描上去一樣缺乏真實感。他哭了起來，沒有發出任何聲音的哭法，我走向他，將他抱在懷裡，感受到他的身體因為悲傷而不斷震動著。

最後，他終於只剩下睡眠。

房間裡貼滿了他的畫像，好像一個為他而存在的美術館，他深深地沉睡著。我看著他的樣子，想著他是否在做夢。這將會是最後一幅畫了。我用曾經割傷過他的那把刀子虔誠地將鉛筆一一削尖，在桌面照著深淺的順序排好。坐在他的床前，拿起筆將他最後的睡眠給畫下來。

我花了非常漫長的時間才完成那幅畫，中間甚至交替了幾個日夜，讓我看見他臉上所能發生的所有光影變化。等到終於完成時，我已然疲憊不堪，但我看著那完成品，我想或許是我此生所畫過最好的畫，他的睡容在那畫裡散發著光芒，閉著眼睛，好像穿越時間而存在的神的面容。

在無數次練習以後，我終於成為一個好的畫家。

但我今後再也不畫了。

在畫完成的那一刻，他的身體像是被橡皮擦擦掉那樣，顏色慢慢地變淺，那變化非常地微小，以依稀可以察覺的方式在發生，我凝視著那樣的過程，從頭到腳，試圖將他最後的身影牢牢地刻在我的視網膜上。直到他消失在床上時，我的眼裡還留著他在那裡的影像。

看著那片空白，突然很慶幸我永遠不可能看見他所做的夢，如此一來，即使他的身體消失了，他的夢依然可以漂浮在這間小小的房間裡，無論那夢是彩色或是黑白的。

棉被和枕頭還留有承載過他重量的痕跡，我鑽進他曾躺過的地方，一面環顧四周的牆，細數著這段日子我曾經為他創作過所有的畫，漸漸有了睡意。床鋪裡還留有他的氣味和餘溫，那可能是他留在世界上最後的遺物，我往枕頭深深地吸了一口氣，在他曾經存在的地方，我感覺到非常、非常地溫暖。

——原載二〇一六年三月二十九日《自由時報》副刊

一九八八年生於花蓮。花蓮高中畢業，畢業於東華大學華文所創作組。

曾獲全國學生文學獎、台積電青年學生文學獎、中央大學金筆獎、東華大學文學獎、花蓮文學獎、海洋文學獎、台北文學獎小說首獎。詩作選入凌性傑、吳岱穎合編《更好的生活》，以及吳岱穎、孫梓評合編《生活的證據：國民新詩讀本》。曾參與《聯合報》「文學新星」作品展、全國大學巡迴詩展、《創世紀詩刊》詩發現場特集、《幼獅文藝》Youth-Show、《聯合報．元氣周報》文學專刊、《聯合文學》新人上場。

著有關於職業摔角的小說《擂台旁邊》（二〇一六，麥田），獲文化部藝術新秀發表補助。

阿嬤的綠寶石

——林育德

你真的要聽我說關於摔角的事？那就要從我阿嬤說起了。

先說好，你可別在我面前問，摔角是不是打假的？

阿嬤總是窩在她的小房間看電視，小時候我幾乎可以陪她看整個晚上，其實也不是整個晚上，九點十點阿嬤就會把我趕回房間，畢竟明天還要上學。阿嬤也不是都不出門，我到現在還是搞不清楚阿嬤早上幾點起床，她會先到附近的廟埕，加入其他阿公阿嬤跳元極舞的行列，下午如果天氣還不錯，再到附近的國小散步運動，順便接小學的我回家，那時來福才剛出生沒多久。

這裡的時間快轉一點好了，因為我不太想告訴你國中那年老媽跑掉的事情，我只補充一點點背景就好。這裡是個靠海的漁村，我的十個同學家裡，至少七八個人的爸爸，都在離台灣很遠很遠很遠的漁船上工作，慢慢變成五六個，三四個，最後剩下一兩個。你問我為什麼？因為台灣人太貴了，外籍漁工便宜聽話又不會老吵著要放假，還好老爸跟的船長還算有義氣，沒有把他丟回村子叫他吃自己。那些早幾年被丟回來的我同學們的爸爸，一個兩個三個四個都變成了酒鬼，老婆跑掉是再常見不過的事，小孩能跑可能也會跑掉。我老爸雖然還有船可以出，但他的老婆還是跑了，其實下場也差不多。

老爸回來發現老媽跑掉的那天，沒說一句話，只狠狠踢了來福一腳，雖然那時來福已經是附近一帶的狗王了，打架從來沒輸過，還是被老爸踢成一粒飛出門外的大黑球。來福夾著尾巴跑掉了，一個禮拜以後才回來。老爸又要出船時，只丟下一句話：狗跑了至少還會回家。就這樣，家裡常常只有我，來福，還有窩在小房間看電視的阿嬤。你問我阿公呢？我出生之前他就跟祖先一起，住到神桌上的公媽牌裡了，一天上香兩次，早上是阿嬤，傍晚當然是我，難不成是來福？

除了八點檔，阿嬤最喜歡看的就是日本摔角，說來有點丟臉，但你現在認識的我啊，如果對摔角還算是熟悉的話，應該就是小時候跟阿嬤每天一起看摔角的緣故，那個成語叫什麼去了，對啦，耳濡目染，把我染成一個摔角迷。但是喜歡摔角可不是什麼會得到大家認同的興趣，你有沒有經歷過隔天上學急著跟同學聊昨天電視節目的年代？有吧，可是有看摔角的人看的幾乎都是美國摔角，說自己看日本摔角已經夠寂寞了，更何況我還是跟阿嬤一起看的，包準會被笑到放學，不對，笑到畢業都有可能。但阿嬤是很認真的在看摔角喔，雖然她也會抱怨一再重播、不怎麼更新摔角節目內容的X頻道，但後來阿嬤也有點搞不清楚了，還是很開心的看下去，反倒是我隨著年紀越來越清楚，欸，X頻道真的是滿混的電視台啊。

還好有網路，你知不知道「摔角博物館」論壇？那可是台灣所有摔角迷都會上的地方，不管是像我一樣的日摔迷，還有人多勢眾、講話大聲的美摔迷，甚至冷門的墨西哥摔角之類的，在上面都可以找到討論的同好，論壇還有一區是什麼台灣在地摔角團體的，不過我沒什麼興趣。我是上了摔角博物館才知道，跟阿嬤平常看的X頻道，上面播的大部分都是一些老掉牙的比賽，日本的摔角團體不是會來台灣辦比賽嗎？據說很多選手晚上會在飯店守著X頻道，因為很多比賽連在日本都很少看到了，哈哈。就算身邊跟網路上的摔迷都是美摔的愛好者居多，我還是不太喜歡美國摔角的誇張風格，為了保護選手而限制許多精采的摔技，配上比八點檔還誇張的劇情，哪裡是日本摔角拳拳到肉可以比的啊！我很常在論壇上跟美摔迷筆戰，你要問我的話，日本摔角才是我心中真正的摔角，不過美摔迷人數太多了，常常講不過他們。

上大學的暑假，這邊我一定要說明一下，我看你也在偷笑，想不到我這樣的成績還有大學可以念吧？我也超意外的，是離村子不遠，就在隔壁鎮的技術學院。填志願前我從來沒聽過這間學校，但錄取通知單跟新生資料袋上面總共強調了兩次，很快就會升格成大學了，絕對，保證。總之我會繼續住在家裡，可以照顧阿嬤跟來福，暫時不用想說以後要幹麼，至少絕對不要出海，當兵現在也只剩四個月，在大學分成兩個暑假當完就好。成為準技術學院……我是都自稱準大學生啦，阿嬤包給我一個大紅包，老爸回台灣休假時買了台機車給我，雖然我高中早就偷騎他的車好久，但畢竟是我的第一台機車，太爽了。我在論壇上看到美國摔角WWE要來台灣比賽的宣傳，之前日本團體也來過幾次，但我還太小也沒錢，實在很可惜。幾個常跟我筆戰的帳號在論壇揪團要大家一起去，我忍不住又留言酸了他們幾句，沒想到居然被嗆說沒看過現場的人不能批評，是怎樣，有看過現場的比較厲害？好啦，我是真的沒看過，那又怎麼樣！

唯一會跟我聊摔角的，是我從小到大的同學也是鄰居，而且也跟我一樣狗屎運分發上同一間大學的阿西，就是他介紹我摔角博物館這個好站的。我要阿西上去論壇幫我讚聲，以為他會站在我這邊，阿西卻說他也要去看美國摔角，哇靠，胳臂向外彎。阿西說，啊我們就去看一次，至少以後人家不能再嗆我們沒看過，而且機會不是天天有，剛好放暑假又有閒錢。我摸摸口袋裡的紅包，票要多少？一千，阿西說。這麼貴！人家從美國來欸。是最前面的嗎？你在做夢喔，最前面的要五六千。唉，輸人不輸陣，一千塊坐最後面是要看個鳥啊，我跟阿西在媽祖廟對面的便利商店用機器買了兩千五的票，紅包飛了一半。

好不好看？嗯，你慢慢聽我說，為了省錢，我騎車載阿西去，一大早出發，迷路好幾次才到那個什麼林口體育館，你以為在新北市的林口對不對？屁咧，明明就是桃園的龜山，幹麼叫林口體育館？反正林口的旁邊是龜山，龜山的旁邊是林口，路標也分不清楚，山路不好騎，我真心疼我的新車。嗯，美國摔角果然是財大氣粗，我第一次看到這麼大隻的人，阿西說他還以為是熊咧，啊你是看過熊喔？雖然我也沒看過熊就是了。雖然不甘心，但不得不承認，美國摔角的摔迷人真的有夠多，而且，還有不少可愛的女生，超奇怪的。我說到哪裡？喔，比賽，最後一場確實是好看啦，是特別規則的ＴＬＣ賽，就是可以合法使用桌子、鐵梯、鐵椅進行的比賽，ＴＬＣ就是這三樣東西的英文縮寫。你知道椅子打在背上有多大聲嗎？碰！砰！碰！砰！好像體育館裡面忽然打起大雷一樣，還有把摺疊的桌子打開、擺好，從擂台角柱上面把對手往桌子摔過去——啪啦——！桌子整個爆開欸，桌腳整個彎掉，桌面碎成一片一片！我跟阿西看到這一幕，即使在二樓的看台，還是忍不住站起來大叫，還好不是只有我們大叫，所以一點也不丟臉，嗯，我其實是配合其他的摔迷啦，氣氛到了啦，配合一下。

嗯，我講得有點誇張，其實真的還好，大概也只有這種比賽算是跟我最愛的日本摔角勉強打平，真的還好。TLC規則的比賽是當天的壓軸，比賽完了阿西拉著我衝到一樓，要我在護欄旁邊幫他跟擂台照相，結束後阿西還去排隊買現場獨家販售的T恤，這傢伙不是日摔迷嗎？阿西這個叛徒。「其實美國日本我都有看，因為你都看日摔我才只跟你聊日摔的。」靠。樓下的美國工作人員正在拆解擂台，旁邊還有一些台灣的阿伯阿姨在清理環境，我叫住一個頭髮灰白的阿伯，跟他討一片桌子的碎片，反正也是要丟掉的嘛，阿伯起初還不願意，他四處看了一下，好像是怕被老外還是他的老闆罵，才拿了一片給我。阿伯幫我拿完桌子碎片，還囉嗦了幾句，問我摔角到底有什麼好看的，又拉著我問桌子要怎麼拿來打，我看他應該不會懂，隨便應付應付，別的工作人員來趕我們走，說要清場了。

我把桌子的碎片拿回家給阿嬤看，說我去看美國摔角，阿嬤先是巴了我頭一下罵我浪費錢，拿著那片木頭又是用手指敲又是用鼻子聞的，不過還是好好聽我把比賽的過程和內容講給她聽，來福坐在旁邊猛搖尾巴，好像把木片當成什麼好吃的零嘴，想得美咧。我還來不及說到砸爆桌子那場，阿嬤就把木片還給我，起身掀開晚上睡覺時會蓋在電視前面的花布，摔角時間到了，今天播的是阿嬤最喜歡，也是我最喜歡的摔角手——三澤光晴選手的比賽。三澤光晴看起來就跟普通的日本大叔沒兩樣，長得不帥，只能說是有些性格，身材不健壯，肚子肥肥的，可是如果這樣你就小看他，那就大錯特錯了。

綠色是三澤光晴的代表色，他的出場曲響起，穿著綠色緊身長褲的他，披著綠色的大衣，沿著花道進場，緩緩走入擂台。先由一段只有鋼琴的緩慢旋律開頭，然後轉入反覆出現的主旋律，電吉他隨著鼓聲出現，節奏越來越快，令人不自覺用手跟著打拍子，這時會場所有人都會大喊「Misawa（三澤）！Misawa！Misawa！」阿嬤和我也會跟著一起喊喔。三澤光晴把綠色大衣往擂台下一拋，露出上半身，只有右手戴著黑色護肘，在角柱旁用背部猛壓繩圈數次進行暖身，這是我看過超多次的畫面。三澤光晴最著名的是他的肘擊，他可是有著「肘擊的貴公子」外號的摔角手，除了普通的肘擊，還有左右開弓肘擊，肘擊連打等各種角度的肘擊。其中不能不提的就是旋轉肘擊了，第一種旋轉肘擊是接在普通肘擊之後，立刻反身打出一記回馬槍肘擊；第二種更是厲害，原地旋轉身體之後，藉著旋轉產生的離心力，讓肘擊威力加倍往對手招呼過去，不，可能是三倍。肘擊幾乎就是三澤光晴的代名詞，網路上的摔迷都用「L棒」來稱呼，這是電視上的播報員用日文腔來發英文「手肘（elbow）」的諧音，你聽，「L棒連打！」就是肘擊連發的意思。

因為阿嬤聽得懂日文，不時會告訴我一些中文字幕沒有翻譯出的東西，像是三澤光晴被稱為「受身的天才」，我看網路上說，受身來自柔道，簡單來說就是被摔時降低傷害的方法，三澤光晴在業界被傳說可以用任何地方受身，甚至包括公認最脆弱的脖子；還有三澤生涯早期曾經戴上虎面面具，是二代虎面選手，現在一般摔角迷熟知的虎面，已經是第四代了，基於我對虎面的認識，可以想像早年還沒中年發福的三澤，應該也充滿了在擂台上飛來飛去的本領。一九九二年十月二十一日是我絕對不會忘記的日期，光是字幕上出現這個日期就會讓我心跳加快，這一天，三澤光晴披著三條腰帶，以三冠王冠軍王者的身分，接受好友同時也是生涯宿敵川田利明選手的挑戰，是一場大招放盡的超精采戰鬥，這場比賽實際發生的時候，我都還沒出生呢，實在是因為X頻道重播太多次了，但這是少數不管重播幾次，我都不會抱怨的比賽。

阿嬤常說，這個Misawa，看起來槌槌，古意古意，不過怎麼樣都打不死，一定可以再站起來。雖然三澤當然不是從來沒輸過，不過阿嬤的評價大概也就是我心中對三澤光晴的絕對印象。看到緊張的地方，阿嬤會喃喃自語：「卡緊啦，Misawa，緊用你那個青色的寶石！」阿嬤說的綠色寶石，就是三澤光晴大絕招之一的「綠寶石飛瀑怒濤（エメラルド・フロウジョン，Emerald Flowsion）」——只見三澤左手勾住對手的頸部，右手伸向對手胯下，將對手舉起，順勢扛上自己的右肩，然後整個人身體往右微傾，猛力坐下，對手因落下而背部用力撞擊擂台，三澤立刻轉身壓制對手，裁判數秒，一、二、三——不知道究竟有多少人敗在三澤的這招成名絕技之下。開始上摔角博物館之後我才知道，「綠寶石飛瀑怒濤」是三澤光晴開創發明的嶄新摔角招式，知道這一點更加深了我對三澤的敬佩，招式的名字又非常帥氣，小時候我都讀成綠寶石飛「暴」怒濤，不好意思啦我國文不好。要是你也看過這一招，只要看一次就絕對忘不了。

阿西把摔角博物館介紹給我後，每一篇發文我幾乎都會上去回應幾句，不過多半都把力氣花在跟美摔迷互相鬥嘴，有一次我印象特別深，論壇難免會有小白註冊帳號上來發文，不是那種廣告帳號喔，而是看不起摔角，故意上來討大家罵、引戰的小白。通常板主群都手腳很快，看到就砍掉了，那天可能是板主慢了，剛好被我看到一篇挑釁的發文。內容大概是說摔角都是打假的，這邊還一堆人討論、分享、寫心得，真的很好笑，我看到的時候下面已經有十幾則回應了，光看小白的貼文，我也想好好回嗆一頓，但是迅速瞄過張貼回應的帳號後，我嚇了一跳，你知道嗎，這是我第一次看到原本勢不兩立的美日摔迷，不管是我很敬佩的日摔同好，還是跟我多次互噴的美摔捍衛者，居然團結一致圍剿小白，這個情形可不常見啊。你以為我只有嚇一跳嗎？我嚇了兩跳！我再仔細讀了大家的回應，居然讓我傻在電腦前面，下巴差點沒掉下來。

喔，對不起，我說到哪裡了？因為我到現在還是有點難以接受這件事。論壇小白至少說對了一件事情，說到底，摔角就是打假的。看吧，你也很意外，是吧？後來我還碰過幾次這種小白，也大概知道大家通常會用哪些固定的方式回應，比如說，電影或魔術是真的嗎？八點檔或是影集是真的嗎？但大家還是看得很高興，不是嗎？大家還會說「摔角的藝術，在於如何把摔角手扮演的角色，用身體或是其他方式把要鋪陳的故事，確實傳達給觀眾。」這種看起來很厲害的回應，雖然我從來不懂藝術是什麼，但大概就是技術的意思吧——像阿嬤年輕時村子裡沒人補魚網的速度比她快，或是阿西的媽媽在市場十分鐘可以殺好六、七條魚——把看起來很難的事情表現得很簡單，可能因為表現得太簡單了，有些人就認為這些事情原來就是簡單的。

你問假的部分是什麼？是勝負，唉，誰輸誰贏是先安排好的。至於你問的冠軍腰帶，冠軍腰帶大概就像是公司或團體對摔角手的肯定，通常是人氣的肯定，當然有人氣的選手，技術還有各方面應該也都達到了一定的水準。有時候腰帶也是某種傳承或是拉拔新人的手段，畢竟摔角手不可能打一輩子，已經取得地位的資深摔角手，會藉著輸給值得託付公司未來的新人，幫助他得到摔迷的認同，這個過程叫做「上位（push）」。知名度普通的菜鳥擊敗名氣很大的老將，可以為菜鳥加分不少，對老將沒什麼大損失，是一種把菜鳥介紹給觀眾的有效方法。

當時我很不服氣的問阿嬤，電視上的摔角都不是打真的，你甘知影？阿嬤的眼睛沒有離開電視，過了好一陣子才跟我說：

「我知啊，咱看的是功夫，毋是輸贏。」

阿嬤轉過來看我，「戇孫，你若去乎 Misawa 用伊那招『L棒』損落去，敢袂痛？」我點點頭。

「你提轉來彼片桌仔摔破的柴板，彼个米國仔摔落去，一定痛甲哀爸叫母，對無？」我又點點頭。

「人講『做戲悾悾，看戲戇戇』。像 Misawa 若輸，我佮你就心肝艱苦；啊若 Misawa 打贏，阮就笑笑，歡喜去睏。看精采尚要緊。」

你看，阿嬤比我專業多了吧。

之後我就比較少回應論壇的文章了，因為覺得自己很蠢，雖然有一點被騙的感覺，可是想想阿嬤說的，好像也有道理。不過後來我發現了一件事，從此雖然我還是會多少陪阿嬤看摔角，但是總衷心期盼X頻道少播一點三澤光晴的比賽，雖然三澤的比賽似乎比以前播得少了，但如果不小心看到，我會假裝去忙別的事情，或是跟阿嬤說啊這個就看很多遍了啦。

你問我是什麼事情？先聽我說另外一件事吧。自從跟阿西去看了WWE在林口體育館的台灣巡迴，我開始偶爾會看LV電視台代理的WWE節目，真的只是偶爾而已，畢竟要知己知彼。我才剛開始看就看到熟悉的面孔，WWE在宣傳一個參戰日本許久的前WWE摔角手即將重返美國，場邊的解說員說他在日本摔角界完全是壓倒性的強勢，他的名字是「天災大帝（Lord Tensai）」。欸？這個什麼天災大帝的，在日摔的擂台上可是另一個名字——巨人巴拿多（Giant Bernard），你如果看過他的話，絕對不可能忘記他滿布胸前，還延伸到肩膀和上臂的刺青，那是像獸紋一樣，線條銳利的刺青，還有他穿環打釘的乳頭、下巴與耳垂，加上他的身材比日本摔角手要大上好幾號，看起來怪可怕的。

巨人巴拿多曾經兇悍的拿下兩度新日本職業摔角（新日本プロレス，New Japan Pro-Wrestling，NJPW）的IWGP世界雙打冠軍，也拿過一次三澤光晴創辦的諾亞職業摔角（プロレスリング・ノア，Pro Wrestling Noah）旗下的GHC雙打冠軍，通常會出現在日摔擂台的「外國人選手」，都有一定的強度，巨人巴拿多有多強呢？看看日本人為他取的稱號吧：「刺青暴君」、「破壞兇獸」，你大概可以想像當時巨人巴拿多真的完全宰制了所有他踏上的擂台。我有一種看到老朋友的感覺，但顯然WWE並沒有太多讓天災大帝延續恐怖實力的空間，他後來竟變成一個丑角，不過這也滿像是WWE的風格就是了……你知道我的意思吧。

我把美國摔角當成對照組來看，最大的收穫，大概是認識了負責講述比賽的台灣播報員橘子。橘子的播報不僅讓人能完全融入比賽，更會適時補充知識或是笑料，只是他好像後來就消失了，換成完全不懂摔角的LV電視台自己的體育主播，讓整個節目的質感下降許多，我也不太清楚橘子不見的原因，只是覺得很可惜。橘子的播報水準絕對不會輸給日本摔角的播報員，能夠擔任對摔角迷來說像夢一樣的工作，他大概是台灣最幸福的摔迷了吧。

說到幸福，晚了幾年才知道這件事的我，那陣子絕對是台灣最不幸的摔迷了，應該怎麼說？就好像有一天你跑船回家，發現老婆跑掉了，這是第一個不幸；你跟村子裡面的左鄰右舍聊起，發現你不是唯一一個老婆跑掉的人，這是第二個不幸；等到你把事情弄清楚，才發現老婆早在你上次剛出海沒幾天就跑掉了，第三個不幸。三重不幸啊，對了，三重在台北市還是新北市？唉，總之我好慢才發現，我和阿嬤的偶像三澤光晴，他——

——他早就去世了。

二〇〇九年六月十三日，三澤光晴創立的職業摔角諾亞在廣島縣立綜合體育館舉辦比賽，兩千三百名觀眾進場，三澤光晴本日的賽事是和年輕後輩潮崎豪搭檔，作為挑戰者組，迎戰冠軍王者組稱號「死神」的齋藤彰俊與野牛史密斯（バイソン・スミス，Bison Smith）搭檔的GHC雙打冠軍賽。三澤光晴於比賽中承受了一記由齋藤彰俊使出，角度非常銳利的岩石落下技，倒在擂台上無法起身。裁判立刻問三澤，你還可以動嗎？

「動不了。」留下這句話後，三澤光晴陷入昏迷，心肺功能停止。裁判見狀隨即判定冠軍王者組齋藤彰俊和野牛史密斯防衛成功。所有人都震驚不已，受身天才三澤光晴竟然撐不住一招在摔角比賽中極為常見的岩石落下。當時諾亞的擂台工作人員中，並沒有醫護人員的配置，在具有醫護背景的觀眾進入擂台實施心臟按摩許久未果後，救護車抵達會場，將三澤社長送至廣島大學醫院進行急救。晚間十點十分，醫院宣告了三澤光晴的死訊，再過五天，就是他四十七歲的生日。

經過多年的擂台征戰，晚年的三澤飽受頸椎骨刺的影響，右眼甚至偶爾會出現原因不明的視力喪失，全身的肩膀、腰部和膝蓋都承受著慢性病一樣反覆發作的疼痛，知情的親近人士曾勸他好好休息，但三澤光晴並未採納。創立諾亞職業摔角後，他並沒有像其他生涯後期創辦團體的前輩一樣，安居於幕後的管理職位，而是同時身兼管理者與摔角手，持續在諾亞於日本各地的巡迴戰中頻繁出賽。

摔角不是打假的嗎？如果是打假的，怎麼會……身為日摔迷，我當然知道以高飛動作著稱的鳥人（ハヤブサ，Hayabusa）選手，在擂台上因為失誤傷及頸椎而導致半身癱瘓，可是鳥人選手努力復健，每年都可以看到他又更進步一點的消息，雖然鳥人選手還是在二〇一六年三月時，因為蜘蛛網膜下腔出血急症病發，四十七歲離世了……摔角不是打假的嗎？我看了當天在廣島事發後的影片好多次，所有選手和工作人員圍著社長，觀眾不時從座位上大吼三澤的名字，實施心肺復甦術的人不斷按壓著毫無反應的三澤光晴的胸口，時間就好像完全沒有前進一樣。稍早才結束自己的比賽，生涯和三澤光晴打出許多經典比賽的高山善廣選手，還來不及換下擂台服裝，一臉茫然的從休息區走往擂台。高山善廣曾經說三澤光晴「跟殭屍一樣」，你以為他已經不行了，絕對可以拿下勝利，在壓制到 2.9999⋯⋯秒時，他卻彈了起來，若無其事的拉了幾下已經穿得夠高腰的綠色褲頭——這是三澤光晴被摔迷常拿來討論的小動作，我們都戲稱這是三澤的「回血」動作——然後像什麼都沒發生過，猛烈的回敬你一組肘擊套餐，讓比賽繼續打下去。我看到高山善廣靜靜站在擂台旁，不可置信的看著那個多次擊倒他的男人，像一團下半部綠色，上半部漸漸轉淡的肉色棉花糖，動也不動的躺在這個男人用盡一切心力打造的綠色擂台。

謝謝你的衛生紙。我是一邊哭著，一邊在網路上看完三澤告別式後日本電視台播出的追悼特別節目的。一個小時的節目裡，回顧了三澤光晴生涯的數場經典戰役，一半以上都是我和阿嬤反覆看過好多遍的。阿嬤喊我吃晚餐，我編了個肚子痛的藉口，來福一直要湊近我，我抓著來福的項圈，把來福拖出房間，靜靜關上房門。

你還記得我怎麼批評ＷＷＥ的嗎？我說他們為了保護選手而限制許多精采的摔技，這也是我剛上論壇時，常用來嘲笑美摔迷的點。我忽然覺得自己好天真，雖然看摔角這麼多年，知道摔角手平均來說壽命不比一般人，畢竟那是長年反覆在擂台上過度使用身體逃不過的代價，雖然死在擂台上就好比武士戰死沙場，好像很美，但實在太痛了。我寧願摔角手可以平安退休，安靜的走完人生最後的歲月。

唉，身為孫子，我覺得應該要告訴阿嬤這件事的，但我怕阿嬤承受不住，連我都承受不住了，是不是繼續欺騙阿嬤會比較好呢？我有時也會希望，如果我這輩子都不知道三澤光晴已經過世就好了，阿嬤，今天又有 Misawa 的比賽喔！什麼都不用多想的，好好看我最喜歡的綠色寶石，在電視裡的擂台上，閃閃發出光芒，當三澤光晴拉拉褲子的時候，我就知道，他要反擊了，水啦！

論壇上再度傳來摔角手的死訊，是台灣摔迷比較不熟悉的墨西哥摔角大團ＡＡＡ（Asistencia Asesoría y Administración）旗下摔角手 Perro Aguayo Jr.，他的父親是墨西哥摔角傳奇，因此他的擂台名也繼承了父親的名號，是墨西哥摔角界中很受歡迎的中生代選手。二〇一五年三月二十日，比賽在美墨邊境的墨西哥提華納舉辦，是當晚的雙打壓軸賽事。原本這個新聞是不會出現在主流媒體上的，但全世界的主流媒體都大篇幅報導，原因是 Perro 的其中一個對手，是擁有全球知名度的前ＷＷＥ選手 Rey Mysterio。Rey 應該是史上最廣為人知的墨西哥風格面具選手了，他身高不到一百六十公分，墨裔美籍出身的他沒有一般墨西哥選手在美國會遇到的語言問題，縱橫美摔界二十年。比賽中 Rey 對 Perro 施展飛踢，Perro 順勢往第二條繩圈趴著，等待 Rey 隨後將要施展的大絕招，但隊友和對手發現他不只是趴著，而是全身癱軟掛在繩圈上，選手們察覺後立刻調整策略，很快的擊敗 Perro 的搭檔結束比賽。不巧，當天稍早的比賽有兩位選手掛彩，當時醫生正在後台治療，因此延誤了搶救的黃金時間，急救一小時後，Perro Aguayo Jr. 宣告不治，三十六歲去世，還小三澤光晴十歲。

不明就裡的媒體，你知道的，包括台灣跟風的媒體，把事件矛頭紛紛對準 Rey，畢竟他是主流媒體唯一較為熟悉的摔角手，不久死因傳出，為第一時間因失誤動作導致頸部撞擊質地粗硬的擂台繩圈，引發頸部揮鞭樣損傷，可以說是因為倒向第二條繩圈的時候力道過猛，位置也不妙，造成跟上吊類似的死因。論壇上的大家對媒體的指責大表不滿，延誤急救的原因我剛才說了，有些不了解摔角的網友，在新聞下面說人死了還繼續比賽，有沒有人性啊。全世界的摔角都一樣，摔角手從第一天訓練開始，就要學習不管任何情況，都要好好接下對手的招式。摔角沒辦法暫停，也沒辦法重來。動作失誤了，趕快用下一個精采的動作補救；對手受傷了，趕快改用別的方式，盡量在觀眾不察覺的狀況下，順利把比賽打完。果然，又出現我最受不了的言論，每到這個時候，我就真心希望摔角從頭到尾都是假的，因為這樣，死亡跟意外就可以不是真的。

日後只有少數的媒體跟進報導，在 Perro Aguayo Jr. 的葬禮，Rey Mysterio 也在扶靈的隊伍當中，從逝者家屬的態度，應該可以看出外界對 Rey 的批評，其實是對職業摔角的誤解。有人在論壇上分享了知名摔角手MVP（Montel Vontavious Porter）寫給Perro的哀悼文：

我們總把明天視為理所當然，早晨開車上班工作，回家，理所當然，對吧？當職業摔角手進入擂台，我們了解也認知到危險，並且努力降低風險——但，危險永遠存在。「不怕死」是職業摔角眾多要素裡最字面上的描述，只是一些出眾的運動員使這一切看來都太容易了。

告訴生命裡重要的人你愛他們，撥電話給因為忙碌而忘記問候的人，人生旅程裡沒有太多時間去完成這些事，沒有人應允我們明天必然來到。親愛的兄弟姊妹，今夜，讓我們一起禱告、舉杯，去做你想做的事。

如果我忽然離開，沒有機會道別，我知道我有過精采的人生、電影般的生活，這是一場精采的旅程。

敬Perro Aguayo Jr.，敬我們的擂台。

「你那個女朋友，下回請伊來厝內吃暗頓，阿嬤來煮好料。」

我又想逃開晚上的摔角時間，阿嬤趁我開溜前，把我拉進她的小房間。

「是按怎最近 Misawa 的比賽，你攏無興趣？」阿嬤終於問我。

「阿嬤，我不知影，到底應該佮你講，抑是，抑是恬恬就好。」

「是啥物代誌，袂當講乎恁阿嬤聽？」阿嬤拉著我的耳朵。

我深吸了一口氣。

「Misawa 已經、已經，過身——過身幾若年啊！」我大聲說出來。

「喔。」來福被我嚇到，汪汪汪叫個不停。

阿嬤轉過身去，把晚上睡覺時會蓋在電視前的花布掀開。

阿嬤坐在她平常的位子上，伸手在旁邊的毛毯裡翻了幾下，抽出遙控器。

「恁阿公這陣佇叨位？」阿嬤問，我看向客廳的神明桌。

「吃飽了後，你有佮伊捻香無？」

「有。」

「戇孫，Misawa 嘛是同款，就佇電視內底。」

阿嬤打開電視，來福趴在阿嬤腳下，尾巴隨著旋律輕輕擺動，電視上，三澤光晴的出場曲響起，是最前面那段，只有鋼琴的緩慢旋律。你看哪一天有空，來我家陪阿嬤吃個飯吧。

本文獲二〇一六年第十八屆台北文學獎小說首獎

本文收錄於二〇一六年七月《擂台旁邊》（麥田）

樹頂——黃錦樹

Ng Kim Chew，一九六七年於馬來西亞柔佛州，一九八六年到台灣留學。台大中文系畢業，淡江中文所碩士，清華大學中文博士。曾獲中國時報文學獎、九歌年度小說獎等。現為國立暨南大學中文系專任教授。著有小說集《夢與豬與黎明》、《刻背》、《土與火》、《南洋人民共和國備忘錄》、《猶見扶餘》、《魚》、《雨》等；散文集《火笑了》、《焚燒》；論文集《馬華文學與中國性》、《謊言與真理的技藝》、《文與魂與體》、《注釋南方》、《華文小文學的馬來西亞個案》、《論嘗試文》等。

雨停了。但父親沒有回來。那天冒著雨划船出去後，就再也沒回來。許多天過去了，水也退得滿遠了，但父親就是沒回來。

那天夜裡他匆匆披了雨衣，提了手電筒，卸下牆邊的船和槳，說聽到呼救聲——我們也依稀有聽到，但水聲嘩嘩，其實不是很清楚。但父親的表情非常篤定，好像他聽到的比所有人都多。母親哀求他別去。甚至試圖拉著他的手，蒼白著臉，帶著哭音，流下淚來：「會不會是……水鬼？……」但他的態度非常堅定，甩開母親的手。「別鬧了，再遲就來不及了。去去就來，門拴好。我回來會拍門，會叫你們。」轉頭吩咐辛，「你長大了，要給你媽做膽。」

那時雨還很大，雨聲風聲裡，那聲音相對微弱，但有時像一根鐵絲那樣冰冷清晰。女人，馬來語。

小船像一尾魚那樣的很快划入雨裡、水中，只有手電筒的光柱略略劃開暗夜，搖搖晃晃的移向遠方，向那聲源而去。然後那聲音沒了，雨聲依舊。那一痕白光遠去，時映時現的，逐漸消失在林中。他們都知道那兒有條河。平日是無傷的細流，而今必然是洶湧的巨靈了。

那一晚他沒有回來。連續七天大雨，父親沒有回來。

辛晚上去和母親和妹妹一起睡。

他們沒有一天能睡好，老是做夢，或被什麼輕微的響動吵醒。

雨停後每晚都有月光，從不同方位的板縫硬塞進來。還有風，夜裡的霧氣，那股涼意滲進來滲進來，即使和母親妹妹擠著，蓋上毯子，也覺得冷，從內心裡冷出來。他想念父親膀臂的溫熱。

只有妹妹依舊無憂無慮的吃著奶。吃飽睡，睡飽吃，還會臉露微笑。雖然她已經三歲了，不必包尿布，已經會說一些簡單的句子，有時也會找爸爸了。母親忙家務時總是黏著辛，纏著要他陪她玩。

夜裡常聽到母親啜泣。

如今妹妹睡在辛和母親的位置，記得妹妹出生前，這是父親的位置。靠外側的位置。外頭一有風吹草動須即刻翻身下床，拎起門後沉沉的木棍，或者巴冷刀。

辛想問的話母親倒先問了：

——爸爸是不是不回來了？

或者：

——你想你爸是不是拋棄我們了？為什麼他拋棄我們？

——不會的。爸他會回來的。

——那個馬來女人……

辛只好像個成年男人那樣回答她，雖然他自己的內心好像裂開了一個黑色的大洞，涼涼的，慌慌的。

他腦裡有父親和一個馬來女人親密互動的印象，只不知是幻象，是夢，還是在哪裡看過。

河水滿溢。高腳屋。

美麗的馬來女人烏溜的長髮，包裹著紗籠的身材像黑鱧魚。父親划著魚形獨木舟，靠近她家門前，她單手抓著柱子，俯身把臉迎向他上仰的唇，黑髮庇護著他們。像一頁電影海報，印度片，洋妞片。

上學途中會經過電影院，常有各式巨型海報。不日。本日放映。半夜場。與及陳舊過期褪色的。

辛已念完一年小學，下午班。眼看再過不久就要開學了，每天他都認真撕下一頁日曆，薄薄的日曆紙上有大大的數目字。平日是藍的，假日是紅的。

如果沒有任何意外將升上二年級。他期待上學，期待和同年齡的孩子玩彈珠、單腳、跳繩、捉迷藏和其他一切有趣的遊戲。有時是父親騎著腳踏車送他上學，有時只送到城市的邊緣，其他的路程他自己步行，穿過異常曲折蜿蜒的小徑。如果父親的工作忙不過來，會叮囑辛提早出門，全程自己步行。倘是雨天，必然是父親全程接送。每次黃昏，如果下雨——甚至僅僅是烏雲蔽天——父親和他的腳踏車就會在校門口對面的騎樓下等他，獨自在那兒抽著菸。現在他那輛異常堅固的腳踏車就停放在五腳基上。

辛經常做夢。

有時是夢到父親回來了。更多是夢到母親在哭泣。但母親確實在醒睡之間啜泣。無邊的黑夜裡，他們格外留意外頭是否有腳步聲。彷彿有腳步聲謹慎的靠近，又遠離了。但他知道那不過是夢。外頭有狗守著，陌生人應該近不了的。但夢裡的腳步聲是熟悉的，父親沉滯的腳步聲，拖著疲憊的身軀，和石頭般沉重的木舟。

但更多的是夢到父親的遺體被送回來。被水泡得發白腫大，以致撐裂了衣褲，雙眼被魚吃得只剩下兩個大洞。或者是什麼猛獸（多半是老虎或黑豹）吃剩的半個頭顱、一條腿、整副的排骨血淋淋的張開……或者失去了頭，斷頸處爬滿很大隻的黑螞蟻。於是被淚水嗆醒。壓抑著，不敢驚動母親。默默的祈禱。但辛認識的神沒超出《西遊記》他讀過的那幾回，他和父親一樣最喜歡觀音。其次是土地公。這兩種神經常可以看到。但祈禱時也不會提出交換條件——父母沒教過他那些，以為神恩是無條件的。

雨停後第二天辛就想出去找了，但只能走到水邊，沒有船，而且水還很急，好像有一股吸力要把他帶走。看到一望無際的黃水，舒展在林間，樹與樹間隔著滿溢的水，成了汪洋。一團團的螞蟻，或者搭著浮木、落葉，或者乾脆相互嚙咬著，把卵蛹當成了筏。蠍子、蜈蚣、蟑螂，螳螂、壁虎也都各自搭著浮木，努力的遷上高樹。眼鏡蛇、四腳蛇自在的泅游，上樹。

看到滔滔濁水辛不免心驚，父親那單薄的魚形獨木舟怎挺得住。

如要尋找，也只能等水退去。

原以為父親會在水退前回來。其後盼望他至少於水退後回來。

水退縮回河道，然而河水還是與岸同高，猶帶著股奔騰的氣勢。

旱季水位低時長出的叢叢茂盛的蘆葦，只露出小半截頂葉。葉子兀自被流水拖曳著，水位下降時即在葉面留下一層黃泥。原先河邊馬來人走出的小路已不明晰，漂流木雜草團把它覆蓋了。林中所有低窪處仍汪著水，時時可以聽到鱧魚的躍水聲。

一早鎖了門，拴了小黑看家，其他兩隻陪同。母親全副武裝，揹帶裹著妹妹，拎了刀，穿著膠靴，花布頭巾包裹著頭髮，露出額頭，看起來格外精神。辛負責提水壺，妹妹的奶瓶、尿布，和一根結實的木棒。

太陽一早就漸漸的熱了，路上障礙多，有時大棵倒樹或枯木攔路，幾乎繞不過去，母親持刀劈出小徑。路邊常有暗坑蓄著水，幾回差點扭了腳，或摔了進去。水窟悶聲騷動，看來處處有大魚受困，沒注意到水退了。但他們沒捕魚的心情。河水還很凶暴，河中且多枯木。勉強走了一段路，突然一個景象把他們嚇呆了。高高一棵枯樹上，似乎掛著一尾大魚，馬上就看出是艘小船，不就是父親的魚形舟嗎？怎麼會跑到那上面去呢？水也沒漲得那麼高啊。

於是他們瘋狂的在附近草叢中搜找。母親禁不住開始啜泣。妹妹受不了熱開始哭鬧。辛和母親分頭找。他們都心裡有數，知道找的是什麼。因此張大了鼻孔，使勁聞。狗也做著同樣的努力。很快老狗丹斯里就有發現了，嗚嗚的叫起來。一股前所未聞的惡臭突然湧現。草叢裡確有一團什麼，黑黑的，蜷曲。一身泥巴。是人沒錯。棍子一碰，漫天蒼蠅飛了起來。辛和母親都淚崩了。還好翻過來時，雖腫脹得厲害，有多處被吃掉了，但明顯不是父親。這死者老得多，矮小得多，滿頭白髮了——雖然一頭泥漿。從唇間爆出來的牙齒很爛，既黃又黑，且缺了好幾顆。從膚色來看，是個馬來人。此外就沒別的發現了。只好退回去，走老遠的路去報警，報失蹤。其後多日，大隊人馬在附近搜索，一群草綠色軍裝的士兵，土色服飾的警察。士兵爬到樹上，應母親的要求，舟子也被以繩子小心捆綁了緩慢的從樹上卸下，送回他們家門口。但兩把槳就一直沒找到，一如父親。

搜索下來，豬屍羊屍牛屍狗屍貓屍都有多具，還有好幾台破腳踏車，一具嚴重腐爛的女屍沒有穿褲。還有十多具神像，從土地公到城隍爺，關公，諸佛，王母娘娘，呂洞賓，二郎神……母親認識，辛不認識。

警察說：那死者是附近馬來村莊的流浪漢，弱智，平日挨家挨戶乞食。大水來時躲不及，溺斃不足為奇。

為了怕船被弄走，母親帶著辛在現場全程監督。那天領頭的是個高瘦、蓄著八字鬍子長相出眾的馬來軍官，一直來問母親的意見。辛發現母親的表情頗不同於往昔。臉曬得紅撲撲的，嘴唇也很紅，露出堅毅的神色，他第一次發現母親如此白皙美麗。她竟然用辛聽不懂的馬來語和那軍官有來有往的交涉呢。母親竟然懂馬來語！要到他長大後，母親才會告訴他，那些年鄰園有個長得很好看的馬來男子常會趁父親不在時像影子那樣出現，來找她說些曖昧的話，讓她很快就學會了講馬來語，尤其其中的曖昧言詞。

船卸下後那軍官又和母親說著許多話。母親轉譯給辛：

他說這船非常古老了，他只在小時候聽他祖父說過。它應該放在博物館裡，而不是私人收藏。他問她是從哪裡取得的。說那片深林沼澤附近的馬來人都不敢進去，老一輩都這麼交代，否則會厄運臨身。千年以前馬來人的祖先從北方的島划著獨木舟南下，這艘魚形舟可能是僅存的，非常珍貴。

「他問我要不要出個價錢，賣給他。他再轉賣給博物館。」母親一邊給妹妹喝紅字牛奶，問辛的意見。辛猛搖頭。

「這是爸的，爸那麼喜歡它，每年都細心給它上漆呢。要是他回來了——」

「你爸不會回來了。」母親突然咬牙切齒。「他跟馬來姣婆跑了。伊斯邁說，聽說一個支那男人在大雨的夜晚帶著一個年輕的馬來女人坐火車南下，兩人都淋得一身濕。他知道那個女人，才十七歲，他親戚的女兒，非常美麗妖嬈。」

母親一直輕咬著嘴唇，她不曾如此的。辛發現那個叫做伊斯邁的馬來軍官一直看過來，目光沒離開過母親。他走過來，妹妹喝完牛奶，他抱起她，輕輕的拍著背，像個父親那樣。妹妹馴服的把臉貼在他肩膀上，一點都不畏生。

「伊斯邁說我比那女人好看，」母親眼裡含著淚水，「比較白，豐滿，成熟。他一直想娶個這樣的女人。雖然他已經有兩個老婆了，但還有兩個名額，他說我一個可以算兩個，他願意照顧我們，把你們當自己的孩子養，會供你們念大學。他說這國家以後都會是馬來人的。他有好幾間房子，有車，有土地。你看怎樣？」辛咬著唇，熱淚滾滾而下，使勁搖頭。

「船賣他，或我嫁給他，總得選一樣。」母親又使勁盯著他。「不能兩樣都說不。如果我嫁他，船也會是他的。只賣船比較划算。船賣得的錢可以存在銀行，給你們長大念書用。就這樣決定了。」說著起身，拍拍屁股，從伊斯邁手上接過被哄得笑呵呵的妹妹，嘰哩咕嚕的說了幾段話。他就呼喝指示幾個士兵攤開一張帆布，小心的把古船包裹了，扛上軍車後斗。辛咬得嘴唇生疼，咬出股鐵鏽味。母親使喚辛去房裡拿出一本簿子，翻開其中一頁給伊斯邁，讓他抄下資料。目送軍隊遠去，軟泥上留下車煙的臭味和深深的車轍，辛的淚水一直沒停過，甚至幾乎大哭失聲。似乎是船被載走的那瞬間，確定父親不會再回來了。

他不相信母親轉述的馬來軍官說他和馬來女人私奔，拋棄他們的那段故事。父親一定是受困了。也許就困在那船上。也許它真的很神祕，像吃人的大魚那樣吞噬了父親，把它縮小了，變成它內面的一小幅畫。一想到這，辛就非常後悔沒仔仔細細徹徹底底的檢查那船。自從樹梢移下來後，軍官就不讓任何人靠近它。只有他自己裡裡外外檢視過。臨走前他叮囑說如果哪天有找到槳，一定要通知他，那才完整。請母親過幾天去銀行查一下戶頭，確認錢有沒有進去。

辛沒問到底賣了多少錢。

但從頭到尾，沒有人解釋說那船為什麼在樹上。好像它原本就長在樹上似的。

風波總算過去了，但其後數天夜裡辛仍一直等著父親回家的拍門聲，依舊不能深眠。父親持續沒有回來。辛一直夢到他。夢到他被那船吐了出來。有時他在夢裡被淺淺的埋在土裡，黑髮露出土表像一叢怪草。有時他被倒過來頭深埋進土裡，兩隻大腳掌露出土表，像兩朵灰色野蕈。慢慢腐爛後，白色腳骨上有時會有小鳥棲息。老鼠啃嚙磨牙時，腳心會癢。或者受了重傷在大樹總是藏著蜈蚣的胯下歇息時，被百年的老母樹吸進縫裡，等待機會重新降生。或者變成了石頭，在荒山裡永無止息的沉思。遇上拿督公時，也可以聊上幾句的吧。關於風，關於雨，關於霧、船，夜晚與火。

但辛也做了不好的夢。夢到他趴在井邊廢枕木上，專注的看他養在井裡的那幾隻鬥魚，突然水裡出現一個晃動著的陌生影子。好像有一隻手用力的從後頭推了他一把，他就摔進井裡去了。有一股漩渦似的黑暗把他吸進去了。

但古船和父親失蹤的消息傳開（且上了報紙）後，有一天，父親的四個朋友甲、乙、丙、丁在一個早晨同時在狗吠聲中出現在他們家門前。四人都精實健壯，連左右臉頰都各鼓出一條肌肉，兩眼發亮，身上也都有一股濃重的公獸氣味，彷彿歷經長途跋涉，很多天沒沖涼了。當年就是他們幫著父親砍了原木蓋起這棟房子，也是他們一同發現沼澤裡的古船。他們都是出色的獵手，揹著獵具，提著長刀，平日在大英帝國的不同版圖為英國佬捕獵奇珍異獸，偶然聽到消息從不同的方趕來卻已是嚴重的遲到了。

母親看到他們，表情竟喜憂參半。

問明狀況後，這沒有家室的四人中決定抽籤一人留下，協助一干大小粗活如劈柴挑水餵豬移樹修籬笆砍草及防守，以免孤兒寡婦被侮。其他三人負責追蹤父親的蹤跡，看看他到底出了什麼事，能否把他重新找回來。

最為壯實的丙抽中籤留下，其他人即日出發，蓄著大鬍子的丙嘴角流露一抹詭異的笑。

接下來的五六天，丙都非常勤快的幹著活，他收拾的乾柴堆得和人一般高。兩大堆整整齊齊的疊著，看來夠用好幾個月了。他還帶辛去釣了幾回鱧魚，每次魚身都有拳頭粗，夠四口人吃上一天。和辛一道在沼澤裡游泳，在溪裡沖涼。但他身上的味道還是一樣濃烈。他也教辛裝設陷阱捕松鼠、四腳蛇、石虎和野雞。有一回還抓到果子狸。射箭。還給了辛一把弓。夜裡，丙在搖搖晃晃的燈火旁為他們講述他多年來的冒險故事。但妹妹始終不敢靠近他，也不讓他抱——他一朝她伸手她就眼眉一皺。她也對味道敏感吧。那幾天母親始終很安靜，有什麼心事似的。靜得像廚房一角裝米的陶甕。屋前屋後都是丙的聲音、丙的味道，那野獸的氣味眼看已深深占據了這房子，讓辛和妹妹連呼息都覺得喫力。

那三個人都沒有回來，也沒託人捎來任何消息。

大約第四十九天晚上，雨又來了，且一陣陣的增強著。還打雷閃電。屋裡有股濃烈的鬱悶，不祥的氣息。

半夜裡辛被一雙毛手喚醒，妹妹也被抱起塞給他，一併推往那房間，這幾天留給丙的原係他和父親的房間，且被從外上了鎖。辛原本微微的抗拒著，但那隻手又大又濕又冷，用力的把他們往裡推。那儼然已是熊之巢穴的黑暗房間。然後他聽到丙大步踏進母親的房間，且聽到「喀」的從裡頭上鎖的聲音。板縫透過微微的燈光，黃黃暈暈的。母親好像但只發出一聲「唔」——後面的被捂住了。也許是個「好」——「唔好」——那原本該拔高的南方方言，被壓成一聲嘆息。

整個世界都陷落在雨聲裡了。

但鄰房重濁的呼息聲撐開了雨聲，像一群熊在搶食蜂蜜。母親依依的哭泣呻吟或嘆息，竟也穿過了雨的轟然。

母親的床激烈的搖晃，床柱撞擊著板牆。辛覺得房子快垮了，連屋頂都在搖晃，整棟房子像扁舟，在波濤洶湧的海上。然後一股更濃更嗆的熊的氣味突然湧現，充塞整個屋子。一股前所未有的恐懼感，從辛的腳底冰冰涼涼的沿著背脊爬了上來。辛轉頭，突然發現黑暗中一雙抖個不停的小手緊緊攬著他的膀臂，妹妹在漆黑裡睜大了她烏黑的雙眼。

狗狂吠。一陣焦躁的拍門聲。

「爸爸。」辛聽到妹妹突然以稚嫩的嗓音哭泣著大聲呼喊。

本文收錄於二〇一六年五月《雨》（寶瓶文化）

時手紙

賴香吟

台南市人，畢業於台灣大學，日本東京大學。任職誠品書店、國家台灣文學館。曾獲聯合文學小說新人獎，台灣文學獎、吳濁流文藝獎等。著有《文青之死》、《其後》、《史前生活》、《霧中風景》、《島》、《散步到他方》等書。

在這海邊的文學紀念館裡，忽而度過了二十年光陰，是的，如您所想，因為對真實人生的不擅長，所以做著趨避世間凶險的工作。在這離您極端遙遠的海邊小城，孤單之類的事情，難免總是會有，也確實有段時間難捱，不過，如您之前經常說的：事情，過了瓶頸就會好轉的。

您想必猜得到，這個館內，工作人員不會太多，我和另一名事務員，清潔工，警衛安全人員，就是全部，至於機電等技術維修人員，則和蒲郡其他博物館共用。回想起來，我來到這裡，就是從當事務員開始的。當時的我絕料不到生命在此定著下來。如果您還記得，那段時間，正是我對文學感到厭倦的階段，當您意味深長對我提到某些書或作家，我甚至無禮地打斷了您。儘管如此，當我實際來到這個以眺望海景聞名的城町——〈無事之人〉裡宇多先生與按摩師的對話，相偕造訪蒲郡的《細雪》四姊妹，〈宴後〉的新婚旅行——那些讀過的字字句句，畢竟還是如松鼠般從我的記憶裡脫跳出來，於漫天樹叢之間靈敏俏皮地閃露牠們毛茸茸的尾巴。

這間傍著竹島海岸的文學紀念館，是大正、昭和時期文人造訪蒲郡的喜愛點。「啊，那是『常磐館』吧，皇族和電影明星出入的地方呢。」租屋鄰近的老太太，聽聞我的工作位置，露出少女仰望遠方的眼光，懷舊嘆息道：「當時可是只有像橫濱、大津那樣的大城市，才可能興建這種接待外國人的觀光旅館呢。您這樣的小姐，一定讀了很多書才能在那裡工作吧？」

我冷淡地否認了，關於蒲郡，留在我這不怎麼適合閒聊的腦袋裡的淨是菊池寬、谷崎潤一郎、志賀直哉、川端康成、三島由紀夫、庄野潤三這些名字，哪來什麼皇族和電影明星呢。老太太說得沒錯，「常磐館」的確是一間可以眺望絕佳海景的料理旅館，不過，昔日建築早已腐朽壞去，現今我所置身之處其實是以另外一間與常磐館差不多時期的建物為模型而重建的，那是一間醫院，有著美麗的白底藍窗……

很有趣吧，醫療與文學，應了我們久遠之前的談話：您提及文學深沉的快樂，我便問：「為什麼我們會因為這些不快樂的成分而感到快樂？」您說我像隻追著自己尾巴跑的小貓。「是他們病了還是我們自己也病了？」我繼續追問。

「文學即使有病，那也只是個過程。」頻繁通信的年代，您如斯沉穩的字跡留在淡綠色的紙箋上。當時我不會喜歡這種說法，不願意自己只被「過程」一語帶過。那些年，您總希望我莽撞的直覺之心，可以在文學柵欄裡得到一些馴化，您總寬容傾聽我的抱怨，然而連這樣的寬容也使我感到惱恨。為什麼這麼彆扭？您會不會到今天仍然不明白呢？

因此，與其說我抱著對文學何等鍾情浪漫的心情來到這海邊的文學館就職，不如坦承我是放逐自己，什麼樣的工作也無所謂的態度，館內收藏的作家與作品，我甚至不懷抱尊敬。房屋仲介帶我在小城尋覓宿處，問話小心翼翼，約莫設定我如常見故事，是因為受了情傷或什麼變故而帶著絕望之心離開都會避居海邊的女子，想必日日過著槁木死灰的生活，寧可吞忍房室光線陰暗，而不願欣賞孩童吵雜的孤荒之人吧。

沒想到，二十年光陰。時光悠悠，這詞語如今如此適合。您說過，任何詞語皆有其生命，不過是我們誤用、濫用因而折舊、扼殺了詞語本身。我在此僻靜生活，夏天溫度高，濕度也高，常常感到悶熱。進入冬天，雖有鳥群遠從西伯利亞飛來此處過冬，但從西北邊伊吹山方向來的季節風，颳在身上，有時，比我出身的北日本還要冰冷。

工作並不繁重，無非是基礎的館舍維護，檔案整理。出於資料需要，我通讀了不少造訪蒲郡，也將蒲郡寫入作品的作家們，好比：

谷崎潤一郎，在狂風暴雨的戰爭之後特別安排細雪四姊妹到蒲郡出遊，可是，現實中的他，選擇在這兒與絕交多年的佐藤春夫和解，兩人還一起去岐阜看了長良川的鵜飼，那是怎樣的心緒呢？

三島由紀夫，他顯露幾絲怪異感的愛情與婚姻，〈宴後〉這篇小說選擇了蒲郡來度蜜月；相反地，立原正秋的〈船之旅〉卻讓主人公在這裡結束了婚姻關係。

山本有三，來到蒲郡靜養（靜養這個字，在我們文化裡實在太浪漫了），借禪語寫了小說〈無事之人〉，所謂不懷企圖心地活下去，然而，那可是真珠灣攻擊之後的時空呢，美麗海岸不時傳來戰鬥機惡魔嘶吼般的聲音……

我不得不承認，加上地景參照，我確實對那些文學多了幾分理解，不，幾分感情——感情正是東京幾年我作為一名文學之徒所失去之物——好比我於此地展開生活的初期，〈無事之人〉開場，那樣一個濃霧的清晨之於我亦是常有的。早起未明，洗過臉，往海邊行去，松樹長得很高，濃霧中可以聽見海面傳來的浪聲。倒底該說生活先於文字，還是文字先於生活呢？沒有生活，我不可能走出斗室，呼吸清晨讓人心神舒暢的空氣，但若沒有那些文字，行走於濃霧海岸，我感到的可能只是人生的迷茫而不是海的永恆。許多黃昏，下班後，我依著志賀直哉寫過的路線，越過竹島橋，到三河灣的竹島去，看看八百富神社，觀察沿途草木鳥獸，思索有無可能也發現屬於我的蜂與鼠與蠑螈。

志賀直哉〈在城崎〉，是一個被電車攔腰撞上的人，這意外不僅使他身體受了重傷，也重組了他心靈的彆扭。於此同時，他寫了〈和解〉，那個長年想要與父親直接對決，卻被貶為「因癡情而發狂的有勇無謀者」：大津順吉，願或不願，都得慢慢從執拗脫身，才能走向後來的《暗夜行路》。

寫作經常是件與人生等價交換的事，這點使我感到殘酷。

志賀的文友，另一位喜歡寫蒲郡的谷崎潤一郎（或許我得承認，沒有人能像谷崎把蒲郡寫得再明麗不過），在枯淡禁欲的日常裡挖掘近乎施虐的色情，非瘋不成魔地追求無垢，索求美之終極，又使我感到遲疑。

您過去總喜歡說那是因為我還太年輕的緣故，可是，二十年過去了，我希望能對您說得清楚些——使我遲疑的是，當善與美有所衝突，藝術似乎不惜選取惡來接近美：谷崎如此，田山花袋〈少女病〉貪戀青春美貌而落車身亡，三島為金閣之美而犯下大錯，亦是如此。啊，什麼是美？什麼是惡？什麼粗暴？什麼良善？所謂藝術或文學，要走到何等深處，怎樣的谷底？在那兒，真會有使我們心服口服，涕淚和解的答案嗎？我一直對這些問題感到迷惑且疲倦，說得更大膽些，惡，使我深深地厭倦了。

我是如此遠離了您，以及您所聲稱的作家之路。即便書寫之於我有那麼一絲本能，可我將這本能予以禁抑，我畏怯這本能喚醒我的情感，亦不願以之交換您的情感（情感的隱詞或是愛，可如今它光澤已褪而配不上那個字吧），因我已隱約意識到，美與善的衝突，即使是您，也把握不住方向。這本沒有什麼，可當您輕鬆而優勢地以文學詞藻來為心靈的不誠實多做修飾之際，我們之間最好的基礎，便如薄冰般粉碎了。

蒲郡或許就是我的城崎，我甘於一個人，沒有談話對象（您想必讀得出來這是志賀的詞），別後，您的作品，於我，也變得陌生了。這樣的話當然冒昧，之於如今您的大名也無關緊要，我僅僅只是位於海角的文學館的管理員，微薄地盡著看守與推廣的責任，這封信，說起來，不過是想跟您報告，關於本館的一個制度。

作為一個與都會有著距離，規模也小的文學館，為了能在全國數十甚而百計的文學美術博物館名單之中被注意到，我們設了一個信箱，鼓勵有意或無意走進海邊文學館的遊客，給自己的家人、戀人、生命相關之人，寫一封信，就算要寫給自己也未嘗不可。信的內容可能是到此一遊幾句簡單的話，但也有可能因為碧海藍天圍繞，執筆者忽而就有了寫下什麼的心情。

您或要問，這樣一個信箱，有什麼特殊呢?容我繼續說下去吧。

海邊文學館，日日面對大自然恆常，人再如何魯鈍也會興起韶光荏苒，白駒過隙之感，再者，文學館這樣的地方，說來不也正是保存著時光河流裡許多閃亮心靈所留下的話語嗎？——我們想把這樣的體悟與來者分享，因而決定讓被寫下來的信並非立即寄出，而是依寫者指定，三年，五年，十年之後再行投寄，等待的時間裡，由館方善盡保管之責。

把今天的想法寄給未來，這是借用時光膠囊：將現在之物留存給未來的概念。附帶一提，當我查看時光膠囊資料，發現早從上個世紀人類便頗為積極埋下好些時光膠囊（稱之為文明地窖），使我印象深刻的不是那些膠囊裡放了什麼，而是當時人類預定的開啟時間，竟是五、六千年後！您看，人類野心曾經如斯張狂，相對，我們這一代人經歷著地球暖化，核電危機，早就沒了這等豪氣。

言歸正傳，海邊文學館內的信當然不可能埋入地窖，只是想借用時間的魔法。我們的生活日常，本就喜歡替未來預作紀念，舉凡入學、畢業、就職、親朋各種紀念日，無不細心工整寫在記事簿裡，好讓一成不變的生活有所期待。本來只是一封到此一遊的信件，我們讓它加上時間元素，便跳出了一般觀光地販售明信片、吊掛祈願樹的層次，參訪者執筆寫信，可能帶著日後給收信人送上驚喜的好意，也可能懷著說不出口的感謝與歉疚，託時間緩緩慢慢將它送到對方手上。

這樣的禮物，時光的幻術，我們將之定名為「時手紙」。

「時手紙」的制度，出乎意料，獲得參訪者好評，往外傳播成了本館特色，不僅來到蒲郡的觀光客願意繞過來看看，還有些人為了「時手紙」不惜遠途來到蒲郡。幾年下來，寄出去的「時手紙」甚至給本館帶來了預期外的故事。

比如說，我們收到謝函，說「時手紙」怎麼樣促成了他／她與摯愛的人有了深刻互動，或怎樣使一個面目塵埃的人找回了自己，因為時手指裡寫的正是當年他／她對自己的夢想。一名對職場感到倦怠的女性寫了這樣的信來：「幾乎是不敢打開的心情呀，把時手紙拿高高，讓陽光穿透，看裡頭隱隱約約的字跡，那是十六歲的我呢。」

當然，也有另一類故事，比如說，收到信的時候，孩子已經長大，戀人已經分手，親愛的對象已經緣滅甚或不在世間……

運作這麼些年下來，成了一個老練文學館員的我，已經明白時光是藉著什麼因素，把那片刻的寫信舉措變成了故事，如同作戲的人知道安排高潮，料理的人知道如何提味：那是戀情之分合、拆離與圓滿，更甚生死，橫亙發生於其間。您記得新世紀初被大幅報導的新聞嗎？一對父母在愛女被殺害的七年後，收到了由愛女寄來的賀年卡：「新年好！爸爸、媽媽，您們現在在做些什麼呢？我好想知道喔。」

您們現在在做些什麼？那時我們又在做些什麼？我們是這樣一個對時光敏感而傷逝的文化，造化弄人最使人落淚。事情源起少女兒時參加了筑波科學萬國博覽會主辦的「時光膠囊」活動，指定於二十一世紀的第一天，將手寫卡片寄給父母。

穿越始料未及的生死，賀年卡準時抵達了。時間的幻術讓時手紙有所意義，讓我們這間小小的海邊文學館孕育了故事。早期參訪者多少帶著好玩有趣的性質，但至近年，來到海邊文學館的人，並不見得為了參觀文學，而是要來放置一個屬於他的時空膠囊，寫信的人，漸漸都帶些過分慎重的神情了。

許多次，我把參訪者留下的信件分類、歸檔完畢，帶上門，感覺有股沉重追在身後；許多祕密、傾訴、祝福一層一層裹藏於時間裡，日積月累沉積於我們這間小小的文學館。鄰屋老太太依然不時和我談論「常磐館」，那是一個因為戰爭而面對生命總顯得卑躬屈膝、善良微小的人物，當她聽我說起「時手紙」，感嘆道：「如果死去丈夫也給我留下這樣的禮物，那該有多好啊。」我勸慰她亦可自己來投寄一封信給關懷的人，她便說起離家的孫女，有垂暮之人的掛念，可惜，這螻蟻般善良的小人物，對於字詞那麼羞怯，說過便打消了念頭。

我想起以前的代筆人，也想起，作為一個時手紙管理員，我自身竟無任何想寄信的對手。我確實是抱著放逐之心來到此地，這是我對美麗蒲郡的羞愧。這地方已不再是小城，人工造就的遊樂園非常闊氣，各級觀光旅館也不欠缺。每到夏季，橋下淺灘擠滿撿拾貝殼的親子家族，夜晚海面花火璀璨令人難忘，那也是文學館最繁忙的季節，忙過之後，橘子熟了，便能稍靜下來看書。

文學館裡，有個角落，把紙門拉開來，恰恰可以眺望竹島，以及更遠處無人居住的三河大島，空間介紹上，我們將它稱為療癒空間。文學館無人來訪的日子，我會在那兒坐些時候，眼前由西浦與渥美半島所圍成的水域，雖說是海卻如湖面寧靜，我懷想，那些曾在這裡寫稿的文人，也和我眺望著相同的景色嗎？他們可曾抵達更多我所不能及之處？時光悠悠，我慢慢反芻他們寫下的字句，有時，忽然也就心領神會了什麼——這何嘗不是「時手紙」？一個心靈在過去時空，留給我的字字句句，前行者留給後來人的信。

我就這樣留下來了。前些年，老太太過世。我捻起砵裡的碎香，誠心誠意向她道別，走下階梯，望見遠方的海，這世間，什麼令人厭惡，什麼又是反璞歸真，我逐漸可以指認出來。我愈來愈少想到您。在這間小小的文學館，似乎，我終於得以跳過了您，歸返文學的懷抱。是的，懷抱，這類詞語，在以前，我是不用的。

某個颳著伊吹風的日子，海邊文學館的門被一位形色匆忙的男士推開了。他以略帶口音的日本語，向我們請求一封九年前他在這兒寫下的信。

「時手紙」運作至今，我們碰過一些信件被退回的情況，多半因為搬遷換了住址而查無此人。有些細心的人，會先打電話或寫信來更改地址，那種時候，我們就得去把原信找出來，有點費力，不過，遇上要來查看信件的例子，倒是沒有。

我們客氣詢問這位男士何以要查看信件。他沉吟片刻，以簡單的說法：「我的收信人已經不存在了。」

聽到這樣的回答，我們便不再多問。我請同事幫忙去找那封信。等待的時間裡，我給他倒了杯茶。彷彿對自己的要求感到不好意思，這位男士主動跟我說起他的時手紙故事。

這位來自異域的男士，曾在我們國家工作一段時間，愛慕了同樣來自故鄉的女子。不過，如同常見的悲戀，女子已為人妻，儘管彼此意會，男士只能謹守距離，終而帶著疲憊之心結束工作，離開了我們的國家。就在那之前，他恰因出差路過這間海邊的文學館，抱著離別心情，給女子寫了指定十年後寄出的信。

然後，時光便隨星球運轉。這男士決心另過人生沒再與女子聯絡，可是，每年初始，女子照著我們文化裡固定的做法，都給這男士寄一張賀年卡，也如我們文化，每年寫著差不多的內容：恭賀新年，平安健康之類的問候。

直到兩年前，他沒等到來自女子的賀年卡。

男士按耐不住心思折騰，循著賀年卡的住址，到我們國家來尋這位舊時的戀人。

「結果，我能找到的，就只是放在你們這兒的那封信。」

許多按下不說的細節，此刻彷彿漲滿了他的喉頭，聲音藏不住哽咽：「我應該回覆那些賀年卡，她不就明明白白把自己的住址寫在上頭嗎？」

同事把信取來，我慎重地交給他。他接過去，看著信，卻未打開。

過了好些時間，男士才又開口：「事實上，我專程來此，是想跟你們做個請託。」

「我今天來，與其說是取回這封信，不如是想請求你們不要寄出這封信。」男士羞澀但仍勉力把話說出口：「這封信，如今寄出去，已經沒有意義，可否就讓信留在這個時空裡呢？」

他的神情裡帶著很長的故事。我在文學館待得夠久了，久到足以明白那樣的神情。然而，我搖了頭：「文學館是沒法替人保存信件的。」

雖說是時手紙，我們替人保存的只能是時光，而不是信。

「我們得把信寄出去。如果真被退回來，我們就會連繫原寄發人來領取。」我狠心繼續說下去：「既然您是原寄發人，今日要提早領取也是可以的。」

他宛若被擊敗的對手，神色垮下來，但也知道多說無用，沉默了。

我請同事轉身去幫他添些新茶，餘光看見他把信默默地收進提包裡去。

其後，他移坐到那片可眺望海色的療癒空間，望著拉開的紙門，坐了許久。

直到文學館必須關門之前，我才帶著愛莫能助的心情去驚動他。

那一天的黃昏，我陪這位傷逝的男士，帶著被取回的時手紙，在海邊一家剛掛上暖簾的小酒屋，喝了些加熱水的燒酒。

男士說，他從未寫過信給收信者，時手紙是唯一的一封。「我太自以為是，心底仗著十年前給她留了這封時手紙，我總想，她收到信就會明白的。」

約莫因為酒精，男士說話變得自在，我這才發現他的日文是足夠的。「卡片越洋而來，難免遲上幾天，不過，每年只要收到賀年卡，我就知道她還好好過著，還惦記我。就算我後來搬了家，還是會回到舊家去等那張賀年卡。」

我們接著談論了蒲郡與文學館的日常，為撫平他的情緒，我說了幾個時手紙來來去去的故事。他聽完以後，感嘆：「您長年照顧著各式各樣的願望，想必很有趣吧？」

「是啊，管理許許多多被等待的時間，與其說有趣，不如說有那麼點沉重。」

男士專注聽著，我不確定他是否明白我的意思，但也因為這不明白，仗著語言的距離，我放鬆地繼續說下去，也許，需要傾訴的是我。

「沉重這個詞可能讓您見笑，不過，您可以想像，如此之多時間聚集在同一個空間，難道不會重嗎？嗯，不是有黑洞這樣的說法嗎？關上門，有時，我真覺得那間信件室是個黑洞。」

男士點點頭，神情認真，使我感到不安起來：「不好意思，說遠了。」

「不，不會的。」他忽地將話題轉了方向：「您知道有種星體叫做冷恆星嗎？White Dwarf？」

陌生的詞彙，我搖頭。

「簡單說，冷恆星是一種演化到晚年期的恆星，光度低、密度高，體積相對小，顏色相對淡，因此，也有人稱呼它為白矮星。」

「演化到晚年期是什麼意思？」

「質量已經大量拋射出去。」男士想了想：「這很難說，我恐怕沒法以日語好好解釋。簡單說，星體的核能源已經耗盡，整個星體會開始冷卻、晶化，然後死亡。」

「星體是會死亡的？」

「是的。」男士又說：「白矮星密度高，最後因自身重力而坍縮，就形成您所說的黑洞。」

原來如此，原來他在回應我的說法。

「黑洞重力愈大，該處的時空結構就會扭曲得越厲害。您明白這代表什麼嗎？」

我又搖頭了。

「代表時間過得越慢。重力愈『大』，時間愈『慢』。」男士笑了：「因此，您剛提到的時間、空間，並非完全沒有關係。在我而言，蒲島太郎的故事，是可以做科學解釋的。」

海底龍宮的幾天，人間世的幾百年。我想了一會兒，似懂非懂。男士繼續提到愛因斯坦相對論，解釋重力並非一種「力」，而是一種時空效應，又說最近他所工作的領域剛探測到重力波，這將進一步改變人們對時間、空間的概念……他愈說愈顯熱情，以至於不得不澆幾口酒對我抱歉提了外行人聽來可能了無興趣的話題。

「不，我要謝謝您的解說。」我給他的杯子再斟滿酒：「您這些說法，給了我一些指引，彷彿時手紙可以從空間直接作投遞似的。」我嘴裡不求甚解地說著，腦海同時對生命時間的丈量感到疑惑：東京如斯短暫，蒲郡漫漫之長；作家孜孜不倦寫至油盡燈枯，目光卻總停留某些光陰，甚至片刻。「說來，文學也是穿梭時空之物，我們每個人的心，都是一顆星體吧。」

「您這是為文學做了一個動人的解釋啊。」男士發出嘆息：「我真希望她也能聽到這句話。」

我沉默著，我無意再度勾起他對那位女士的思念。

「您知道克爾時空（Kerr spacetime）嗎？」男士說。

我搖搖頭，故意口氣輕鬆：「您說的這些詞語，真像是祕器呢。」

「那是黑洞演化的終點，在克爾時空，時間是獨立的，任何東西都不會隨時間發生改變。」他看著我，似有幾分醉意：「您知道我的意思嗎？克爾時空，是一種讓人費解的，時間呈現停滯的時空狀態。」

我不知道該回應什麼，我連自己是否聽明白這些語意都不確定，可這幾句話，忽然之間，沒有明確關聯地，觸碰到心裡哪個角落，使我感到鼻酸。

「知道她的死訊之後，我經常想到這種狀態。」男士幽幽地說。

我依舊沉默，眼眶裡已藏著淚。

他露出一抹疑惑神情，隨即又以一種男性的，若有所思的眼神，直視著我。然後，他伸出手來，碰觸我的臉，抹去了滑下來的淚水。

我說謝謝。

他沒問我為什麼哭。

我們離開酒館，默默走向車站。在告別的邊上，我低眉致意：「讓您白跑一趟，非常抱歉。」

「不，不算白跑，被您們拒絕，也算是此行的收穫吧。」

我們相視微笑。然後，他把信從提包裡拿出來，遞向我。

我依舊不明白這是什麼意思。小鎮的夜色降臨，冬霜清寂，幽玄，我想到物哀二字。

「您可願意知道這信裡寫了什麼？」他問我。

「請您打開它吧。」他說：「讓我感覺有人讀了這封信。」

一整頁密密麻麻的字，比日文更密實的圖案之書。有幾個字我認得，但即使認得，那些字與字的次序，我無從理解。

「我可以再做個任性請求嗎？」男士說：「可否請您收下這封信？即使您完全不讀它也沒關係的。」

我不應該也不適合答應的，可是，那一夜，我收下了。

我當然可以在此邂逅之後，轉身便將這封時手紙擲進垃圾桶，或等天明之後，跟文學館裡許多紙張一起處理掉。

我以為我應該這麼做。

然而，沒有，我這是否失職呢？那封時手紙至今仍置放桌上，不時使我感到迷惑，有時，我也興起念頭，想要請教通曉繁體中文的人，告訴我其中倒底寫了什麼。

幾天前，經由電子信箱裡的出版新聞，得知您即將到名古屋講演的消息。我驀然想起，您，不就是能夠通曉這封時手紙的人嗎？您早年可是下了很大功夫，研究過這個語言呢，我，竟然連這都忘記了……

我該去見您嗎？帶著那封時手紙。人間悠悠已過二十年，可您我之間，時間倒底經過了多少？滿頭白髮是確實的證據，可是文學，時光是否洗淨它的幻影，給予我們重逢的可能？我這個受您照顧卻長年失聯的人，原本只是想向您請託翻譯這樣一件小事，卻忽而把信寫得太長了。

——原載《印刻文學生活誌》二〇一六年六月號，第一五四期

和服肉身——江文瑜

台灣大學外文系學士，美國德拉瓦大學語言學博士。曾任台灣大學語言學研究所所長、美國哈佛大學語言學系與日本京都大學言語科學講座訪問學者，現為台灣大學語言學研究所教授。學術論文刊於數種知名國際英文期刊。文學創作包括詩集《男人的乳頭》、《阿媽的料理》、《合掌——翁倩玉版畫與江文瑜詩歌共舞》（與翁倩玉合著）、《佛陀在貓瞳裡種下玫瑰》、《女教授／教獸隨手記》（即將出版）；傳記文學《山地門之女——台灣第一位女畫家陳進和她的女弟子》；短篇小說集《和服肉身》（即將出版）。學術論文之外的獲獎包括陳秀喜詩獎、吳濁流文學獎之詩獎，與台灣第十八屆十大傑出女青年。

陳舜仁 攝影

1

應門的是一位中年穿亮黃色和服的女性，眼部下方畫了細緻的眼線，對林竹芙深深鞠了一個躬：「初次見面，請多關照，我是霧島育子。」「啊，是霧島老師，初次見面，請多關照。我是林竹芙，真的很抱歉遲到了，這裡的住戶都沒寫住址，好難找啊。」額頭前的汗珠滴到眼睛時，她吐出台灣口音的敬語，同時注意到霧島和服上的竹子原本搖曳的姿態，有些欲墜的不穩，發出沙沙的低吟。

五分鐘前，額頭上的汗珠非常強勢，硬是從皮膚竄了出來，因找不到住址，在這個隱蔽的小巷中，竹芙心跳不規律的昏厥感襲來，手上寫著住址的白紙已經被她的手掌捏了幾次，皺折清晰可見。

過於擔心日本的準時規則被自己打破，竹芙卸下鞋子後，腳拇趾往內緊縮，腳汗滲了出來。「來，第一次來放輕鬆些，大家都已經換好了和服，她們會等你。」霧島盯著她的脖子看，竹芙從霧島那裡接過一個透明塑膠袋，打開後是件粉紅色和服，點綴幾隻飛舞的蝴蝶，細看背景有模糊的櫻花陪襯，另外還搭配了一個橄欖綠的腰帶。她的眼神瞄過去，其他的女人都挺直背脊，撐開胸部的線條，和服彷彿要繃開似的，鮮豔的色澤還散出京都寺廟的沉香味。每人直視著她，眼珠蘊藏窺視的力道，彷彿瞬間可以褪去她的衣衫，讓她徹底赤裸。

「各位，這位是我們今天新來的同學，林竹芙桑。」霧島說完，其他的女性每人都鞠躬，竹芙又注意到她們的胸部跟著往前，乳房的形狀把和服撐得更開，幾乎下一刻就要掙脫出來。

「大家好，我是來自台灣的林竹芙，請大家多指教。」

「來，第一次我教你如何穿，下次同學可以幫忙你。」一邊說著，霧島已經熟練展開那件粉紅色和服，前後套在竹芙身上，在她面前將左右兩邊的布調到適當角度，然後左邊在上，整片和服的布跨過右邊。兩條粉紅細長帶子為了繫住布的位置，很快裹緊她的腰身，她必須挺起胸膛，壓縮小腹，呼吸才能順暢，此時她感覺腰部產生細緻變化，當那個部位緊縮之後，身為女人的意識提高，自然也把臀部緊縮，往上翹了起來。

霧島的身手矯健，很快地那條橄欖綠的腰帶，已經在繁複的步驟中，變成了肚子前的蝴蝶結，像是一支巨大、翅膀點綴櫻花、準備起飛的綠蝴蝶。竹芙還來不及細看，那款蝴蝶結已經被移到背部，她從鏡子中，側身看那隻蝴蝶，緊黏在背部，彷彿她身上湧出了花蜜，吸引了那隻龐大的昆蟲。

「穿和服不是件容易的事，要練習好幾次，才能上手。沒關係，同學都會幫妳。」其他同學站在那裡等待，他們連凝視都呈現了一致的表情，竹芙再次湧出自己赤裸的影像。

同學們很快跪在地上，一把扇子放在前面，向霧島老師鞠躬，說些感謝的話語。這是開始上課前的固定儀式。同學站起來後，演歌的音樂同時響起，這些日本女人本能似地將扇子遮住臉龐，轉身九十度，若隱若現的白色襪子，摩擦地板，「原來他們都已經學過一陣了。」

「來，跟著跳，讓你的身體跟上來，心也就跟上來。」霧島老師拿著精緻的日本扇子對著竹芙的胸口，扇子上的澄色混雜大量的金色，房間整個點亮起來。

當時在地鐵看到課程廣告時，腦海浮現兒時與父親一起看的日本電影中，傳統舞者身上的神祕氣質，厚重的白粉下，真正的面目有些朦朧，她想這樣的課程對她目前正在兼差的工作應該相當有幫助。

來自熱帶島國的她，被和服的腰帶束縛了腰部之後，感覺自己的意志受到衣服的制約，反而會幻化出某種過去無法滑出的舞步，腳下的布拉扯著她，同時腰帶的緊度，讓她覺得自己像個重新學習爬行的嬰兒，重新認識這個世界。

她亦步亦趨跟著，時而拿起扇子向前畫圓，時而轉動扇子，好幾次她的扇子從指尖噴了出去，墜落地面後發出碰撞聲，她尷尬重新撿起那把喘息的扇子，但其他同學彷彿一切都沒發生，繼續隨著歌曲的前進，身形緩緩隨腳趾移動，他們的和服搭載著肉身，在浮光裡漫遊，每把扇子展開後，都是一場夢境的蔓延。「我在水波裡嗎？」好幾次竹芙以為自己漂浮在池塘裡，身上和服的蝴蝶幻化成蜻蜓，準備再度起飛。

「來，把動作做出來，日本舞踊的精神藏在細節裡。到目前為止，你們的細節仍沒有完全表現出來。」霧島的聲音保持一定的頻率，呼應她腳步的輕緩，卻中氣十足，對應拇趾的抓地。

「眼波帶動你的眼神，所有的神韻都藏在眼睛裡，眼睛活起來，不能讓你的眼睛沉睡，眼睛探看四周，卻不驚擾，連灰塵都可以平靜……」

其他的同學跟著調整臉部的肌肉，露出放鬆後的嘴角，但竹芙仍無法掌握要領，臉部的線條緊繃。

「來，用腳拇趾呼吸大地的氣息，每次的移動都要把重心下移，你主宰自己的命運，猶如主宰著你所站的位置。」霧島老師來到她的身旁，示範基礎動作，將上半身往後斜四十五度，展開特殊的弧線，身體向無限處延伸，「來，這時腳拇趾更要抓穩地板，就像是你的人生，無論如何傾斜，你的地盤仍然穩住，不會倒掉！」竹芙瞬間眼眶被淚水濕潤，閃閃發亮，「對，自己要穩住，不能垮掉！」眼前的弧度完全是個令人遐想的身姿，竹芙同時想到自己在眾人面前的裸體姿勢，此刻的霧島除了身著和服外，幾乎就是自己的化身了。

她短暫出神，強光打在自己裸露的胸部上，肌肉微微浮動，前面站滿正在素描她身體的學生，直接碰觸空氣的肌膚將在燈光下變成油彩不同深淺的區塊，她刻意在乳頭上塗抹茉莉香水，但香味在暖氣房裡蒸發得非常快速，她想學生雖無法把香味畫進畫裡，但總會有催化作用，或許使用了不同的色調來強調胸部的肌膚……

她又聞到茉莉的花香，有些微醉，想模仿霧島此刻的角度，向後傾斜四十五度，卻沒站穩，整個身軀向後退了幾步，往地上重重蹬下去，她逐漸感到呼吸有些困難，眼前冒出了黑影，耳朵也被氣流堵住，朦朧中聽見同學驚呼了一聲。

幸好，那件和服的腰帶幫她擋住了與地面的巨大碰撞，只微微有些腰痠，她又站了起來，「啊，身體要多鍛鍊了，年紀輕輕的，這樣太經不起考驗了，跳日本舞踊和練太極拳一樣，沒有人能打倒你，只有你自己。」霧島以元氣的聲音吐出每個字。

兩顆巨大的汗珠從竹芙的額頭滑下，緊身的和服催出她一身汗水，尤其與腋下接觸的和服潮濕了一片，擴散到連背後的那隻蝴蝶都濕了，重量加重了。

「去花園透個空氣吧，從這邊出去左轉，那裡可以讓你鬆緩一口氣。」

「啊。」竹芙輕聲回應，她訝異眼前的霧島，整個容顏流露著慈悲，彷彿把自己擁在懷裡。

當竹芙跨出這間舞蹈教室，清風從眼前吹過，裡面的同學仍移動她們的舞步，竹芙依然感覺自己正褪去衣衫，裸露的肌膚與窗外的天空映照著對比的顏色。

穿上木屐，腳上的白襪滲出的汗水黏在木屐上，她聞到自己的腳汗味，不過一陣微風很快將味道吹散。木屐聲清脆著地，才幾個步伐，再往左轉個彎，眼前立刻現出了一片色彩繽紛卻又獨具枯山水風味的花園，五月的氣候仍遺留下許多紅色椿花，她也認得出旁邊種了幾株櫻花木，這時櫻花都已經凋謝，長出了嫩綠的枝葉。花園中有個小水井，水從一片竹子緩緩流出，竹芙因為自己名字的關係，每次看到竹子，都會心跳加快，趕緊快步過去。

就在此時，一個影子閃過她眼前，起初她以為是錯覺，再次眨眼睛，發現影子就在她附近，這個影子激起不尋常的心跳，猶如預示將有事情發生般，她的無意識被朦朧的水滴漫開，開始放大視野，搜尋影子的來源。這時，她的五種感官同時開啟，聽見風刷過葉片激起的閃亮感，注意到從竹子流出的水也透出了澄色的光影，聞到椿花叢誘發的香味帶點迷醉，連肌膚都感受到被花粉襲過的幸福滋味，混雜的感覺從胸口湧現，直入她的喉嚨，口中的唾液分泌了甜味。

「啊，影子就在那裡。」她看見了，從一株椿花木後面延伸出來。「形狀不像是椿花……」喃喃自語的她注意到影子會前後微動，形狀也有些奇特，於是放輕腳步，怕驚擾了那片影子，「說不定影子會突然消失呢。」她忘記剛才重摔在地時背部隱約的疼痛，用傾斜的身姿，逐步趨近那個影子，卻又拉開一點距離，

影子變得越來越大，她越小心不要踩到了影子。

瞬間角度的驟變，一個真正的人出現在眼前，剛才被樹叢遮住了，竹芙被這完全出乎意料的景象震懾到，嘴裡的叫聲只到喉嚨就被壓下來了。一個坐在石頭上閉眼的男人，以打坐

的姿勢前後輕微搖晃著，似乎是睡著了，但又有種隨時可能打開眼睛的警覺樣貌，光影落在他的鼻頭上，拉出了兩頰的陰影。

那一刻，彷彿喚醒竹芙第八意識裡沉睡的影子，這張臉的面容進到視覺的瞬間，她深埋在體內的各種光明與黑暗同時攪動起來，混沌不明的氣脈猶如迴旋的漩渦從底部上升，隨著秒的推進，灰濁的顏色逐漸褪去，眼前有種透明的光包裹著她。

眼前男人的臉龐，像極了她在畫上看到的佛陀與武士的混合容顏，看似睡著的神貌，安詳而不為所動。鼻形又映出西方人高聳而狹長的山脈狀，厚的嘴唇彷彿訴說著他豐沛的情感流動在每根敏感的唇部神經裡。

竹芙想再多看一眼這樣的臉孔，但馬上意識到附近似乎有腳步聲靠近，剛才的放鬆感又轉為緊繃，一時不知該將自己的身體放在什麼位置。一種突然撞擊的恐懼感，讓她害怕會驚醒眼前的男子，破壞掉剛才瞬間所凝聚的那座閃著光亮的魔石，魔石上坐著一位令人安心又迷惑的男人。

「竹芙桑……」她好像聽見細碎的聲音從另一個方向傳來，她離開了幾步，又感覺捨不得，男人還是看起來像是打坐似的，眼睛沒有張開，她猶豫著要不要在離開前，躲在某處用小石頭丟過去，發出某種撞擊聲，看看是否可以看見男人張開眼睛的模樣，但她喜歡這種安靜的氛圍，在男人的影子前蹲了下來，屏住氣息，用手在影子覆蓋的泥土面積上，寫了一個

「竹」字，然後轉身，迅速消失在這片光影交錯的椿花叢中。

「竹芙桑，今天的課程已經結束了。回家要多鍛鍊，年紀輕輕的要隨時傾聽身體的聲音。」霧島老師說話的同時，同學們正在脫去和服，換回原來的衣服。

「剛才妳的背包裡的手機一直響。」一位同學過來對她說。

「啊，真對不起，我以為手機關掉了，很抱歉打擾大家了。」竹芙從皮包拿起手機，裡面有三通來電未接，還有簡訊。

> 原來的模特兒今天臨時有事，今晚有空來代替嗎？五點前請回覆。

竹芙匆忙趕往畫室，因為有些距離，她連晚餐都無法吃，就必須趕緊坐地鐵過去。今天為了第一次的日本舞蹈課，特別到美容院梳個髮髻，「索性就直接穿和服過去那邊，說不定今天可以……」一路上她都打著如意算盤，「今晚算是支援性質，應該可以有不同的展現方式。」

2

畫室在京都東山區某個幽靜小巷子的二樓。竹芙氣尚未喘過來，已經有人來應門，是一個未曾見過面的、看起來已經可以歸類為年長的男性，他幫竹芙開門後，禮貌式的問候：「初次見面，請多指教，感謝你幫這個忙。」

竹芙瞄過去，老師與學生似乎都已經準備就緒，每個學生的畫架上已經貼上空白的大型畫紙，她開始擔心這樣的場景與她原本預期的不同，喘息著走去老師身邊，把老師叫到角落，小聲說：「今天可不可以不要裸體？穿著和服不方便立即脫掉，中間休息時間也不方便換裝。」

繪畫老師停頓了幾秒，嘴角湊到她的耳朵：「你今天很特別，或許對學生來說也是個特殊訓練，不過今天或許可以動作大膽些，穿著和服也可以產生裸體的效果，妳自己琢磨琢磨……來，不會有問題的。」老師拍了她肩膀兩次，彷彿一切都拍板論定。

走上凸起來的木製檯子，那裡放個椅子可以讓她支撐力量，擺出各種姿勢，側邊矗立高架檯燈，整個燈泡正好懸放在頭上，有利於打光到身體的不同部位，一站到那個檯子上，竹芙馬上感受燈泡的熱度朝她的脖子襲來，尚未站穩就已經感覺汗珠快要從頭頸交界處滴出來，她脖子上那幾塊小的疤痕，每次遇熱就會輕微疼痛，但竹芙趕緊擺出第一個姿勢，兩腳一前一後，兩膝微觸，挺胸縮腹，身體傾斜四十五度，「嗯，帶點嫵媚邀約的神情。」她想起今天下午的舞步，學習日本舞踊能開發自己的肢體潛能，或許五種感官也同時被激發。這次她的腳拇趾已能與地面保持穩定的碰觸。

學生拿起炭筆在空間裡滑動，這個傾斜姿勢讓竹芙產生了信心，不像以前完全赤裸那種毫無遮掩的時刻，時而懷疑自己身上哪個部位多了幾條不協調的肌肉，也感覺脖子上的疤痕很想藏身，此刻她深呼口氣，打算再把胸部拉高，她斜出去的眼角忽然落在剛才那個為她開門的年長男人身上，「啊，他也在畫畫！」

過去三個月來，她也見過不少年長的學畫學生，但這次這位看起來臉上的線條似乎寫著他深邃的年紀，無論如何，歲月都無法以隱身術躲藏，他凹陷的眼睛裡帶著難以測量的熱度，從眼角四周溢出來。

應該是那樣的熱度，快速擴散到竹芙的和服，頓時那件和服有種密不透氣的緊繃，直接壓著她的身軀，她意識到那兩顆眼睛所閃出的不尋常訊息，感覺自己又和過去一樣，再次赤裸地被旁邊的燈泡照得渾身通紅，連兩腿間的肌膚都滲透過去了。

朦朧間又進入第一次在眾人前脫衣的狀態，當時室內的暖氣直襲到毛細孔，在猶豫與放膽之間，生存的欲望讓她裸露胸部的剎那拋棄了拘謹，深呼了口氣後，盡量讓臀部和胸部都以最佳的弧度展現，恥部附近的陰毛有時被空調器的暖風吹動，間接搔到她的兩股之間，同時一股氣流向上奔竄，那時突然有種想要啜泣的衝動，腦中升起男友離去的背影，還有為了支付他生活費耗掉的所有積蓄，如今好像只剩下這個依舊仍有曲線的身體，可以抓住些什麼……當她意識到眼睛已經潮濕了，狠狠吞了幾次口水，從胸口下指令給自己，在這個時刻，不能有所閃失。終究勉強將嘴角很細緻地上揚，讓在場所有的學生看不出蛛絲馬跡，「冬天的暖氣可以蒸乾自己的眼睛，即使要落淚，都要在寒風裡。」她輕輕對自己說話。

現在，她已經習慣了，肢體語言逐漸脫離生澀，有時還流出多餘的自信，他必須說服自己稍微謙虛些，收斂些過於張揚的想要肆意展現的欲望，「花要美到恰到好處。」她時刻這樣激勵自己。能征服日本人的眼睛，帶給她微妙的上升感，猶如氣泡在海底深處，緩緩往光的地方移動。

但今天這個年長男人的眼睛如此不尋常，激出自己是青春花瓣的滋味，羞澀中還帶著引誘蜜蜂的本能，或許被蜜蜂螫過後，花瓣就蛻變成蝴蝶了，竹芙感覺身體有種被採摘花粉的幻覺，被取出了身上的汁液，賀爾蒙因此微妙轉化。

在微調身體的弧度中，十分鐘速寫很快到了，她趕緊換個姿勢，或許是下午練舞的啟發，她很快想起接續的動作，坐在椅子上，些微展開和服的下半身，讓兩隻小腿像掀開簾幕般從後台走出，雪白的肌膚一出場果然引來人影的騷動，從她的仰角看下去，那些學生的身形都縮小了，有時像是縮成塊狀黑影，對比於台上被強光包圍的光暈，剎那間那個年長男人的眼神產生巨大的變化，無法控制的眼波流光撐開整個眼睛的池塘，整個眼角泛滿了湖水，幾乎灑滿整張臉龐。那是錯覺嗎，從竹芙的角度斜角看過去，那個男人的眼珠彷彿浮在一大片水面上，成了會漂流的黑色巨石。

竹芙趕緊縮回眼角，讓自己的視線投在別處，否則感覺那顆石頭就要漂流到自己的和服邊的小腿肚上了。

接下來的每十分鐘的動作中，她刻意避開他的眼睛，有意無意望向窗外，那裡似乎有些飄動的星光，偶爾從玻璃窗閃過，好幾次下午那個在花園裡打坐的男人的臉龐也像是氣球從玻璃窗飛過，重複又飛了回來，有一次竟然看見那個男人張開了眼睛，頑皮的表情朝窗戶內看進來，竹芙感覺自己與他的眼神交會了，在玻璃窗戶的映照中，兩艘眼睛的船駛向彼此的港灣，「啊！」她驚呼了一聲，隨後發覺自己的聲音好像超出預期，已經彌漫開來，四周的學生也許被這一聲微微攪動，「他們好像有些坐立不安。」這樣想著時，發覺自己竟然已經鬆開了和服，清楚露出了肩膀上方與脖子交界處的疤痕。

「來，休息十分鐘，大家喝個水上洗手間。」川上老師朝竹芙的方向過來，湊過她的耳朵，「做得真好，越來越專業了。」順道拍拍她裸露的肩膀，她趕緊把下滑的和服，往上拉，重新遮住那幾塊疤痕。

正想走往洗手間的同時，眼角餘光感覺年長男人往她背部靠近，屬於男人的髮雕味道已經清晰可聞，最後終於有隻手拉住和服背面的那隻蝴蝶，彷彿那隻蝴蝶即將要脫離棲息飛出去，她回頭時差點撞倒他低下的頭，「啊，對不起。」

「想告訴妳說，我今天來真是遇到奇蹟了，平常我很少來，今天突然想來看看畫室，順便也加入畫畫，感受一下氣氛。」

竹芙還不知道如何回應，男人繼續從手上遞過一張名片。

吉田真治，銀閣畫室經理。——美麗的畫總是讓你駐足片刻，同時看見銀杏的金黃。

「啊，名片還寫上句子。」

「嗯，你呢，有名片嗎？」

「沒印名片。這裡的生活費太貴。」

「年輕人態度要放輕鬆，尤其在日本這樣緊張的社會……」

竹芙卻看到男人的右手不自主地抖動幾次，又聽他繼續說：「雖然對你這麼說，我自己也越來越感覺時間的迫切了……，一種抓不住的感覺……對了，聽妳的口音，應該不是日本人，是哪裡來的？」

「台灣來的，在日本三個月了。」

男人的眼睛瞬間和先前竹芙觀察到的一樣，黃色的流光，像是從眼眶湧溢出來，灑洩在整張臉龐，眼睛因為睜大，瞳孔幾乎被水波淹沒，竹芙從近距離幾乎捕捉了這個畫面，突然間她感覺自己和服上的蝴蝶，彷彿棲息在那些水波上，得到舒緩的呼吸。

男人緊咬的牙齒似乎也鬆開了肌肉，輕微移動嘴角，想說些什麼，繪畫老師的拍手聲傳了過來：「各位，繼續就位，大家要開始畫畫了。」

男人對竹芙鞠了躬，伸出兩手握了竹芙，「手有些冰冷呢，身體要多保重。希望下次還能再看到你。」

五分鐘後，當她重新站上那塊突出的木檯，強光再度射在脖子附近，這次她直接面對剛才對話過的男人，對方手的餘溫似乎還在，來日本三個月了，第一次有人透過手傳送溫度，擴散全身，幾乎要催促出汗珠，她深吸幾口氣，從鼻子吸氣，微張嘴呼出空氣，眼前這位年紀幾乎可以成為自己祖父的男人，驅走了她潛藏在身體裡的寒意，這樣的力道讓她有些心驚，浮現了小時候外公牽著她的手去看電影，在戲院門口一直用日語與其他的朋友交談的情景。

錯覺似的，她的和服猶如已經被這個男人的手從肩膀撥開，透出雪白的上半身，乳頭被他溫暖的手擠弄著，接著男人的牙齒幾乎就要靠過來，這時和服上的一隻粉色蝴蝶飛過來，停駐在乳頭上，振動刻上斑紋的翅膀。大學時期與班上好友在房裡觀看租來的光碟裡年長男人用羽毛輕撫中年女人乳房的鏡頭，此刻完全融入，羽毛與蝴蝶的翅膀合而為一。

等她回過神來，才發現原來男人作畫的角落，與其他的學生分開，沒有人能看見他的畫布裡到底畫了什麼，但隱約幾次看見他的手些微顫抖，彷彿那枝沾上油彩的畫筆，隨時可能墜落在地上，把地板塗上顏色。

原來，她重新擺出的姿勢完全背對其他學生，他們看到的是她穿著和服的背影，還有已經裸露的背部肌膚。幾分鐘過後，她轉身過來，調整坐姿，站了起來，把左腳置放在椅子上，學生開始彼此交頭小聲說話，她知道這個姿勢有些打破傳統，穿和服的女性應該更拘謹些，即使要表示掙脫束縛的解放，也要做得含蓄，否則猶如褻瀆了那一身優雅的服飾色澤與材質。她使力將自己藏在和服下的兩個大腿距離拉近，一旦這個動作完成，奇妙地她的身姿又回復了和服的規範，此刻她看起來有著古典與現代的絕妙體態，當她意識到脊椎要挺直，猶如跳日本舞蹈時的拉高胸部時，她幾乎已經蛻變成一隻破繭而出的鳳蝶，與身上所有的蝴蝶飛舞在這個光暈集中的花園。

但瞬間又退回繭中，當台灣的情景閃過念頭，當男友被警察帶走的那個夜晚，她躲在棉被中哭泣，然後在朦朧中睡去，夢裡，自己在京都的清水寺仰望著這座千年古寺，那裡祈福的煙在夢裡全都飄到自己頭上。醒來後，她決定自己想親眼看見清水寺。

這個畫室離清水寺很近，在五條通的巷子裡，剛到日本時，急著打工賺錢，在暫住的公寓信箱中，看到徵繪畫模特兒的廣告，到了現場才發現是必須裸體的那類模特兒，那時毫無猶豫答應了這個工作，尤其第一次上場前，畫室的老師特別在他的耳邊低語：「我們不需要過去有經驗的女性，很容易上手的。」說完還有意無意地在她的肩膀拍了兩下。

她又擺了另一個介於開放與拘謹的姿勢，因為逐漸了解日本社會的需求，她慢慢歸納出什麼是可以引發興趣的肢體語言，她發現台灣的店面許多都可從外面看到裡面的所有內容，透光的玻璃，明朗的氣氛，但京都裡的店總是被各種帷幕包裹著，站在外面時，店裡的一切唯有透出神祕的微光。

下午那個男人的青春臉孔竟然與這位年長男性微顫的手融合，拖起她的臉龐，近到可以聞到對方的呼吸，靠了過來，嘴脣幾乎要沾到自己的上脣了，急促的呼吸讓她分泌了許多唾液，她讓舌頭輕輕頂住上顎，在那裡上下滑了幾次，想像自己開始吸吮著對方嘴裡的汁液，這些不著邊際的白日夢，讓自己可以擺出以前無法模擬的姿態，只有在這樣的狀態中，全身鼓漲的夢幻，有種陳腔又新鮮的更新力道。

「好了，今天就到這裡。」繪畫老師用力擊掌，她被突然的拍動驚嚇，脖子瑟縮，上面的疤痕被擠了下去，她沒想到連手臂都起了雞皮疙瘩，好像被強烈集體霸凌過的羞愧，將她從樂園趕回地獄，快速回到現實，她趕緊拉高那件鬆掉的和服，這次她真的要把衣服的位置歸回到最恰當的位置了。

「真是太美妙了，幾乎無懈可擊，要繼續幫忙我們大家喔。」繪畫老師又湊過來，在她的耳邊說話，竹芙感到有些距離上的壓迫，往後退了一步，身上的雞皮疙瘩仍未退去。

趁大家在收拾畫具的時間，她迅速整裝，未上洗手間補妝，幾乎以逃走的心情，想趕緊離開這間畫室，快速在門口換配合和服的拖鞋，匆忙彎腰，想讓那雙拖鞋滑進已經被汗水浸濕的襪子，可是無論如何改變角度，那雙拖鞋都不配合，像是縮水般，與她的腳形不和。

「對不起，這是我的鞋子。」旁邊一位大約二十幾歲的學生站在她旁邊，看著竹芙腳下那雙鞋子，竹芙幾滴汗滴下，正好落在灰色地板上，像是下面兩顆偷窺的眼睛。

其他學生也都擁上拿他們自己的鞋子，原來看似寬闊的玄關，忽然像是縮水般，竹芙被擠到牆角，空氣瀰漫局促的呼吸，混雜汗味與髮味，牆壁也滲出一些古老檜木板的潮濕氣息，這是第一次竹芙注意到這個房子比她想像的還要古老。

在這群年輕的學生眼中，她似乎隱形了，大家匆忙離去，沒有人對她點頭致意，是她的裸體模特兒的身分羞辱了自己嗎？還是這群學生在下課後就無法面對一個在現實生活中不會存在的場景，以畫筆畫裸體只存在非常特定的時空中，到了玄關，一切都重新歸零了？

第一次，她感覺自己比之前更痛苦地喘息著，從台灣躲來日本，現在似乎無處可躲。但這是躲嗎？她在這間教室用了假名，以後離開了日本，不會有人認識她了，這是她唯一仍感到安全的方式，她不斷說服自己，這是參與藝術的高尚服務，身體是最值得尊敬的殿堂，只是在此刻，自己的價值信念為何完全崩潰？

突然，在絕對的喧囂後的寧靜中，有雙充滿皺紋的手遞來了她的拖鞋，抬頭一看，是那位年長男人，用顫抖的聲音說話：「對不起，讓你久等了。你進來時拖鞋沾滿了泥土和稻草，我想幫你清一清，畫室裡的任何灰塵，人的鼻子是非常敏感的⋯⋯。不過，剛才你離開得太快，來不及告訴你，我把拖鞋放在另個櫃子，不希望你的和別人的混在一起了。」

「啊。」竹芙的眼眶中逼出了大顆的淚珠。

「出門在外，自己要堅強，有空打個電話給我，我有些話想告訴你，還有一件事想請你幫忙⋯⋯」

「幫忙？」她的聲音幾乎聽不見。

「你如果願意打電話給我，我會告訴你細節，會付給你工作費用，可以減輕你的生活負擔的⋯⋯對了，謝謝你今天來，讓我重新燃起了完成願望的渴望，今天真是美好的一天。」

說完，老年男人又伸出了雙手，與她再握一次手。

竹芙走出這棟畫室時，感覺男人的眼光仍一直看著她的背影，直覺感到那種眷戀的眼光，不是此刻開始的，而是從遙遠的過去已經啟動，直到這一刻，某種壓抑的情緒，終於透過那玄關的簾幕打開了，從玄關到正門的走道邊，燈光照亮了青苔，散發出某種寂靜的黏味，她不敢回頭看男人的身影，害怕繼續看出更多埋藏在男人心中的故事與渴望，但其實她對這個男人的過去一無所知，所有的感觸，都是直覺的反射。

她無意識地走著，直到進到臨時居住的公寓，那座落在五條通的巷子中的一個小房間，小到只有台北的父母家的一個房間而已的小鳥巢。

3

第二次走入霧島老師的舞蹈教室時，竹芙立刻察覺空氣裡彌漫著和第一次完全不同的氛圍，原本看似端莊有禮的同學，私底下聒聒噪噪，交頭接耳，她這次提早了十五分鐘來到教室，比較能悠閒地換上和服，並自己練習把腰帶弄個好的蝴蝶造型，上次回家後，她靠著電腦上的指示，練習了好幾次。

「……霧島老師要宣布……重要的……，真的？」竹芙斷斷續續聽到一些字和聲音，但無法把內容接起來。

她靠了過去，想加入她們，表達自己的友善，「你們剛才說有重要的什麼嗎？」

「啊，我們是說，重要的人（大切な人）。」說完，兩個同學都用和服的袖子遮住嘴巴，掩飾自己想要大笑的神情。

「重要的人指的是誰啊。」竹芙問。

「告訴妳，日語的『大切な人』是非常『神祕』的表達方式，可以是你的家人，最尊敬的老師，最重要的朋友，或是，戀人……」

「啊，有什麼我可以知道的嗎？我很好奇日本語言中的曖昧氣……」

下一個字還未說出，霧島已經現身，並大聲拍手，「趕緊準備好，今天的課程會準時開始，來，竹芙桑，今天你已經可以適應了了吧。」

「謝謝老師，一切都好。」

霧島頭挺得很高，拉長了脖子，露出了上次沒有顯現的白皙弧度，竹芙估計霧島至少超過五十歲，但頭髮仍然在舞室裡閃閃發亮，走過的地方都留下一種介於香水與禮佛冥想用的香粉的味道，這次的和服上面換成了紫色的櫻花，旁邊點綴了畫上葉脈的葉片。繞了房間幾圈後，她退回到放音樂的音響前，按了幾個鈕。

「今天，在上課前，我要宣布一個好消息，我們準備了許久的舞目，終於構思出來了，整個要表演的舞都編出來了，原本廣彥一直苦思了數月，都沒結果，上星期他在睜眼的剎那，看到地上寫了一個字，已經有些模糊，但仍可辨識出是『竹』字，他覺得那是宇宙送來的珍貴訊息，從『竹』字出發，他有了全新的想法。現在我們請廣彥出來與我們分享舞曲的概念。」

廣彥從房間的某個門現身，幾乎是像演舞台劇似的，出來時聚光燈同時照在頭頂，陰影與身軀同步移動，咻一聲，已經在眾人的鼓掌聲中，站穩在舞台的中央。如夢幻地出場，身上穿的男性和服，托出了他高大的身軀，因為腰帶的襯托，下半身顯得相當修長，霧島口中的廣彥，讓竹芙無法壓住怦怦的心跳，先前看到的佛陀與武士的面容，現在因張開了眼睛，竟然還有畫像上基督的神韻，那是竹芙過去在翻閱西洋畫冊時，注意到古典宗教畫裡，耶穌的容顏，這三方的組合，攏來充足的光源，從四面八方照射過來，彌漫在房間的每個角落。

「大家辛苦了！剛才霧島老師提到，新的舞蹈編舞已經完成，我們將會在一個月後，於傳統藝術中心公開表演。」竹芙從她的距離，注意廣彥有著日本人少有的雙眼皮。

「今天很高興第一次向你們報告這個好消息。待會我們就會先把其中的一段，在這裡向你們示範，希望更能引起你們對舞蹈的興趣，日本舞步的精髓在於精氣神……」

霧島插話進來，「對，你心中有強大的能量，就會表現出氣魄。氣魄會帶出細緻，細緻帶來悸動。」

廣彥的聲音飽滿而低沉，像是每年最後幾分鐘，在寺廟裡敲打的鐘聲，傳到遙遠的山中，驚醒黑暗裡的青苔：「我睜眼的剎那，看到沉在泥土中的『竹』字，一股暖流流過我的心，就像是風帶來了熱情又沉靜的味道，那一刻，得到了靈光乍現的靈感。」竹芙感覺廣彥的眼睛似乎往她的方向看過來，她渴望著他的眼神。

但霧島的神情更引人注意，臉頰浮出櫻花的粉紅，像是用胭紅塗上淡粉色，在仍是春天的五月，櫻花又回到人間。「這是關於愛的舞曲，傳統的日本舞踊經常是淒美的故事，但是在這次的新編舞曲中，『竹』是隨風搖曳的，就像是愛情，在迎接風的時刻，身軀更加柔軟，竹與風就能完美譜出愛的弧線……」

同學都用力鼓掌，竹芙聽到「愛的弧線」時，胸口猶如被一條線用彩筆畫了過去，留下一道深溝，她的眼睛無法離開廣彥，很想繼續聽他從山谷來的鐘聲般的嗓音，她想知道更多關於他與「竹」的一切，彷彿那是生命中可以抓住的救贖，廣彥似乎要開口繼續說話，但隨即被霧島打斷：「從上星期開始，他加緊與作曲家討論，編出了歌與舞蹈，我第一次被這樣的舞所震撼到，同學們，你們的年紀可能還無法了解，那種竹子被風撫摸過的流動感，生命裡如果多了這些流動，我們不會再失落……」

廣彥回報了一個微笑，他走向放音樂的地方，與霧島小聲說幾句話，前奏展開，古箏的滑動，三弦琴的間奏，他們兩人開始逐漸靠近彼此，又分開，又靠近，舞步已經開始，多次他們彼此看著對方的眼睛，又把眼神轉開，歌詞開始響起：「竹子隨著風，如此貼近，又瞬間分離，有種難分難捨的纏綿，男女之間的離與合的無奈，卻是帶著幸福的期待。」三弦琴的急切帶了進來：「在塵封中，忽然竹子的倒影，我的臉滿是清澈，被影子洗過的臉龐，我靜坐……」

這時，竹芙的眼眶無法控制地湧出了淚，她知道那是從體內非常深層的地方湧出來的情緒，一時無法理解的混雜感，埋藏著過去的糾纏與現在的糾結，共同編織出的黑影，會移動般地在體內到處躲藏，直到這一刻，被眼前的一切給催促了出來，無法再壓抑下去了。

莫名地對廣彥投射了情感，之前才見了一次的男人，她卻想把自己內心那些曾被傷害過的，曾被壓下的，對他喃喃傾訴，但眼前的這個擁有聖潔容顏的男人，如此靠近，又如此遙遠，永遠無法說出是自己寫出了那個「竹」字，那是當下的熾烈感覺，當她回去寫出那個字時，潛意識已經引領著她說出一些話。在這異國，孤獨的人際關係，複雜的日語，自己就像個無法完全掌控說話的孩子，有時結巴著，或許只有裸體擺在眾人面前的那個剎那，純潔到無須言語，而比言語更加純粹，那時她可以感覺在這個異國存在的價值。

霧島與廣彥繼續舞蹈著，古箏與笛聲交錯，風的模擬，歌詞的流動，他們兩人融入在舞曲裡，但竹芙卻浮現著「大切な人」的字眼，那是他們彼此的關係嗎？「但『大切な人』也可指師生關係吧。」她這樣說服自己。

「就到這裡結束，這個舞曲還有後續，但要留點神祕，要你們自己去看。」「好！」霧島拍了手，「我們今天的課程正式開始，廣彥要告退了，他還有許多事要處理。」

其他學舞的同學都大聲鼓掌，他向大家鞠了一個躬，那個剎那，他的和服稍稍鬆脫，竹芙隱約看到他和服裡的肌肉，屬於男人的色澤，青色的和服裹著引發想像的肉身，如果可以，她想要更仔細觀看肌膚的質地，但畢竟一閃即過，廣彥又直了上半身，除了頸子和少數露出來的皮膚外，他的身體躺在和服下面。

竹芙感覺廣彥又朝她的方向看過來，定住了幾秒鐘，而後又移開眼神。短暫的互動，稍縱及逝，她感覺像是吃到酸的葡萄，胸口瞬間一陣緊縮，之後霧島老師說了什麼，她都沒聽見了，直到下課，內心深處一直耳語著：「喉嚨的某個部分一定卡住了，要說些話。」

走出那間教室，那時已經靠近黃昏，暗影逐漸侵蝕天空，向四方彌漫擴散，她試著讓自己站穩些，趕緊打開帆布袋，拿出裡面的錢包，裡面裝了幾張到日本後拿到的名片，找到寫著「吉田真治」的那張，毫不猶豫地撥了電話。

4

從不遠處望向那棟房子，吉田的光影出現在門口周邊的石頭上，瞬間就變成了具體的人形，好像算準了時間，當兩人的步伐同時停下，正好是彼此可以說話的距離。房間裡面的光流出門外，落在吉田的鼻梁上，兩顆眼球在黃昏中依舊露出輪廓。竹芙還未進門，已經感受到整個房子的溫度。

「歡迎到我的家裡。」吉田靠過來，握住她的手，手的溫度和上次一樣，在她的手掌心停留下來，想要多開口的心情一直湧上。一進門，她馬上看到一棵巨大的樹木，挺拔聳立，被黃昏的餘暉裝飾了葉片的色澤，整棵樹彷彿會晃動似的，可以聽到風吹過葉片的沙沙聲。

「這棵櫸木是前面的屋主留下的，已經三十多年了。有空時，我就會坐在下面，感受到櫸木的細碎聲音。年紀大了，沒人可說話，總是對著櫸木低語。」

說完，他伸手摸櫸木的樹皮，「來，摸摸看，很老的樹了，很有質感。」蒼勁的質地在竹芙的掌心流過，太陽還未完全下山，那棵樹彷彿接住了白天與黑夜的交界處，帶著朦朧的堅毅。

「吉田叔叔家裡沒有其他人嗎？」

「一個人住，除了這裡，就是那間畫室。在那裡比較與人有互動，否則常常一整天沒說到一句話。」「來，從這邊走。」吉田並未引領竹芙走到客廳，反而從旁邊的走道穿過一個小花園，來到後門馬上銜接樓梯，可以通到二樓去。

爬樓梯時，吉田腳步緩慢，喘息聲越來越清晰：「直接帶你到我的畫室，很多畫想讓你看。」兩人的腳步與木造的階梯碰撞，整個房子的靜謐中，階梯的嘎嘎聲在樓層間跳動。一進到二樓，她幾乎「哇」了一聲，整個房間掛滿畫作，有些還堆疊在地面，幾個角落被疊高的畫奪走了銳角線。

「這是過去三十多年的畫，其他有些賣掉了。」

快速環顧四周，竹芙感覺呼吸像是液體瞬間凝固了，必須抓穩自己的腳跟，防止暈眩，尤其這層樓似乎承載了巨大的重量，地板輕微晃動。房間裡的畫作中各式的裸女特寫，每幅畫都搭配一隻鳥，與裸女的身體部位纏綿交錯。左前方那幅巨幅的油畫，裸女胸前的兩顆乳頭，油彩厚塗，猶如真實地從畫裡凸出來，各自被一隻大鳥的尖嘴頂住，私處下方還有另外一隻體型比較小的鳥，覆蓋紫色羽毛，層次分明。

「很好奇我的畫都是裸女與鳥吧！來，坐在這裡，會緊張嗎？嘴巴閉合得很緊。」

「真的有點呼不過氣來，自己雖然當了裸體模特兒，不過真正看到畫作中的女人時，真實的感受……」

「你來到這裡，我已經等了三十幾年了。」

「三十幾年？」

「來日本做什麼？」

「算是狼狽逃來日本吧，本來做設計，有案子就接，收入還不錯……」

「我也猜你是從事藝術和美感相關的工作。」

「前男友捲走很多人的錢，包括我，警察帶走他的那晚，我夢見了清水寺。」

「有時候在必要時刻，要多說出你心中的話，有人傾聽是巨大的幸福。」

竹芙的胸口一陣熱流，催促眼眶裡的淚，有溫度地從眼角逼出，她趕緊搜尋包包裡的衛生紙，但什麼都沒摸到，吉田遞來了一盒衛生紙。

「好好發洩吧。要振作起來，告訴妳，如果和吉田叔叔比起來，妳算是很幸福喔。我這三十幾年來都是用繪畫把我胸口的鬱悶發洩出來的，否則人早已經崩潰了。」

「我這樣算是幸福？」

「不是嗎？可以自由，本身就是最大的幸福。一九七〇年代，我來日本留學後，再也沒回過家鄉。」吉田拉著竹芙的手，「過來這裡坐，這麼年輕，很幸福的。」

「也不年輕了，都過了三十五了。」

「現在回頭望過去，三十幾是人生的黃金時期，只是那時自己不是這樣想的。不過，我的確是三十五歲時，懷抱興奮的心情從台灣來到日本，卻變成終生的遺憾。」

「啊，吉田叔叔，你也是台灣人？怎麼不和我說台語或華語？」竹芙幾乎以高八度的音調吐出每個字。

「那你不就太輕易知道我的身分了嗎？那樣你會太早失去對我的好奇。」說完，吉田露出了一種調皮的笑，彷彿回到童年時光的真摯。但這種表情乍然消逝，在黃暈的燈光下，吉田的臉迅速被暗影遮住了半個臉頰，「我已經用日語溝通了四十幾年，感覺台語已經埋葬在我的記憶裡。妳聽說過黑名單這個名稱嗎？當年到慶應大學念醫學系，參加了幾次抗議美國與中國建交的活動，也加入台灣人在日本的組織，不知為何被列入了黑名單。一被列入，就歸不去故鄉……」

「解除戒嚴以後呢？」

「心中充滿了無法訴說的遺憾，連父母親過世時，都無法親自去參加喪禮，那樣的土地，我無論如何都無法用我的腳再踏上去。」

他站起來，跺步到牆上的巨幅畫旁，上面的鳥以近乎誇張的角度抬頭頂住了女人的乳頭，那張長喙，整片黑色，連接頭部的一半面積。他沉默了數分鐘，竹芙這才嗅到整個房間彌漫了各種顏料的氣味，還伴隨潮濕的滲透感。看過去，那隻鳥竟然感覺眼眶潮濕，彷佛有滴淚水就要掉到喙上。

「鳥的眼睛看起來有些濕潤，吉田叔叔。」

「猜猜這是什麼樣的鳥？」

「鳥的喙與部分臉龐都是黑色的。」竹芙靠過去，快貼到畫面，那隻鳥巨大的軀體，壓下所有周圍的陰影，彷佛就要展翅飛越畫框。

「對，你注意到黑色了！哈！我被列入了黑名單，因此自己變成了黑面琵鷺。這種瀕危的鳥類，我看成是自己的化身。」

兩人的笑聲融入了空氣，站在畫前，沉默地各自搜尋自己想要進一步看到的細節，窗外已經完全幽暗。

竹芙伸手去碰觸畫中的乳房，捏了數次，重重疊上的油彩，摸起來粗糙又帶著堅硬，手指的觸感連結了過去男友經常捏她乳房的畫面。

「醫生擔心我很快就不能拿起畫筆了……

「我的手越來越顫抖，如果我離去了，黑面琵鷺又少了一隻。不，應該說已經瀕臨絕種，像我這樣時刻懷念故鄉的黑面琵鷺，已經絕跡。鳥時刻想飛的，我來日本避自己的寒冬，卻飛不走了。」

「吉田叔叔，我也是來日本躲避冬天的，我們都是黑面琵鷺。」

「誰說你是黑面琵鷺，你的皮膚那麼白皙，要用比喻也要恰當，是不？何況你隨時可以回到台灣。」他轉身回頭，重新坐回椅子，把先前小桌上準備的茶倒了出來。

「其實，我不確定我是否隨時可以回到台灣……，現在仍無法面對那邊發生的事。」

「茶都快冷了，剛才你來前還熱騰騰的。」吉田握住茶杯，一直聞著茶杯裡的味道，

「趁著茶還有溫度，想請問你一件事。」

彷彿費了許多力氣，他壓低了音量：「今天我給你比往常模特兒三倍的價格，讓我單獨畫你，讓我完成最後一張圖的心願。在這裡很安全，你可以放心。」

「啊。」竹芙移開視線，不敢直視吉田，依舊看到畫面裡那隻黑面琵鷺的長嘴，抵住了女人的乳頭，等到她回過頭來，吉田握住茶杯的手發抖，她可以清楚看見茶的輕微晃動，還有手上的皮膚發皺到好像一張紙被輕易地不斷揉碎。

那張發皺的手的紋路，幾乎是兒時看到外公的手的記憶，小時候她很喜歡阿公用手撫摸她的頭。「需要擺出什麼姿勢嗎？」

「只要你打開兩腿，我會想像黑面琵鷺經過了那樣的甬道，回到母親的子宮裡。重點是，你是台灣人。透過你，我想回到故鄉。」

半個小時後，竹芙按照吉田的要求擺出姿勢，那張冰冷的椅子很快被臀部的溫度加溫，與她的皮膚直接碰觸。吉田拿出一件上面有黑面琵鷺的和服，讓她披上並露出胸部與下半身。服飾上的黑面琵鷺出現在腰部下方，從吉田的角度，那隻黑面琵鷺抬頭，正好仰望著竹芙的那個私處。

這一刻，她全然相信吉田早已準備這些畫面，她不確定是否有其他的女人曾穿過這件和服，但此時確實是完全擁有了這件高級的服飾，琵鷺旁一輪金色月亮，將黑色襯托得十分華麗，琵鷺的臉部與羽毛也點綴了一些金箔，在黃暈下產生流動的視覺。

「頭可以轉動，比較不會累。我只會畫從乳房到那個敏感部位。」先前她將眼睛的餘光定在前方的那幅巨大的黑面琵鷺畫作，現在她輕鬆環顧四周，保持頭部以下的定位。幾分鐘後，她再一次感到震驚，屋裡所有的裸女，完全沒穿和服。

「剛開始還可與她聯繫，後來就失聯了。輾轉聽說改嫁了。心靈上最痛苦的，還不是被列入黑名單，而是與自己心愛的人完全無法聯繫的那種撞擊。你完全不知道她如何了，有時還會嫉妒地幻想，她已經投入別的男人的懷抱了。」吉田的眼睛在身體與畫板中穿梭，嘴巴吐出的話語填滿了整個房間的寂靜。

那聲音顫抖得很厲害，竹芙只坐在那裡，反而可以專注各種細節，聲音裡透露出的絕望感，撕裂了空氣中的平靜。

「嫉妒是人世間最可怖的情感，沒人襲擊自己，是自己的無邊想像力襲擊自己，一個細胞一個細胞的，最後被大海整個吞噬了，無法吸到氧氣，而後徹底死亡。」

「吉田叔叔，你那樣不信任她嗎？」竹芙不確定「她」指的是誰。

「本來很信任的，但後來失去聯繫後，自己開始得了『失去妄想症』。想像她在男人的懷抱中喘息，乳房上下劇烈跳動，男人舔舐，最後進入了那個聖地，每個深夜，這樣的畫面強占了我的腦海，變成夢魘。」

停了許多，他才繼續說：「某天，夢魘終於引爆，我精神不穩，在醫院實習時，與病人嚴重衝突，被醫院記過，經過了一段難受的日子，最後終於離開醫界。」

吉田的聲音依舊顫抖，手卻在畫布上不停動著，「你知道的，很多醫生會畫畫……」

他眼神重新落在竹芙的身體，竹芙想像，此時她的身體正在被全方位窺視著，她已經變成了吉田口中的「她」。不自主地，她稍微調整了腳趾的位置，讓那個地方再展開些，這個動作拉開了大腿兩側的距離，同時她拉拉了和服，意識到私處某些濕潤的液體，已經沾到椅子上，如果她再移動，那些汁液就要黏到臀部了。

瞬間，一隻黑面琵鷺的長喙頂住她的私處，伸進了那裡延伸出來的密道，裡面黑暗的洞穴被攪擾起來，隱藏在裡面的壓抑與欲望同時被那張喙的形狀勾住，像一把長柄的黑湯匙，撈起了裡面所有曾經沉澱下去的喜悅與悲傷，混雜著欲求的渴望，那隻琵鷺每往前挺近一點，黑喙就往更深處前進，終究抵住了子宮，用尖的鋤頭，耙梳子宮的土壤。

那是種前所未有的感受，像是即將要尿出來的快感，那長柄鋤頭在那裡耕耘著一片可以長出綠牙的嫩土，前後鬆開附近的軟泥，潤澤大地的噴泉即將到來，那片原先已經乾涸的大地，將開採出一塊新的水源。可是，還未接到泉水，黑面琵鷺整個頭伸進了洞穴，牠的身體太大，擠在整個甬道，整個羽毛想要掙脫而展翅，這隻琵鷺想要飛出這個狹小的洞口，卻整隻被夾住了，哀嚎的聲音從那個喙發出了悠遠的回音，連雙腳都陷入了泥淖裡，逐漸往下沉去。

竹芙想發出叫聲，「有隻黑面琵鷺進到我的身體，陷落下去了。」但卻聽不見自己的聲音，吉田走了過來，想用力將那隻黑面琵鷺拉出，越拉那隻鳥越變越大，最後頭頂衝破她的腹部，從肚子處伸了出來，血液沿著腹部邊緣湧出。

竹芙終於用生命的力道吼出了「啊！」

「發生了什麼事？」她聽見吉田的聲音從耳邊傳來，摸到他手心的溫度，「一隻黑面琵鷺跑到我身體裡去了。」

竟然聽見了吉田的笑聲，「你有豐富的想像力，剛才看見你把和服上的那隻黑面琵鷺壓在臀部下面，我過來幫你調整姿勢。」

竹芙仍感到自己私處的異樣，剛才究竟發生了什麼事，已經無法清楚再次感覺。她拉著吉田的手：「吉田叔叔，今天我有些累了，下次再繼續好嗎？」

「剛才說的那些傷心的往事，讓我們兩人都累了。但是忍不住說了出來，這三十年來，第一次把這樣的感覺說出來，而不是用畫的畫出來。

「我想，我能拿畫筆的時間大概不會太久了，我已經有了初期的『帕金森症狀』，這次你能來，我真的充滿了感激的心情。」

「其實，是吉田叔叔你的手心給我的溫暖。來到日本，才真正感覺到什麼是孑然一身，我夢中的清水寺，終究是看過了。」

「對了，我拿上次你去畫室時，我幫你畫的圖讓妳看。我躲在角落畫的東西，沒有人看過。」

畫裡的女人，神情與面貌與竹芙有些相像，但不完全像，與今天一樣披著和服，「我那天的和服不是這樣穿的。」她低聲說著。裸露的兩個乳房上各停了一隻蝴蝶，蝴蝶的顏色五彩繽紛，將竹芙裸露的膚色襯托得十分飽滿。

「你把我和服上的蝴蝶畫到我的肉體上去了。」

「坦白講，那天我眼裡看到的，妳身上的和服與肉體幾乎連為一體，我透視到妳身體裡面的聲音，只是把那樣的感覺畫出來而已，而且這幾乎是我三十多年來第一次畫蝴蝶，從沒想過，畫蝴蝶比畫黑面琵鷺更令我激動。」

「從來沒有，真的從沒在畫時，看到除了黑面琵鷺以外的動物，以前的裸女模特兒，無論如何美麗，站在那裡對我來說都是一樣的。或許，我從你的眼中看到了某些……」

「啊，吉田叔叔，不瞞你說，那天我其實……」

吉田的胸膛堵住了竹芙的整個臉龐，在極短的時間內，他已經緊緊擁住了對方，手臂放在她的背部，這時他才意識到，竹芙仍然披著和服，只要他一用力，扯下那件衣服，她就會光滑赤裸地滑入他手臂的海灣裡。但他只是輕輕撫揉著竹芙的背，隔著和服，但竹芙的乳房，已經貼著他高大身軀的下胸部，他清楚感覺兩粒豐滿富彈性的女性特徵，正與他的心近距離對話。

竹芙並沒抗拒，反而用腹肌將胸部往前些，與吉田的衣服靠得更近，她有些不確定自己是否期待他伸手愛撫她的胸部，但朦朧地幻想著他即將用嘴舔舐兩個乳頭，這個想像讓她身體匯入細流，隨著黏稠的液體沾濕了和服的一個角落，滲透到大約是黑面琵鷺的眼睛位置。

兩人急促的呼吸穿過他們起伏的胸膛，來回之間，彷彿下一刻馬上有新的浪頭，越是期待吉田的嘴部停靠在她的乳房，她的呼吸節奏就掀起更多漣漪，兩人的心臟似乎互相微細地較勁，都在等待著下個新的漩渦，揭開兩人的交纏，吉田終於移動了放在背後的手，竹芙閉上了眼睛，但手卻朝她想不到的方向，手心停在她的頭頂，短距離來回摩挲著她的頭髮。

那種力道，多麼像是她的阿公，小時候經常摸著她的頭，說著：「小芙的頭髮好香。」腦海中阿公的影子滑入，這一刻她感覺阿公真的摸著她的頭，阿公那雙粗糙的手，總讓她安心。這時，她心中有種深切的渴望浮出，她想與這個年長的男人身體完全密合，突然，她希望吉田真的以黑面琵鷺的化身，藏身到她的體內，在那裡吉田可以得到完全的安全，那個甬道，真的帶他回到想念的故鄉，終於他可以停泊靠岸了。

彷彿很漫長又短暫，吉田的手心始終停留在頭髮的位置，探索著髮絲的每個部位，「我不知道這是因為我的記憶已經模糊，還是歲月留下的只有想像。在畫室看到你，誤以為你是我的她，應該說，她是我的妻子。」

「我可以……」

吉田無法抓住對方話裡的意思，兩人開始沉默。他的右手依舊在頭髮所及的地區漫遊，手指探索著髮絲孕育的每吋土地，時光從髮梢的隙縫流過，五月的夜，氣溫與白晝相差甚多，偶爾寒氣也會襲擊，竹芙的體溫逐漸下降，從腳趾來的冷颼感從下往上掃過肌膚，她些微拉開貼著的身體，摸到吉田有些乾燥並露出骨頭的手背，然後引導他的手掌到自己呼吸節奏有些不均勻的胸部，吉田似乎有些躊躇，往後退了些。

「竹芙，今天到這裡為止，已經完全超乎我的預期，這樣就夠了，我這個七十幾歲的歐吉桑，已經很開心了。」

「嗯，知道了，時間也已經晚了。」

「畫還沒畫完，還會有機會的。說不定我的黑面琵鷺已經蛻變了，需要一些時間轉變外觀。」

竹芙慢慢褪下披著的和服，又多看了上面的黑面琵鷺幾眼，緩慢穿回自己原來的衣服。吉田從口袋裡拿出一個信封，「等你回家後再看。」

他們共同走下先前一起爬上的階梯，如今同樣發出嘎嘎的木板聲，混雜清晰可聞的昆蟲夜啼。穿過那棵欅木，如今在月光下，樹葉似乎攜帶了夜的祕密，色澤在幽暗中穿過灰黑的天空。

吉田在門口再度握住竹芙的手，那雙手的溫度依舊，但已經沾上些夜的水氣，感覺沒有之前的乾燥了。出了大門，竹芙沒有回頭，在暗巷中走了很遠的路，直到她相信吉田的視線已經無法看到她的背影，她快速轉進另一條比較大的街道，那邊的整排路燈，把整條路照得既幽靜又喧囂，依舊有不少的車子與行人在已經夜深的連鎖店附近進出。

她發現原來整晚自己與吉田都沒吃飯，現在意識到肚子的嚴重飢餓，聽到肚子發出攪動腸子的聲音，但她迫不及待拿出皮包中的那個信封，裡面有支票與一張手寫的信。支票的金額，讓竹芙幾乎暈眩起來，遠超過之前的預期，她趕緊依靠路燈的光亮，讀出信上面的字句。

竹芙，謝謝你！經過今晚，我這隻黑面琵鷺已經回到故鄉，我會開始準備起飛，真正飛回那個內心記憶中的故鄉。而你這隻蝴蝶，一定能飛出那件和服，降落在你親自設計的肉身上。

她拿著這封信，一直走著，風鑽過頭髮的縫隙，掃過脖子附近的幾處疤痕，那是被前男友用激烈的方式咬出的痕跡，她伸手摸摸那幾塊凹凸不平的皮膚，想起這些疤痕都沒出現在吉田先前在畫室畫的那張畫裡。

她繼續一直走著，月光跟隨著她拉長的身影，腳步聲切割風的流動，不遠處，聽見了叮噹的響聲，掃過附近顫動的樹葉，發出窸窣的回音，「那是清水寺傳來的鐘聲嗎？」

——原載《文學台灣》二〇一六年七月秋季號，第九十九期

紗層裡還有紗層

——蔡素芬

一九六三年生。主要作品長篇小說《鹽田兒女》三部曲——《鹽田兒女》、《橄欖樹》、《星星都在說話》，及《姐妹書》、《燭光盛宴》；短篇小說集《別著花的流淚的大象》、《海邊》及編選集數本。曾獲《亞洲週刊》華文十大小說、金鼎獎等多種文學獎項。

釋如地 攝影

馬路上交通最繁忙的時候，店裡走進一位約莫三十歲出頭的女士，她削薄的中長髮過肩，尾收成一個尖V字型，穿著很窄的貼身褲，褲子的紋路是白底細粉紅色的格線，一件白西裝外套，裡頭一件粉紅色圓領衫。

女士的眼睛掃過店裡的模型模特兒，模型都穿著等待交貨的服飾，她眼光停留在一個短髮模特兒身上，模特兒穿著碎花閃金色花邊的過膝洋裝，裙尾收花苞樣式。那女士摸著衣料，說：「這花色和布料都好特殊。」

她的聲音清脆，像水晶杯的互觸。裁縫師寶姊抬起頭來，往那聲音的來源看了一眼。抬頭只是一個明顯的動作，事實上從女士走進來時，她的餘光已掃在她身上，雖仍低頭車著裁縫機上的衣服。現在寶姊看清她細緻的五官像人家說的，巴掌大的明星臉，眼睛明亮有神，裝了捲翹的假睫毛，桃紅色的口紅，襯得她臉上的膚色越加粉嫩。

店裡的模型模特兒有五個，三個身材比例完美，兩個是婦人略胖的體態，寶姊覺得這年輕的女士算得上是最標致的第六個，不同的是她不是模型，是活生生的，肢體散發時髦優雅的氣質，臉上富有表情。女士拉起模特兒身上那件碎花洋裝的裙襬，翻到內裡看裙底縫線。寶姊心底詫異，從沒客人這樣一進來就看成品的裙底縫線。

寶姊站了起來，走到女士身邊，問：「小姐，這布料是日本料，純細棉，花樣是襲自和服，碎花描金。」她指著牆架上一排布料中的某一塊，「這是我店裡的布，客人指定要這布。」

「哦，妳也賣布？」

「一些，特別花樣的。我叔叔從日本挑來的。一般布商不會有。有一些熟客習慣來我這裡挑布訂製衣服。」

女士的眼神往牆架上的布料一塊塊看過去。一邊問她做衣服的行情。寶姊按各種不同款式報價，上衣、裙子、褲子、洋裝、套裝、大衣，各有不同價格，款式繁複或簡單也有些微的價差。像她這樣一家在熱鬧區域臨馬路的裁縫店，為了負擔房租，訂製費不會太便宜，但也沒高出行情，以免造成顧客負擔。這是這時代還有點價值的手工業，原因之一是師傅變少了，競爭不大，二是成衣業太發達，買成衣的多，訂製的少，而還願意訂製的，有的是為了修飾一般成衣無法修飾的身上線條，比如身體的某部分特別不合比例，必須裁縫師的巧手做適當的比例修飾，但只有好的裁縫師做得到，她是屬於那好的，從客人的口碑和不斷帶來的客人，她有充分的自信；還有些非做訂製服不可的，是不想撞衫，以及想有特別款式特別味道，對服飾相當講究的。他們的共同點是出得起特殊的布料價和做工價，光做工價，就能在打折季買到相當高級的成衣。

講完了價格，寶姊凝視還在看布料的女士，說：「這位小姐，妳不需訂製吧？妳的身材很好，成衣的選擇很多。」

女士斜轉了個身，背後即是一整排的各式布料，她站在那布料前，白西裝外套特別亮眼，她笑著看寶姊，好像在看一個講著笑話的人。寶姊感到似乎冒犯了她，反倒有點不知所措，急著找話銜補空白，腦中就直接反映了剛才的畫面，便問：「小姐為何看裙襬的縫線？」

「看用什麼縫法，因為在裙子外頭看不到縫線，我想是手工縫的，就想看看是哪種手縫法。」

「哦，小姐懂一些。」

「妳那千鳥縫法縫得很漂亮，外表完全看不出一點線路的破綻，拉線的力道也很平均，所以整個很平整。」

「小姐過獎了，力道若有不平均，也被燙斗掩飾了。」

店面的玻璃門擋掉了大半馬路上的車聲，騎樓下經過的人影，從玻璃反映進來，路上流動車影在夜晚裡顯得非常刺眼而匆促，寶姊希望店外那些聲影留在此刻，讓店內的時光也留在此刻，那女士站在布料前，不合宜得讓她覺得這個店的存在開始有了她剛走入裁縫界時的價值，那時，她以為她可以為模特兒般身材的人做出美麗合於她們氣質的衣服。更確切的說，是她開始學著丈量自己，為自己畫身形圖製作衣服時，夢想著穿上那衣服就彷如櫥窗裡的模特兒，讓每個身邊經過的人都投來欣羨的眼光。時光該在那一刻，初始的瞬間。

但過去二十多年，她埋首在客人的服飾裡。她從客人的滿意神情轉嫁了修飾自己的欲望。她不斷在調整客人身材比例的公分丈量裡失去了調整自己的意圖。這位站在布料前的女士，所展現出來的身材比例不需裁縫師的修飾，只要按著她的身形做出她想要的衣服，必然都會很合宜。那是她初入裁縫這行，以為自己會擁有的身材。但那時她幾歲了？念商校畢業，當了兩年會計，邊上班邊學裁縫，之後跟在裁縫老師身邊當助手，經驗越來越豐富，六年後自己成立工作室接老師忙不過來的裁縫案子，才有了一個起步。

「這布料我可以看看嗎？」女士指著一件橘紅的絲棉混紡布料，寶姊將布匹抽下來，攤展在工作檯上。女士一直撫摸著布紋。細緻的織紋滑亮平整，質感輕盈。「這適合夏裝。」女士說。

看來這位女士是懂布的。寶姊說：「日本的紡織，價格不便宜。」

「就用這塊做一件洋裝，無論是正式的宴客場合或平日裡去好點的餐廳吃飯都可穿的那種。」

這說法有點籠統，寶姊揣測應是一件帶著活潑感的膝上短洋裝，她腦中已描繪了適合這位女士氣質的洋裝，但說：「以妳的身材，很容易買到衣服，完全不必訂製，市面上有許多美麗的衣服，做工又好，各種材質花樣都有，穿到滿意才買，不是很好很方便嗎？」

女士笑笑，也許質疑她為何把客人推出門外，女士把布匹拿起來，站在鏡前，把布料捏出不同的裙襬款式。堅持要用這塊布料做夏日洋裝。

寶姊這回訕笑自己，這位女士也許是位多金女郎，就喜歡自己選布料做衣服，以免撞衫，不就是她期盼的客源嗎？她拿出樣本圖冊，在另一本描寫紙上速畫了一襲洋裝，兩片荷葉般包覆手臂的短袖、圓領略低、收腰、斜幅展開裙襬，裙尾略收束，像剛成形的花苞。那女士一看就說，好的，就做這個款式。

她為女士量身。女士脫下白外套，短棉衫貼合著身體，肌肉線條緊緻，沒有些微鬆垮，看來才三十出頭的女性，若勤於保養，根本還不到肉肥肌鬆的時候。在她看來，穿貼身棉衫的有兩種人，一種是對自己的緊緻身材有自信，一種是對自己的鬆垮肌肉失去警覺，或完全不在乎衣服對形象的影響。寶姊做著裁縫工作時，常穿寬鬆的棉衫，以便好活動，車線布絮沾附在棉衫和褲子上，讓她有成就感，感覺是身心都和布料、車線融合了，所以經營這片店以來，她就是寬棉衫加長褲，無論替客人量身、製作衣形圖、拿刀裁布、換車線、踩裁縫車踏板、替模型模特兒換衣，這身衣著都讓她自在。

但她學裁縫的初始，並不是要自在的。她要為自己做合身的衣服，要每塊布的拼接所顯露的線條，可以讓身體線條更完美，坐在椅上打直背脊就可以像展示櫥窗裡採坐姿的模特兒女郎一樣挺立，優美線條走起路來則像服裝發表會上走秀的真人模特兒一樣風姿搖曳。

她剛跟老師學丈量身體各部位的尺寸後，在設計圖上不斷的就基本身形圖做變化，做了無數次實驗：放衣袖長度、肩袖口長度、領口高度的加高或放低、圓領位置、尖領的低點，等等多一公分少一公分的排列組合，做壞了許多布料，就為了抓最適合自己的比例。那時是為自己做衣。老師帶著她不斷修正與嘗試，寬與窄間的變化足以形成不同的服飾風格，老師也鼓勵她由設計自己的衣服，嘗試各種比例變化與風格造型。到她能準確抓到依據不同風格的建立而畫出適合的身形圖時，老師把許多訂製服的設計圖交給她，再加入自己的意見後，也指示她裁製完成。她們做了許多正式場合需要的旗袍及流行洋裝，流行通常由服裝雜誌帶領，接著電視上看得到，布料行也販售可以配合流行的布料，客人帶著布料和雜誌，指定要哪一種款式，她和老師加入改造意見，通常是根據客人的身形和衣料特性，做一些細部的調整。

平時白天上班，晚上到老師裁縫室當學徒兼助手，老師那時有許多大客戶，有每個月都要做新衣的，也有呼朋引伴牽絲拉線來做衣的，也有團體需要高級制服下訂單的，甚至也有人下舞衣訂單。老師有三名助手，只有她的製圖可以得到老師的讚賞，因此常常週六也得去裁縫室幫忙，但週日她休息，她得穿著自製的衣服往外招攬眼光，她和家人去餐廳吃飯，和朋友相約看電影，或逛街踩馬路，無非要找一個理由穿著特別的衣服贏來他人讚賞的眼光。

老師提高她的薪水，要求她把白天的工作辭去，全職做裁縫，她答應了，做裁縫是她的樂趣，勝過在一個紡織廠當會計每天算計著他人薪水和做各種支付證明，茶水間的八卦也很無聊，她寧可在工作的空檔翻服裝雜誌，勝過在茶水間和同事聊與她無干的八卦。而且她不必白天晚上那麼累的做兩種事，以後在老師那裡做固定時數，她有更多私人時間可利用。因此她答應，彷彿有了一個新生命般的，把自己歸檔到一個簡單的檔案，裁縫師。她要下更多工夫研究布料材質，要對流行更敏銳，要更會讀人的氣質，為那人裁出適合的衣服。

她的初衷也就變了調。她由自己走向了別人。她沒有別的同事了。只有裁縫老師和來去匆匆的顧客，另外兩名老是變動中的助手，她們學不住，沒耐心，做一段時間就走，老師又另收學徒磨練，磨不來的也就留不住。那些來來去去流動的助手，使她更堅定要留在老師身邊協助，她很詫異自己竟心生同情，不忍老師的工作量和缺乏得力助手。她原只是要做適合自己的衣服，怎麼就陷在衣服堆裡一件件裁，一件件車縫，她懷疑自己愛布料比愛自己多，看到布料會忍不住想像那質料做成什麼款式後穿起來的樣貌。她懷疑自己內在情感熾熱勝過外表的理性冷淡，她並不是不愛聽八卦，而是怕八卦是真的，替當事人難受。

她替女士量好尺寸，寫在尺寸表上，下方的大空格畫服型簡圖，單子最上方是姓名欄和地址等資料，還有一欄交件日期。她約定五天後取件。

「可以嗎？這個日期會不會太慢？」她問女士。

那女士俯身在單子上填寫自己的名字。張湘湘。

「不會。我不急。」湘湘說。

她給湘湘訂單複本，自己留著正本。湘湘走出去，白色的身影出了玻璃門，就像一道光沒入由車燈與街燈流射成的流離夜色中，終混合成一片夜潮。她望著那夜色，感到疲倦，現在只是過了吃晚飯的時間，八點檔的電視還沒開始，八點她還會在店裡工作著，一邊電視播放八點檔，她只聽聲音，從裁縫機前起身時才瞄一眼影像。到九點電視劇播完，她收拾桌面工具，才是打烊時刻。如果她空下其他工作，明天就可以把湘湘的衣服完成，但還有幾件衣服訂製在前，她得有職業倫理，把先訂製的先交貨。她不想去隔壁買便當。今晚不想。夜色襲擊。從裁縫機的這端望過玻璃門所見的夜色，已經觀看快二十年了，今夜特別感到夜色闌珊。她隻手支著頭，望那夜色，像織女廢織般的不想踩動裁縫車踏板。五個模型模特兒著裝站立，她們姿態總也不變，唯身上變化的衣服是她的逝水流年。初租下這店時，她像湘湘這樣的年紀吧。裁縫機前一坐，已經這些年，如今抬起頭來，似看到過去的身影。為何沒有一個顧客像湘湘這樣讓她想起自己走入裁縫界原只是想以衣料表現自己的身材而已。心裡一驚，那初衷無聲無息失去，又無聲無息竄上來。

八點檔還沒開播，她將工具歸回原位，蓋上裁縫機布套，拍拍身上的線團和布屑，掃淨地面，便擰著包包，熄燈，關上店門，按下電捲門。隔壁餐廳門口負責照顧燒賣蒸籠的阿吉站在工作檯前，問她：「今天這麼早打烊啊？」她笑笑點個頭就跟他揮了手往公車站牌去。

她才搭了兩站就下車，這是百貨公司與商店林立的區域，平時九點關店後，搭車經過，不會特別下車逛，因為商店都快打烊了，她下班就直接回家裡，還要過橋才會到家。住家樓下各式商店都有，日用品的採購相當方便。而這區百貨區不同，它是用來消磨時間和採買高級貨的。許久沒有來，只有搭車經過時目覽車外繁華。現在她下車，直接走進百貨公司一樓，化妝品品牌集中的樓層，淡淡飄彌香水味。燦亮的水晶燈迷炫的吊在入門大廳，她挺直背脊，想像湘湘挺直的姿態，想像自己年輕時那份自恣的神采，是許久沒有挺直腰桿走路了，大部分的時間彎腰裁布，低頭車衣。沒有助手，她不要助手，一個人的工作室也可以運轉。如果收了助手，那名助手將來可能陷入跟她一樣的生活模式，她不想從助手身上看到自己過去的道路。她想自己的生活模式固定下來，就過著這般生活，不必拖一個人下水。或許是觀念的偏差，她四十幾了，不想也似乎無能改變偏差。

但她看到那盞高掛的水晶燈，精神振奮了些。她早該常來百貨公司找靈感，不能光靠按月寄來的時裝及流行雜誌、電視等媒介了解時尚。就算讓顧客多等一天衣服的完工，也要撥空親自到百貨公司看看設計品牌的服飾。

她來到少女流行女裝樓層，眼光掃過，再往上一層樓來到淑女服飾，這才是高級衣服的流行精華，國內外設計師品牌比鄰。國內品牌的衣飾擺設大多擁擠，國外品牌則寬敞，物件雖不多，大略可看出設計的風格和質料。看上眼的衣服，她觸摸質料，不管是講究硬挺感，或柔軟、垂墜、蓬鬆感，都有相對應的質料，織線鬆密間表現出來的質感也帶動觸感，她自信有一個好手感，一觸摸布料就想像出了該布料適合的衣服款式。她觸摸展示架上的衣服，是為了證明她的想法和品牌設計師的想法有沒有謀合。她撫摸的每一件衣服，都想像穿在湘湘身上是什麼模樣，她努力尋找有沒有一件像她替湘湘畫的草圖。有的，在國內外的品牌都看到花苞裙的設計，表示她還在潮流裡，她研究那裙子的內裡與質料，確信湘湘選上的那塊布料做起花苞裙襬是上上選。當她一眼望去，想像所有專櫃擺出的模特兒身上的衣服質料做起花苞裙呈現出來的樣貌會有多麼不同時，她趕快下樓離開水晶燈光燦爛的大廳，再度投入夜色。她頭昏腦脹，感到一日過長，卻又期待明日醒來，可以為湘湘裁衣。

沐浴後，她赤裸站在穿衣鏡前，比對現在的身材和初入行時的模樣。裁縫機前的久坐，造成小腹微凸，或許是便當吃多了，食物過油過鹹，更可能是新陳代謝變慢，身形一寸寸走樣。而終歸到底，是為人做衣。鎮日窩在店裡為人做衣，忘了自己也有打扮的需求？還是，早已，早已不覺得需要一副好身材好裝扮博取他人的眼光？像她這樣年紀的女人常處在發胖狀態，比如生活富裕了，飲食過度，運動過少，比如成為家裡的飲食垃圾桶，專撿家人吃剩的東西，造成自己的走山。她只照顧自己，沒有家人，飲食有限，卻也是留不住往日的身材了。如果她注意一下，其實可以的。在鏡子前，她注視著自己，那張臉竟成了湘湘的臉。她去廚房牛飲一杯水，想把湘湘的影像清洗掉。不過是一個來訂製衣服的顧客。她再喝一杯，想澈底清洗。四月，天氣舒爽，赤裸的身體感到一絲夜的涼意，但窗都是關密的，位處八樓，對面隔中庭的人家窗簾通常是拉實了，她的更是拉實了，何來夜風？是心底來的嗎？她鑽進被子裡，最好不要有夢，她需要一個像進入黑洞般的深沉睡眠，一覺醒來，發現日子如常的進行，沒有一天是特別的。

可偏偏做了一個夢。夢境重現實現。媽媽幫她安排的其中一場相親，那人有張殷實的臉，額寬臉闊，她並沒有很喜歡那樣的長相，但他是她所有相親對象裡職業最好的，職業代表經濟實力，相親講究這實力，媽媽一定要她赴會。那人坐她對面，老式西餐廳，光線刻意的昏暗，那老實人不太會找話題，只說自己所經營的家具店有時要出國挑家具，大都往東南亞跑，看木材，看工廠，下訂單。講完這些，他喝掉桌上兩大杯水。她不是要應徵他的店員，她心想。她對家具一點興趣都沒有，她不知道檜木和柚木的特性與她何干，男人的表情僵化，手掌粗大，他那表情變成一種毫無光采的平淡，他伸出手來想替她拿來一塊麵包，夢中的他，手腕變成一管象鼻，她嚇了一跳，從座位站起來，他整個人變成一頭捲著柚木的象，在對面也驚慌失措的站了起來。兩人同時衝向店外。她驚醒了。現實的版本是，那天餐廳失火了。兩人對坐默默無語，廚房冒出濃煙，大家往外逃竄後，他們沒再聯絡。她也不再相親，那了無樂趣的，失火的求偶記，不再重演了。

這個夢真可厭，提醒她不可得的姻緣路。如果不是太早栽進裁縫布料間，也許人生燦爛一點。不，把布料變化出立體的形象去成就他人的形象，就是她璀璨的人生，多少女士靠她的手藝得到生活的樂趣和自信。她製造他人的價值就是自己的價值。這樣想著，她的一天又充滿活力鮮亮了起來。

今天有人取件，就是模型模特兒穿的那件閃金色花邊的碎花洋裝。她十一點開店門，這位林太太就來了。林太太的身材有點矮胖，她在洋裝上做了一個略為高腰的設計，高腰下的裙裝打了幾個褶，既拉長她的身高比例，也適度的遮住小腹。林太太到試穿間試穿出來，站在鏡前左看右看，對照可看到背面的後照鏡，笑盈盈的付了餘款走出去，還留給她一塊小蛋糕。林太太是去年新增的客戶，已在她這裡做了五件衣服。她的顧客有七成是老客人。這可能是裁縫業沒落的警訊，但也可能是這個行業還能持續下去的重要訊息：只要有好的手藝，顧客會一直存在。二十年來，她不必上班打卡，這些顧客就是她的打卡鐘，她們催促她得按時坐在裁縫機前做出最符合顧客需要的作品。

她接著得完成一件套裝，有個公司女主管固定在她這裡做套裝，以防撞衫，那女主管的服裝樣式通常很簡單，但質料相當考究，會從義大利帶布料回來。這是個不可怠慢延遲交件的顧客，是老交情，情分比生意重要。今天得專心在這件套裝，珍貴的布料裁錯了，沒布料可取代。但不知為什麼，她閃神去望架子上湘湘選上的布料，想像它裁成洋裝的樣子。隔壁的阿吉趁著客人還沒聚集時，來問她中午要吃哪款菜色，他可先幫她準備起來。她知道他在找藉口進來探視她。她比阿吉大八歲，她不想他把力氣花在她身上，老給他一張平淡沒表情的臉，就說，一樣吧，跟昨天一樣。近中午，阿吉託餐廳的歐巴桑把便當送進來，她終於拉回精神，精準的裁了布後，打開便當，菜色換過了，阿吉曾跟她說過，不要天天吃一樣的菜色。她嘴上雖說一樣，也心知阿吉會幫她換菜色。這阿吉在餐廳工作五年了，天天在門口顧著蒸籠，又怎有機會認識女孩。她只覺他孩子般單純，怎麼看就是一個孩子。

到了第三日，終於是輪到裁湘湘的衣服了，她將牆上日曆的當天日期格寫上湘湘的名字，等待這個名字填上去的時間好似很漫長，這天是完全要浸泡在這件衣服的裁製與熨燙，昨晚已先將布料吊掛，好產生垂墜，才能裁到正確的分寸。布料攤在工作桌面上，她彷彿面對一件即將裁給自己穿的衣服，心情像初次拿剪刀裁布時的惶恐，怕布料的正反面擺錯，怕少剪了一公分，怕刀滑剪壞了布，而又滿懷興奮一件衣服的成形始於這一刀，布料剪成，衣服也完成了一半，只要耐心在裁縫車前一片一片縫合，一件衣服就成形，那是極大的成就，布料由平面變立體，還帶著個性，穿在人的身上，可以產生風情。是了，風情的想像是設計師與裁縫師致命的吸引力，如果沒有這想像，無法持續持著剪刀消磨畢生精力。

她為湘湘裁的這件衣服也將充滿風情。

她將完成的衣服穿在模型模特兒身上，貼合度完美，布料再次垂墜，線條會更自然優美。她也可以時時觀看任何破綻的可能。

湘湘來取件那天，天氣陰鬱，像隨時會下雨，湘湘持了一把紅色灑白圓點的雨傘，進到店裡就把雨傘放在靠門邊的傘桶裡。笑盈盈走過來。她穿一件長度約到膝上十五公分的A字型白短裙，一件黃碎花棉襯衫，胸前鬆了兩顆釦子，開領剛好浮在胸口隱約的凹陷線上，神態一派輕鬆、優雅，充滿都會感。湘湘真的不需要來她這裡做衣服，只要隨便買便宜的衣服，都可以穿出異於常人的美麗。如果不是門外那片陰的天色，如果，那背景是片陽光，湘湘推門進來的這一身穿著會更鮮麗。

這是一襲在裙襬略收花苞的膝上五公分洋裝，莊重中有活潑的氣息，花苞不致太過誇張，對三十出頭還顯露青春氣息的女性，是個正式場合和講究質感的場合都穿得上的衣服，柔中帶硬的布料也能顯出花苞挺度，袖口的荷葉搭配圓領，和花苞的收圓形都有一致感，整個流露可愛的莊重感。湘湘試穿後，感到喜氣洋洋，橘紅色主色調，使那衣服與主人合成了一朵花，夏日的湖邊有微風吹來的感覺。湘湘在鏡前左照右照，沒有一處需要修改。湘湘去更衣室換下衣服。寶姊坐在工作桌前的椅子等她，望著門外那片陰鬱，總感到這是一個錯誤的試衣天。但湘湘不在乎天氣。她拎好裝了衣服的提袋，抓起傘桶裡的傘，付了餘款就走出門外。一顆斗大的雨珠從騎樓外飛過，又一顆，兩顆，三顆，馬路上的雨珠在彈跳，雨帳垂掛到這城市裡，走出去的湘湘撐起傘，把提袋提高護到傘下。她做的衣服這麼精心的受到保護。寶姊感到心裡有一道光輕輕的滑過，柔和的，像以微風為秋千盪過來的。

往後湘湘又過來做了兩件衣服，其中一件是淺藍色的無袖貼身長禮服，絲與緞混織的布材，沒有任何花稍的設計，只在V型領口做了抓皺處理，皺褶處鑲上幾顆細人工鑽。這相當考驗她的剪裁和車工，絲緞的柔軟，若沒有精準的剪裁，穿在身上無法彰顯身材線條。版型必須看似貼身，尺寸又不能抓得太貼，否則絕對會像綑身布。這是湘湘的設計，寶姊確定版型和完成。

到了秋天的時候，湘湘再度來到店裡。寶姊看到她身影，突然有點恍惚，認識湘湘不過數個月，卻像已經經經過數年了。

湘湘從手提袋裡拿出兩本國外的新娘雜誌，雜誌有數十頁婚紗照、浪漫的結婚場景、飯店、美食、禮物，全以婚禮為目標的豐盛內容。秋天的湘湘穿的是她為她做的橘紅色夏服，外套一件白色薄毛衣，整個乾淨明亮到像透明。這天的湘湘確實是透明的，坐在椅子上翻雜誌，讓寶姊看了幾襲新娘婚紗後就滔滔不絕：「寶姊，妳的手藝很好，我信任妳，現在我需要一件婚紗和兩件婚宴禮服。妳可能會問我為何不用租的，訂製多貴，但我要留著禮服做紀念。這是我的第二次婚姻，我不想有結第三次的機會，這次收藏禮服就是永遠的紀念，永久有效的婚姻。我參考雜誌上這些婚紗和禮服，自己設計了樣式，我信任妳可以照我的意思完成它們。」

這是很大的責任，寶姊說：「禮服公司的設計師和裁縫師應該更適合替妳完成吧？他們有很豐富的製作婚紗經驗。」

「不，妳的手藝已經很好了，我一直在找的就是滿意的裁縫師。我不需要花幾十萬上百萬在婚紗上就可以完成對婚禮的夢想，我是服裝設計科畢業，設計的概念我有，但不夠用功，沒足夠的手藝和耐心走入這行。但妳的手藝可以完成我的夢想，如果妳不嫌棄的話。」

湘湘又從提袋抽出一本筆記本，一攤開，純白的頁面畫了三襲婚紗草圖，翻到下個頁次，是兩襲禮服造型。

寶姊站在湘湘旁邊，湘湘的話讓她感到燥熱。難怪湘湘第一次來店裡就對模特兒身上裙襬的縫線發表意見，她是科班的，她懂裁縫，她像偵探一樣在尋找適合的裁縫手為她做嫁衣。寶姊連臉頰都燥熱了，呼吸沉重，話到喉口難以吐出。湘湘的氣息是帶著水氣的，在這乾涼的秋天，她坐在眼前，水潤鮮亮如春天的果實。

三襲婚紗草圖主造型大同小異，差在裙襬的長度和幅度，那是一襲緊身的魚尾裝造型，貼身的蕾絲花樣到膝上散開往下成為尾裙。湘湘問她意見。「哪一襲更適合我，或者需要做些調整？」

由於是秋天的婚禮，湘湘為自己設計的是長袖的婚紗，低圓領，蕾絲包覆貼身的袖長、上身，裙襬是細紗。

寶姊深知湘湘的身材，她直覺反映：「妳細瘦，胸部美麗，腰身細，完全可以撐得起蕾絲織線的繁複感，領口不想太低的話，圓領幅度可走到鎖骨下方五公分，紗裙散開處提高到膝蓋上約十五公分，可做活動式，拆掉紗裙就是一件短禮服。細紗層次可以誇張繁複，點綴水晶，妳走紅毯時，裙襬就會星光閃爍，水晶也可往上鑲進蕾絲，顆數多寡就看妳的意願。」

「就看我想成為一個什麼樣的新娘是嗎？」

湘湘眼裡閃過一絲陰翳，曠野的空寂，但很短暫，她轉頭看向門外的街景時，那陰翳就消散了，她望著門外的光線，說：「優雅中有輕快，那也是我對將來人生的願望。我的第一次婚姻不愉快，第二次，一定要好……」

「不愉快……」寶妹複述湘湘的口語。

「或許說不成功比較恰當。」

湘湘開始編織她對婚紗的想像：「第二次穿婚紗，不再講究露多少，而是能不能表現自在，我希望穿出端莊優雅的感覺，這些國外雜誌上的婚紗運用的蕾絲和白紗正是我要的感覺，線條比例則要靠妳的幫忙，蕾絲和紗料可以幫忙找嗎？我設計系的同學也能幫忙。」

「要哪種白？純白、米白、百合白……」

湘湘眼裡放光，彷似眼前已星光燦爛：「純白……多美，如果找得到那麼單純的白的話，配上水晶粒，真是完美……」

夢一樣的語言，在室內迴盪般不斷衝擊著寶妹。寶妹從沒做過婚紗，第一次做就不能失敗，得製造夢想。前面有一個幸福婚姻的美景。但第二次會不會複製第一次呢？寶姊閃過這個壞念頭就覺得自己真壞，她得去找紗，喬琪紗、縠紗、雪紡紗、真絲羅、網紗、歐根紗、浪濤紗……關上店門去博愛路、延平北路、大稻埕一帶布商雲集的地區找高級布料行，成排的蕾絲店，花色多樣，紗布種類亦多，但去了多次，走了多家，沒有滿意的織花和質料。千挑萬選，一如婚姻。她一無所獲。

最後是湘湘自己送來了蕾絲布和輕盈柔軟中帶挺度的高級網紗。她從國外買回來。萬裡挑一，值得長途遠征選回來。她說。她帶回三大箱布料，她自己根據設計圖，採買了充裕的數量，也另外買了一些配飾，不管用不用得上，喜歡就買，以便臨時改設計時用得上。她把所有的布料都放在她店裡。

寶姊決定用一般的布料先做一件婚紗，穿上身後確認比例完美才做實際的婚紗，這超出湘湘的預期，湘湘坐在工作檯那端，注視著寶姊說：「我真是找對人了，想不到妳比我講究。」

「這布材是妳特地帶回來的，不能有閃失。」寶姊想的是，裁錯了是沒有替代的，只能成功不能失敗啊！婚姻也容不得錯，她想讓湘湘穿著完美的婚紗走入第二次婚姻。但這樣想時，她心裡好像有一潭寒水，令她發顫。她希望湘湘沒注意到她整個身子抖了一下。她將攤在工作檯上的蕾絲布兜到胸前，遮掩那抖動。湘湘正盯著蕾絲布上的花紋。

這塊蕾絲布在比利時紡織，幅達到一百五十公分，容易取花樣裁剪，純白，布料以絲棉長纖織出鳶尾花樣，花樣閃著絲棉的光澤，細緻高雅，寶姊將布料拿到湘湘身上比對，湘湘站在鏡子前，看著花紋的走向。她們共同決定花紋的角度，以某朵鳶尾花的正向做為胸前的部分，紗裙的圈數則根據設計圖的幅度，由寶姊決定要多少層才足夠。湘湘帶回來的紗有兩大卷，數量充足，做婚紗和頭紗都綽綽有餘。紗一圈一圈滾成一個圓桶，圓而滿，等待裁剪。

寶姊到婚紗店參觀婚紗。店員問是為女兒準備嗎？寶姊瞥眼牆上鏡面的自己，難道她的棉衫和長褲就讓她顯老嗎？還是沒有化妝？她早習慣不化妝了，那是自然的自己，她的顧客並不在意她有沒有抹粉塗口紅，她們在意的是什麼樣的布料和樣式適合自己。寶姊沒有回覆店員，說了謝謝就走出店門，再接著到隔壁的婚紗店觀看，這回她說只是看看。

她將其中一卷紗帶回家，她利用寬敞的客廳試驗紗裙的合理長度和適合的紗層數。寂靜的家裡，簡單的家具，白色沙發靜得太孤寂。她先將紗攤在沙發上，然後走進浴室，脫去所有衣物，沖澡，像她每一天入夜的儀式。擦淨身走出來，來到沙發，她將紗攤開，整捲的紗像沒有底似的，一碼一碼展開，鋪排在地上，看怎樣的長度可以表現出這紗質鋪展在紅地毯上的美感。

一碼覆過一碼，一層蓋過一層，時間波浪般一層一層堆疊，長大的女孩換穿嫁衣，那曾是少女的夢幻，在實現的那刻，白紗是浪花朵朵，打入愛的心窩。但湘湘的浪花曾經碎了，她正為湘湘把白紗揉捲成一座白色城堡，堡壘下的浪花會不斷湧來，如痴如夢的愛將永恆。翻著，揉著，捲著，她將自己裹入，牆上的全身鏡中赤裸的自己一層一層裹上白色的紗，一層一層包覆，赤裸的自己不見了，層紗蓬鬆得快飛起來了，紗層裡還有紗層，層層白紗，浪飛漫舞，終至將自己團團圍成一團像藹般的白色雲霧。

——原載二〇一六年七月二十四至二十六日《自由時報》副刊

黑雲——聶宏光

一九九二年生。文化大學文藝創作組畢業，現就讀於東華大學華文所。曾獲奇萊文學獎、教育部文藝創作獎、林榮三文學獎等。是溫和的解殖派，也是基進的女性主義者。

那年我才六歲。

在一個炎熱的傍晚，我獨自走在路上。狹隘的巷道兩旁淨是髒亂騎樓、粗陋漆紅鐵窗及擺著廢棄盆栽的陽台，住民深居簡出，平時極少看見人影。驕陽恣意曝曬，水溝邊雜草蒸散出鬱鬱騷騷的乾燥氣息，萬物輪廓極為模糊，全浸在陽光裡，昏昏沉沉。我清楚記得那股從肚腹侵擾而上的悶痛，綿延至喉嚨形成了癢，使得我不住咳出酸水，淚眼模糊。在外頭走了太久，我感到皮膚逐漸燃燒起來。

那是我慣性發作的腸胃炎。長則月餘，短則數週，總會痛個那麼幾天，任何藥物都無效。如同隱伏著的蟄獸，在體腔內蠢蠢欲動。母親總會到外頭抓幾把野草，曬乾後煮成一鍋，飲下能緩和少許疼痛。

那時，我就是出門尋找經常在外遊蕩的母親。

傍晚的陽光與正午不同。日正當中的太陽，激烈，張揚，極盡放肆。走在路上，自己的影子既深且黑。而夜晚降臨前，夕陽漸沉，彷彿陽壽將盡，從遙遠的方向發出餘暉，將所有物事包覆在深紅色的熱浪中。在這個時刻連風都靜了下來，能感覺自己的汗慢慢凝成水珠，無聲滑落。

氣溫開始下降的時候，我才找到母親。她站在路中間，細瘦的臂膀僵直著，貼在身側。

天色漸暗，渾濁沉重的空氣慢慢流過，她像是荒漠中的稻草人。在那片暗紅的景色裡，從宛如廢墟的騎樓，有人影出現了。母親動了起來，緩緩走過去，迎向那人的懷抱。

我看不清她們在做些什麼。

看似無傷的擁抱，動作慢慢大了起來，變成相互交纏、拉扯；以及扭打。她們的身影藏匿在騎樓的暗處，激烈扭動，面目模糊，掙扎著如同離水的魚。我滿身大汗，心臟隨著腸胃的痙攣而隱隱作痛。

我預想有什麼事情要發生了。

母親咬了那人的耳朵，轉身就跑。我站在路邊矮榕的陰影下，一條條的氣根垂下，上面爬滿螞蟻。我看著她往來時路狂奔。那個人走出騎樓，背對夕陽看不清表情。我卻認出來，她是我母親的朋友蕭阿姨。

自我有印象的時候，蕭阿姨就在母親身邊形影不離。她幫人洗衣維生，一有空閒便會來家裡找母親聊天。手邊經常帶些糕餅甜點，有時會帶來花束給母親。蕭阿姨的存在讓平淡的生活多了點溫暖，母親也只有與她相處時會展露笑容。

有時趁母親暫時離開，她會向我打聽母親的感情狀況。當明白母親沒有要好的對象，甚至其他女性朋友時——她總會露出欣慰的表情。並且摸著我的臉，或揉著我的頭髮。那總會使我發笑。

而我要到很久以後才能明白原因所在，當時的我並無能理解我們之間發生了什麼事。

當天深夜，母親的房間傳來規律的撞擊聲。我輾轉不寐，頭皮好像還因榕樹的鬚根而發癢。

之後母親還是一如往常的與我生活著。那件事情，好像沒有發生過。看著母親，有時我會感到恍惚。我想像著她單薄的嘴唇，咬著蕭阿姨耳朵的樣子。我的腸胃依然時有時無的絞痛，而母親也依然會出外摘幾把藥草回來。

不過蕭阿姨從此消失了。

在我開始讀小學之後，母親認識了一位模具工廠老闆。

「叫江老闆。」某次我放學回家，看見他與我母親並坐著，桌上擺著一盒未開封的鳳梨酥。

那位江老闆是在母親的工作場所認識她的。或許是因為母親安靜寡言的特質吸引了他，而母親通常不太會拒絕別人。自此以後，母親出門上班的時間少了；而家裡也購置了一些新家具。時常有新奇的食物出現在餐桌上，炸雞排，漢堡，生魚片。江老闆的出現確實是改善了我的家境，而我也無暇去想母親是以什麼換取了這些豐足。

母親開始長久待在家裡，每天與我的相處時間愈來愈多。我放學回家，她便關起門，不許我再外出。她依然少話，當烏雲出現，只會喃喃念著：衣服濕了。我跟在她身後，到陽台收衣服。若只是天色陰暗，我仍會去幫忙，乘機吸幾口將要下雨時，空氣中瀰漫的潮濕水氣。那是從遙遠地方飄來的孤單氣味。

天空傳來悶悶的雷聲。黑雲聚積著，形成不規則的形狀。那是侵蝕藍天的毒瘤，將日光隔絕於人世之外。

我伏在桌上寫作業。母親盯著我，一動也不動。內容很簡單，我卻寫得很慢。家中的寂靜令人窒息。江老闆拿來的生魚片，已經吃了很多天。黏膩冷涼的觸感還沾著舌。

我的胃痛又犯了。

在學校，我曾打探過同學與母親的相處情形。顯然我的母親比較特別，但她還是關心我的。夜半起床喝水，母親總會跟著我醒來，直勾勾的看著我。實在太暗，有時我分不清她是醒著，還是依然沉睡。回到床上，將要入眠之際，「睡了嗎？」母親的聲音在我耳後響起。

她的眼睛仍是閉著的。

經常這樣一夜無眠到天亮。

班上同學與我相處還算融洽。但我卻沒有特別要好的朋友。母親極為嚴厲，放學後不許在學校逗留，處罰倒是沒有，若回家時間晚了，她原本冷漠的面容會更加緊繃，明顯表現出她的憤怒。或許我從小就提防著母親，於是不會主動和她分享學校發生的瑣事。

江老闆偶爾的來訪，就成了我難得喘息的機會。家中突然出現人聲，空氣也微微顫動。江老闆對我的生活不太感興趣，他常說的是工作的經驗。教學徒操作機器，車床與銑床，與其他商人的交涉，人事管理的糾葛，「下次來我的工廠看看。」

我發覺他與我母親一樣，都是孤身一人。

我維持著這樣的生活方式直到國中。有次趁著母親難得外出，江老闆帶我到他的工廠，我坐在機車後座，對車身行進時所產生的震動感到新奇。

涉過及膝的芒草，迎面而來是一片黃土地。那間小小的鐵皮屋，就是江老闆的工廠。江老闆說，下雨時廠裡總會吵雜不堪。必須扯著嗓子交談，才能壓過劈里啪啦的雨聲。

廠內只有幾名員工，其他機器都閒置著。燈管慘白的光線，使得那些停擺著的機器，表面浮著油垢與胎記似的鏽跡。地上幾個塑膠杯裝著冷卻用的油。江老闆打開一台機器，砂輪馬上嗡嗡的轉了起來。拿起一支螺絲，要我仔細看。只見他把螺絲前端稍微碰觸旋轉中的砂輪，便冒出串串火花，調整了幾個角度，螺絲就變得銳利如新。我望向其他員工，一接觸到我眼神他們馬上埋首於工作。

於是江老闆反覆打磨著，不無表演的意味。

悠長的下午便如此度過，學徒紛紛下班離開，夕陽溫暖的顏色從窗外照進來。我覺得口渴，看了一次又一次江老闆嫻熟的技術，換得一把把嶄新的刀具。我幾乎沒想起母親。也該是回家的時間了，儘管除了功課，回家也無事可做。我起身，看室內的灰塵在橙光中翻飛。

走出工廠大門，我們都嚇了一跳。

母親正騎著江老闆的車在那片芒草地上不住的兜圈。

遠方的落日很耀眼。母親化成一隻來回團轉的蚊蠅，在橘紅色的畫布上。我愣怔的站在原地。芒草被母親不斷折騰，車輪壓過便紛紛彎腰或挺立，像熱鬧瘋狂的排舞。

母親毀了那輛偉士牌，也毀了她與江老闆之間的關係。

我首次挑戰母親，未經准許離開家門。我沒想到的是，母親會如此不信任江老闆，並且，她是如何找到工廠所在地的？這是一個未解的謎。當天晚上，母親依舊一言不發，眉頭深鎖，就如同蕭阿姨，自此以後我再也沒見過江老闆。日子漸趨平淡，我又回到了以前壓抑而寂靜的生活。

由於沒什麼多餘的事情可做，我便全神貫注的準備起高中大考。考試當天，我很早就醒來，身旁的母親依然僵直，這是她熟睡的姿勢。隨身帶著文具，我踏入了考試地點。

於我而言，升學考上更好的學校，就能體驗不一樣的生活。這將是我獲得自由的契機。懷著這種信念，不意外的我考上了第一志願。

升上高中以後，我開始在餐廳的內場打工。拿到第一份薪水，我深感賺錢之不易。或許因為這個緣故，我對母親多了些親近。我會主動與她分享學校與工作的所見所聞，即使這不是她感興趣的。有次在我述說的同時，家門外響起一陣幼小動物的嗚咽聲。

打開門，什麼都沒有。我回頭，母親已經不見蹤影。

幾次走夜路回家，經過兒時看見母親與蕭阿姨發生爭執的路口。都更過後，破舊的房舍已重新改建，也多了些食肆，看起來頗乾淨。事過境遷，那件事的真實性也讓我存疑。年歲漸增，也讓我思索起母親的精神狀態。她的精神是否異常，抑或只是孤僻了點？幾番思考，我仍無法下定論。

母親開始豢養街上的浪犬。母親把獨自用餐後的殘餚堆在路邊，讓狗群搶食。街道瀰漫著飯菜發餿的味道，下雨過後酸味轉淡，卻隨著濕氣蔓延開來，若有似無的沾附在大街小巷。

日復一日，浪犬們似乎也有互通聲息的管道，群聚的數量愈來愈多。我不在家，母親反而烹煮過多的食物，刻意傾倒在路邊。那股發酵的味道使人作嘔，所幸食物終究會進入牠們的肚腹，而母親找到她的興趣，我也感到寬心。

是那個夜晚。熱帶氣旋即將登陸，從遙遠地方吹來巨大的風。飆風暴竄，空氣中又出現那股寂寞的氣息。夜空變得渾濁，已經看不見月亮了。外面還有幾隻狗徘徊著，我進屋準備入睡。

睡夢中又被驚醒。依稀聽見某種嘶啞的喊叫聲，還有憤怒的吼聲。

母親消失了。

我衝出門，在漆黑而空曠的街上，我看見母親追打著一個人。她發狂似的叫嚷，沙啞的嗓音讓人毛骨悚然。那人護著臉部，邊後退邊揮個幾拳，終究不敵母親狂亂的攻勢，轉身跑走了。

站在狂風大作的路中央，我感到十分孤獨。

「他打狗。」

母親只這麼對我說。

隔天，下起了暴雨。颱風來了。

母親仍固執的每天餵狗，即使大多已到別處避雨，只有寥寥兩三隻。我觀察到某隻黃狗的腹部有奇怪的傷口，似乎就是如母親所言被惡人攻擊。在傾盆的雨勢中，牠大口吞嚥著食物，仍然警戒著四周有無人類出現。

暴風圈徹底遠離，浪犬漸漸回歸。那隻負傷的黃狗，牠的傷勢已明顯惡化。傷口蓄積了黃白色的物質，邊緣變成深紅色。還淌著膿液，牽成線，滴在地上。牠依然兇猛的搶食著，傷口的感染好像不造成影響。

每天返家我便觀察牠。比起其他浪犬，牠似乎更有自己的個性。不吃其他狗吃過的殘渣，吃過的剩餘也不讓其他狗碰。

牠的傷口愈來愈嚴重，也不須再搶食了。其他狗根本不靠近牠。頂著腹部斑爛的玫瑰，日日準時造訪，對此母親感到欣慰。還是有感情的，她說。

我拿著優碘嘗試靠近牠，無效。一見人就跑。對此母親不作任何打算，對黃狗的傷並無任何關心。

終究在我工作結束返家的時候，牠倒下了。

打開家門，黃狗的屍體躺在地板中央。近距離看著那猙獰的傷口，我不禁頭皮發麻。母親想把牠埋了，尋到合適地點之前，打算先暫放家中。

我幾乎是逃命似的回到房間。

那具屍體在家放了幾天才被母親搬走，潮濕的臭味在家中盤桓不去。

黃狗事件之後，母親似乎受到了打擊。她不再積極為浪犬預備吃食，而是日日晏起，有時我出門上課，她仍熟睡。當我晚歸，晾曬的衣物仍未乾透。平常不苟言笑的母親，居然對浪犬的生死極度在意。

時間如河水般流逝。冬天來臨了。

對溫差不敏感的母親，連外出工作也只穿件薄長袖。而我連在家中也得穿厚外套；浪犬們幾乎消失無蹤，母親只好漸漸不再餵食。

一天夜裡，母親推開家門，往餐桌丟下幾疊鈔票，倒頭就睡。當天光灑進屋內，我看見她的臉上滿是乾掉的血跡。

無論我如何追問，母親總是避而不談。寒風從窗縫灌入，襲往家中每一個角落。我雙手抱胸，站在床前，瞪視著背對我躺臥的母親。她的頭髮灰白而黏膩，因乾掉的血而黏成一塊塊。

我辭掉了工作，放學後便馬上趕回家。即使在學校，我仍揣想著母親接下來會做出什麼舉動。即使課本內容對我來說很簡單，卻如乾硬的麵條一樣難以下嚥。

冬日的天，並不若夏天那麼藍。晴朗的天氣，也像刷上了幾抹灰白的水彩，十分蒼涼。即使只下著娟娟細雨，天空還是被醜惡的烏雲給占據，在蒼穹上緩緩浮沉，覆蓋住整座城市。

回到家時，母親仍躺在床上。房內污濁的空氣包裹住她，顯得脆弱無助。她渾身是汗。

摸她的額頭，並不覺燙。我打開窗戶，迎面吹來的冬風讓我打了個寒噤。幫母親蓋好被子，赫然發現她的手腕上有絲絲刀痕。

我無助的站在房內，望著母親的睡顏。

救護車很快開來了。醫護人員將嗜睡的母親抬上擔架，動作如許熟練，傷病之事對他們來說習以為常，旁人的著急與擔憂都是無謂。我拿起證件與母親先前帶回家的鈔票，太過嶄新使我割破了手指。

安頓好母親，辦好入院手續。時間還很早，辭去工作後總感到特別清閒。我慢慢走回家，不知怎麼感到非常輕鬆。

很久沒下雨了，吹來的風讓我眼睛乾澀。

我走進市場，向即將休市的攤販買了一隻雞。

拿起菜刀，回憶當時在廚房工作的情景。所有的手續，步驟都記憶猶新。老舊的電鍋已蒙塵，但仍然堪用。將處理完的雞與調料放進電鍋，按下開關燉煮。

這是我首次在家中下廚。

我試圖回想著自己的幼年，最初的記憶。我曾經被母親，像呵護嬰兒一般的照顧著嗎？當母親懷胎生下我，她當時的心情會是如何？我未曾謀面的父親，又是如何離開家的？

電鍋內的溫度正在上升。裡面的雞腹部朝上，躺在湯料之中，漸漸被煮熟。如同被羊水覆育著的胎兒，悠緩的翻滾著。

咕嘟，咕嘟。湯漸漸滾了。咕嘟。

電鍋裡的雞，正在掙扎。牠以一種彆扭的姿態擠在窄仄的內鍋中，無力的用腳爪踢著沉重鍋蓋，發出咕嘟咕嘟的撞擊聲。愈來愈熱，牠踢得更加猛烈，鍋蓋時而微微掀起，裡頭的蒸氣冒了出來。

雞湯的香氣愈來愈濃了。我望向窗外。晚霞正妖豔得可怖。

本文獲二〇一六年教育部文藝創作獎學生組短篇小說優選

一九八一光陰賊（節錄）

——楊照

一九六三年生，台灣大學歷史系畢業，美國哈佛大學博士候選人。現為新匯流基金會董事長。主持Bravo91.3「閱讀音樂」及九八新聞台「楊照音樂廳」廣播節目。長期於「誠品講堂」、「敏隆講堂」、「趨勢講堂」開設人文經典選讀課程。著作等身，橫跨小說、散文、評論、經典導讀等領域。近期出版有《遲緩的陽光》、《一九八一光陰賊》、《詩人的黃金存摺》、《現代詩完全手冊：為何讀詩、如何讀詩》、《打造新世界：費城會議與美國憲法》、《別讓孩子繼續錯過生命這堂課：台灣教育缺與盲》、《誰說青春留不住》、《我想遇見妳的人生：給女兒愛的書寫》、《遊樂之心：打開耳朵聽音樂》、《世界就像一隻小風車：李維史陀與憂鬱的熱帶》、《烈焰：閱讀札記I》、《地熱：閱讀札記II》等書。

葉名峻 攝影（楊照 提供）

第一次

我第一次去找「林姊」，是陪韓去的。韓投稿給她編的雜誌，稿子很快就登出來，而且還收到她寫的一封熱情鼓勵的信。韓去領稿費時，順便見到了她。隨後幾天，在學校裡，韓一直將她掛在嘴上。

韓不時會瘋瘋癲癲的，對我們說一些真假難斷的狂言，所以當他說要追這位大姊姊時，同學死黨沒有人認真當一回事。對我們大家來說，一個念完大學出社會工作好幾年的女人，不是我們習慣面對的「女生」，像是另一個世界裡的人，怎麼會和我們扯上關係呢？雖然韓也不知道她幾歲，對我們來說，她就是「很老」，和我們平常注意的高中女生相比，很老很老。

大家在韓面前稱她「你的老女朋友」。韓心情好時就戲謔地說：「高射砲，只有我能射那麼高，你們太沒用了。」若是他心情不好，就罵一聲：「你再說一次我一定扁你！」然後不等對方反應，就悻悻然走開。

幾天後，我收斂了對韓的嘲弄態度。我讀到了他寫的詩，應該算是情詩吧，卻又不是一般的情詩。我記不得匆匆一瞥所看到的任何一個句子，但忘不了那詩帶來的情緒震撼。詩不是要寫給愛情對象的，而是因為愛情而來的自剖。超過一百行的詩中，兩種不同的聲音交錯著。一個聲音光明華美地讚頌著「妳」，另一個聲音卻陰暗憂鬱地自卑感傷，在「妳」之前，「我」何其畏葸不堪。然後一個聲音充滿自信地訴說對「妳」的思念，另一個聲音卻幽幽地想像「妳」如何對「我」視而不見。然後再下一段，一個聲音投射愛情的美好未來，另一個聲音卻鬼魅地假設如果「我」和「妳」真的因愛情結合了，會彼此發現對方世俗、醜惡的一面。最驚人的是結尾處，本來先後輪流出現的兩個聲音，混同錯亂地拼在一起，詩中的語意愈來愈不合文法，意象也愈來愈晦澀，成了一片讓人無從解讀的囈語。

我無法理解韓為什麼能寫出這樣的詩來。誠實說，我嫉妒韓不可思議的才氣。我好奇，什麼樣的人能刺激他寫出如此不可思議的詩來。或許我暗自妄想：如果能得到這樣的愛情對象，我也寫得出這樣的詩？或許我在潛意識中自我安慰：韓的才氣不是真的不可思議，通過他的愛情對象，我也就能解釋他的詩的奧祕？

我答應陪韓去找「林姊」。我們去到她辦公室時，她桌邊圍坐了四、五個師大附中的學生，他們開玩笑打鬧的聲音，灌滿了整個辦公室。辦公室裡的其他同事都鎮定自持，若無其事。我後來知道了，她負責的就是文學雜誌中的高中生投稿特區，因為有這部分內容，雜誌得以進入校園，是雜誌發行上的重點。因為這樣的工作性質，她和各校校刊社常有來往，也就常有高中男生女生會到辦公室找她。她對這些學生，基本上來者不拒。

看到我們，「林姊」示意我們坐在對面的空辦公桌等她。她繼續和附中的學生聊天，他們幾個人爭著告訴她編校刊時和學校訓育組周旋的種種趣事。我可以感覺到韓的不耐，近乎不屑。我跟韓說話，他先是愛理不理，接著索性自己低頭寫起東西來，弄得我既尷尬又無聊。他寫了一陣子，寫好了，將紙摺疊好，起身把紙遞給「林姊」，她接過韓給的紙，微微地用嘴型對著我們無聲地說：「等我一下，一下就好。」我愣愣地點點頭，沒想到韓卻完全不理會，用力推開椅子，站起身來就朝門口走去。他的步伐不知怎地，就讓人覺得帶著怒氣。

幾個附中學生察覺了，一下子安靜下來。氣氛詭異。「林姊」無奈地又用嘴型無聲說：「等我一下，先別走。」但這時韓看不見她的嘴型了，只有我。我窘迫地不知所措，該起身隨韓去，該把他追回來（我明知他絕對不會回來的），還是該照「林姊」指示的繼續留下來？最後，我留下來了，不是因為決定留下來，而是沒有力氣、沒有勇氣改變自己原有的狀態。

有一個附中學生嘟噥了一句：「衝什麼啊？」「林姊」瞪了他一眼，其他人也紛紛對他使眼色。我覺得我留下來是對的，我在，他們就不能對我們、對韓的行為與動機恣意評頭論足。也因為我還留著，附中學生再怎麼不甘心，五分鐘後就不得不起身走了。

他們走後，「林姊」招手叫我坐到她桌邊，看著我制服胸口，直接叫出我的名字。我落坐後，她花了一、兩分鐘讀韓留給她的紙張，抬頭，對著我好奇疑問的眼光，堅決地搖搖頭。

「你跟他很好？」她半舉著手上的紙問。我點點頭。「他在學校人緣好嗎？」她又問。我誠實地說：「大家都覺得他是怪人。有些地方很怪。但我覺得他是個天才，文學上的天才。」「但他在學校人緣好嗎？」她還是要追問。我想了一下，說：「還好，他也不是一直都那麼怪，也可以跟大家一起玩，他和我們校刊社的幾個人都滿好的。」

「但他跟你最好？」「應該算吧。」

就這樣，繞著韓這個話題，我們聊了大半小時。她告訴我她覺得韓內在有兩面，像是有兩個不同的靈魂、不同的性格，彼此角力、甚至彼此對抗。韓的兩個部分如此不同，天差地別，卻都是他。這種清況，讓她很替韓擔心。

我倒抽了一口氣，有點難以置信。我和韓當了兩年多同學，她只和韓見過幾次面，講過幾次話，為什麼她可以如此簡單直白地就說出我早該看到、知道的韓？

我想起來，在韓最早拿給我看的文章裡，他這樣寫：

「昨夜回家的路上，胃痛得很厲害，我幾乎可以聽見體內崩潰的聲音。我走走停停，坐下來休息的時候就激起一段一段不連續的思維。十六歲，我曾經認為自己是一隻鷹，跟你一樣孤高，一樣鄙視俗世，那是充滿飛揚欲望的時代，一心只想振翼鼓翅向天衝去，但是有一天倏然驚覺雙足異常沉重，回頭看見深深沒入泥沼的足脛，我一下老了一千年——任何頹廢都抵不過心境的蒼老——我墜入失望的深淵，骨骼漸漸化石。但是最近我獲得一股透達的力量，超越了蒼老的心境，進入沉穩的境界，我的精神開始落實，落成一塊塊巨岩、一座山，我的四肢向外擴展成一片高原，更沉穩了。未受人事歷練，我還是願意做一隻鷹，但是在現實的壓力下，我們只能成山，沒有飛翔的機會。」

那一刻，我懂了，原來文章裡寫的在閣樓上辯論的「我」和「你」，都是韓。他分裂成為一個鄙視俗世，像鷹一般的「你」，和一個承認自己不能飛翔，要面對現實的「我」。這兩個人，或說這兩種人，持續地內在拉鋸撕扯，造成了韓和每一個人都不一樣的獨特面貌。

我眼前這個戴著眼鏡的大女生，看起來和我們每天在公車上遭遇偷瞄的漂亮高中女生沒有太大兩樣，頂多是頭髮更長更自然，也就更漂亮些，但為什麼她就這樣，和她的髮型一般自自然然地擔心著分裂的韓？

我無法形容當時的心情。對於韓更強烈的嫉妒？能夠被她如此擔心，而且還真有理由讓她擔心？好奇並害怕，那麼透過她那雙眼睛，會一下子就洞視我，看出我耗了兩年多時間，都無能察知身邊好友的這種矛盾雙重性？並看出我不堪挖掘的貧乏？

應該都有吧。還有更多至今無法嘗試著去用言詞猜測的。

美國

爸媽回來了。爸爸拎著手提箱，媽媽臂上掛著那件領圍上冒著白毛的長大衣，開了門走進來。好像他們只是去哪家餐廳應酬吃了頓晚餐似的。

他們將帶到美國去的所有行李，都留在哥哥那裡了。我聽見開門聲，從房間裡走出來，打了招呼後，媽媽就使眼色給爸爸，堅決而嚴厲的眼色。爸爸示意要和我進房間，我停下腳步，轉往餐桌。我的房間已經不是他們離開時的那個房間了。變成了一個我希望他們永遠不要進來，也相信他們永遠無法理解的時空洞穴。

坐在餐桌邊，爸爸開始嚴肅地說美國。用國語說。每當他要對我和哥哥說什麼重要的事，他就會換用國語說。他沒有辦法用國語開玩笑，他也沒有辦法用閩南語，他的母語說和考試、成績或道德訓誡有關的話。在這方面，他是透明的。如果用閩南語說：「這次考第幾名？」那意味著他已經從媽媽那裡知道我考了好成績；如果是用國語問：「這次考第幾名？」那要嘛是他真的不知道我考得如何，要嘛是從媽媽那裡知道我得了應該被訓誡的不良成績。

「你到美國去，就會知道已經很危險了。」爸爸的開場白，然後還多加強調一句：「爸爸不會騙你。」

在美國，可以看到「老共」那邊的中文報紙。每天都有美國高官去訪問，或美國企業去投資的消息。他們在美國時，美國國會第一次依照「台灣關係法」開會討論對台灣軍售，「老共」報紙不只強烈反對，而且明白威脅說：他們視台灣向美國購買武器為明顯分裂國土的挑釁行為，將不惜一切代價予以阻止，護衛中國統一立場。

「要打啦！這是明白說要打啊！」爸爸手握拳輕敲餐桌強調地說。這時，本來在浴室裡的媽媽走了出來，帶著一股激動的熱氣快速迫近，我心中一凜，完全沒有防備地，突然覺得預感媽媽要衝過來歇斯底里地問：「你跟那個女人到底是怎樣？」

我臉陡地漲紅了，太陽穴狂跳著聽見媽媽衝過來歇斯底里地說：「你要死在這裡嗎？你要被共產黨抓去嗎？」

一座山

我無法阻止自己想著卑鄙的念頭，無論如何痛切地自責。

躺在床上，我一邊流淚一邊想著：「不，媽媽永遠不會發現，永遠不會有那個畫面。因為在他們發現前，在任何人發現之前，一切就都結束了。只要我不去美國，這一切就會結束在那個特定的時間點上。不必面對媽媽，不會聽到媽媽歇斯底里的質問，不必面對任何人。所以我可以不付代價地繼續探索她的身體，得到一次又一次狂喜的震撼。我不必停下來。」

只要我放棄飛翔，把自己活成一座山，永遠留在這裡。只要我不去美國，只要我徹底放棄再見到M的機會，那麼這段時間裡她就是我的。不，我甚至還可以不必徹底放棄，也許她會回來看我，她會回來找我，我是一座山，就在這裡，永遠在這裡，她可以回來。

我可以像一座山那麼被動，山不做任何決定。山不理會未來，與自己或他人的未來都無關，未來屬於做決定的人，未來屬於會飛翔的鷹，他們要決定飛向何處、飛得多高，要不要轉彎要不要回頭，與山無關。

我知道這想法有多卑鄙，因而眼淚一直流一直流，我專注地感受淚水在眼中積累、滿溢、成珠，一顆顆從臉頰上順著大致相同的軌跡落下來，落到枕頭上。我甚至注意到，眼淚以不一樣的速度積累，時快時慢。或快或慢似乎也和我的思緒無關，不受我的控制。有時一下子就滿了，有時等著等著，在眶裡迴繞，使我意識到原來眼眶是有空間有深度的。偶爾眼淚會以非常的速度泉湧出來，過了一個臨界點，淚不再成珠，一股線形地注流而下。

我必須如此專注，不讓自己意識清醒地去追究，這念頭為何是卑鄙的。連弄清楚卑鄙的道理，都超過我所能承受的。我抗拒清醒，我期待迷離恍惚籠罩我，遮蔽我。

清醒

那應該是夢，但我卻沒辦法說：「我夢見……」好像周遭都進入了夢境，可是我沒有，我清醒地看到夢境裡的一切，清醒地感受夢境裡的一切。

我看見我不應該看見的H，他有一張我看了立即覺得自己不會記得，而且不記得也無所謂的臉。我還看見了我不應該看見的小嬰孩，抱在M的手裡。她逗著那我無從分辨年紀的小孩，說：「叫舅舅，叫舅舅。記得喔，這個是舅舅，不是叔叔喔。」小孩咿咿啊啊發了一些聲音，沒有一個接近「舅舅」或「叔叔」。

我走進一個寬大得不像話的洗手間，右側大窗戶放進來亮晃晃的陽光。洗手台上有東西在閃爍著，那是一隻反射著陽光的耳環。只有一隻，很小很小。這應該是M忘了遺漏在這裡，不像是故意放好的。我突然困惑地追索記憶：M戴耳環嗎？我看過她的耳環嗎？我曾經像碰觸她的衣物般，碰觸過、脫解過她的耳環嗎？我確定沒有脫過她的耳環，因為我根本不懂女人耳環的構造，更從來沒想過這麼小一顆珠珠，像眼淚一般大小，是怎麼掛上去，又要怎麼解下來的。我更困惑了，難道當我將M身上最後的衣物卸卻，當我顫抖地輕輕拉下她的內褲，感覺到那絲滑的表面彷彿冷冷地躲著我時，她還帶著耳環？從困惑中生出沮喪來，我必須承認我無從解答，因為我沒有碰過她的耳朵。

怎麼可能！我近乎瘋狂地自責，怎麼可能我錯過了她的耳朵？那除了她的耳朵我還錯過了什麼？

突然間，我感覺到日移，陽光剛剛好離開耳環，看著黯淡下來的耳環，我有個強烈的衝動，想將耳環放進口袋裡帶回去。我還猶豫著沒伸手，耳環不見了，不，是整個浴室不見了，我發現自己站在陽台上，外面是一大片草地，剛剛以為是耳環耀射的光，其實是來自草地上不斷自轉著的灑水器，每轉一圈，就將一群嘩啦啦的燦亮灑向我。

我知道我為什麼在陽台上。我無法忍受客廳裡的狀況，無法在H面前傻笑地坐等那明明還不會說話的嬰孩發出「舅舅」的聲音。我渴望能夠和M獨處，我更渴望確認她也想要和我獨處。

不知等了多久，灑水龍頭轉了一圈又一圈，一波一波散打入我眼底的光珠使我暈眩，我不禁閉上了眼睛，眼前一暗的瞬間，M的聲音在我旁邊響起：「總覺得如果眼睛睜得夠大，看得夠認真夠用力，就能夠穿過去，看見台灣。」我張開眼睛，陽台短牆外，竟然變成了一片海洋，波浪兀自起伏。怎麼可能？這不應該是某個莫名其妙的德州城市嗎？怎麼會有海洋，怎麼會穿過了海洋就看見台灣？

我轉頭看了M一眼，整個人像被一股強烈的電流緊緊綑綁住了。我想抱住她，不，我必須抱住她，馬上，立刻。但我不能。她臉上還帶著剛剛哄小孩的笑容，和我抱過的她，隔著遙遠的海洋。我竟然不能伸手抱她，我從來不知道維持不動，什麼都不做，會那麼痛。

天色微明中，我被痛醒了。從原來的清醒中再清醒過來。

耳朵

下一次，將她牢牢抱在懷中，我毫不遲疑地攻擊她的耳朵。是的，攻擊，帶著一份必定要將之占領的決心，雖然完全不知道怎樣才能占領。

我確定她沒有戴耳環，但耳垂上有明顯的耳洞。我用拇指和食指尖輕輕地揉那塊珠圓的軟凝，她渾身跳了一下，口中隨著發出輕嘆。我維持著拇指和食指的摩挲，慢慢將唇靠過去，想要在她不知覺的情況下以上唇代替拇指，再以下唇代替食指，這樣我就能將她小小的耳垂含在嘴裡了。

但失敗了，她敏感地察覺了，手上輕輕推我，同時急急地將臉側轉過去，躲避我的唇。我直覺地加強了抱住她的力道，稍稍更堅持地用唇去靠近她的耳垂。沒想到，在我眼前，她的耳朵簡直像發出驚響般刷地透紅了，愈上面愈多骨的部位愈紅，一路降下來，耳垂變成了白中帶點顏色，那顏色，正因為似有似無，反而如同從不知名的深處閃著暗光。然後聽到她的聲音說：「不可以，不可以，不可以……」

我故意朝她的耳朵裡呼氣，問：「為什麼不可以？為什麼不可以？」她推不開我，只好轉而嬌羞地用力鑽進我胸膛間，用我勉強才聽得見的悶聲說：「不可以，我很久沒戴耳環了，耳洞會有味道，不容易清乾淨。」

我沒有聞到什麼味道。應該說我嗅覺裡填得滿滿的，是她的味道，我剛剛熟悉了的一種混和、獨特的味道。必須靠她很近很近，身體貼著身體才聞得到的味道。因為總是貼那麼近才聞到，那味道同時也就總帶著她身上的溫暖，像是被微熱蒸熏出來的，活著、動著、把人拉過去，拉得更近更近，明明不能再近卻還是保持要更近的衝動的氣味。

她拒絕，我就愈是堅持一定要吻她的耳垂。我們身體扭纏好一陣子，她被箍在我懷裡，只能激烈地搖晃著頭頸閃躲，我不放棄地用嘴唇一次又一次襲擊那不斷移動的耳垂，我的眼前只剩下這一小塊彷彿有了自己生命與驚人活力的肉，整個世界隱去了。

終於，我的蠻力克服了她的害羞。她先放棄了，徹底癱軟任隨我吻她的耳垂，含著，輕磨著，用舌頭試探地觸碰，再用牙齒細細地劃過去，然後伸出舌尖向上滑過耳朵不可思議細巧的結構，每一道彎曲的突起凹陷。我的世界只剩下她的一隻耳朵，只剩下這隻紅透耳朵傳來的熱度。

就在這時，她又推我，很不一樣的推法，突兀、驚慌。我還沒反應過來前，她已經像一隻水中的蝦般朝後跳開了，一邊恐懼地說：「外面！」

我先知覺自己全身被一層厚厚的疙瘩布滿了，然後才聽到有人走進客廳的聲音。我連忙從床上站起身，不敢回頭看她，深吸口氣，帶著充血的大腦和下體，將門推開一點點，看到爸爸正走進來。

爸爸叫了我一聲：「你在家？」我只好從房裡走出，關上門，將整個人擋在房門口。我的不悅與不耐煩一定從口氣裡傳了出去：「你怎麼會這個時候回來？」爸爸瞪了我一眼才回答：「回來拿領帶，晚上多了一個飯局。」停了一下，爸語氣多了一點嚴厲：「你在幹麼？」

「我能幹麼？準—備—考—試！」我即刻回答，回答得有點太快了。爸炸開了：「你那什麼口氣！考試很了不起是嗎？」爸朝我的方向跨了好幾步，我下意識地貼緊房門，同時手緊緊握著門把。我們父子對視僵持了幾秒鐘，我心狂跳著，緊張使我無法繼續這樣繃著。我先退讓了，把眼光向下移：「對不起，這幾天我已經習慣自己一個人安安靜靜讀書了。」爸突然用奇怪的表情看我後面的房門。漫長的幾秒鐘後，他說：「我們不是故意這時間去美國。有很多複雜的程序，必須把握時機。」「我沒有怪你們，真的沒有，你們不在我反而可以好好讀書。」我盡量心平氣和地解釋。「真的嗎？」爸問。「真的。」我說，我本來想補一句：你趕快拿了領帶去，我才能回房間好好讀書。話到舌尖上，忍住了，分不清是怕反而惹起爸懷疑，還是因為心虛所以說不出口。

爸轉身，往他們房間去了。我也轉身，小心開門，進房，小心地將喇叭鎖按下。她如同雕像般一動不動坐在我書桌前的椅子上，凝視著拉上的窗簾。我背靠著門僵直地站著，經歷了最不知所措的時間。我不知該不該看她。我不敢看她，怕看出她的心情；但我又不願刻意躲開眼光，顯露出絕望的心虛。

爸爸像是花了一個世紀才拿好領帶走出門去。

不可以

如果她說要走，我找不出任何方法把她留住。如果她走了，我也找不出任何方法讓她回來，回到這個如此驚嚇了她的房間。背靠著房門站著，我同時也經歷了最徹底的屈辱。被迫承認自己如此的無助。語言都無法真正形容的無助，「找不出任何方法」仍然是語言，是說得出來的，但我的無助比這個更黑暗得多。

我想起小時候去舅舅開的文具店裡，自己一個人爬窄窄的木梯到閣樓小間，上面堆滿了過期雜誌，我可以在那裡恣意地翻看《南國畫報》，看女星衣服穿得少少的照片，不會有被發現被質問的壓力。有一次，入迷看著舊雜誌時，突然停電了，一下子四周漆黑。什麼都看不到，就是一片漆黑。看不到樓梯在哪裡，甚至弄不清楚樓梯可能在哪個方位。我一動都不敢動，腦中出現的第一個想像，是自己一動就從樓梯開口的洞裡掉了下去，一直掉一直掉。想要排除這個恐怖想像，換來的卻是更恐怖的，彷彿在我對面就有一張浮游在空中的臉，靜靜地向我靠近，在黑暗中我卻看不到。那張臉，從停電前最後翻看的畫報紙面浮上來，一個女人，但她臉上的五官不是凸出來的，是凹下去的，我嚇得將手上的畫報丟開，立刻又意識到周遭圍滿了畫報，每一本裡面似乎都有一張幽幽然藉著黑暗要飄出來的臉。我被這樣的影像魘壓住了，想動卻動不了，想叫卻叫不出來。

還好，這時媽媽在底下，文具店的門口大聲喚著我的名字。他們以為我跑出去了？順著媽媽的叫聲，我得以擺脫夢魘般狀態，說：「我在樓上，閣樓上！」然後舅舅端著剛點燃的蠟燭，爬上閣樓來救我。

我一直跟舅舅說上面好黑、好黑，舅舅不斷點頭，但我覺得他不了解那種黑不是平常的黑，一張張臉爬出來的黑，和沒有臉的黑不一樣。一種我沒辦法形容的黑。

就像現在我無法形容那麼徹底的無助。整個世界的力量都在把她拉出去。我沒有可以抵抗整個世界的力量，而且我甚至無法動用我那麼微弱的一點點力量去抵抗。

爸爸出門後好幾分鐘，房間裡我們兩人維持著原來的姿態沒有改變。然後，她慢慢地站起身，拿起她的皮包，走向我，我意識到自己的腳在發抖，緊抿著嘴抗拒不願從擋住房門的位置移開。她愈靠愈近，我無法分辨那是靠近我，還是靠近房門。只有一個方法可以確認。我終於挪動了一直顫抖的腳，將房門讓出來。

我閉上眼睛。感覺她走向門，停在門口。然後她轉過來，抱住我，在我耳邊說：「不可以讓我這樣走出去，我會不甘心。」

無助

我徹底投降，我甘心地接受了那最深的無助。我只活在她的善意中，不再有任何我自己可以控制的，我願意就只活在她的慈悲裡，甚至不去問她為何會如此慈悲。

我再次親吻她小小的耳垂，用舌尖劃過她耳朵的軟骨。一個奇怪的意念升上來：我從來沒有問過自己：她愛我嗎？會是因為她愛我，所以她沒有離開，在經歷了如此尷尬的場面後，仍然願意留著？我察覺了這件事，我沒有問過，沒問過自己，當然更沒有問過她，然而就在察覺的此刻，我仍然不想問，既不問她也不問自己，她愛我嗎？不，我寧可維持不問，也不知道。

另一個奇怪的意念跟著上來：為什麼我剛剛沒有發現，親吻她耳垂的感覺，那樣一粒小小肉珠含在嘴裡，和親吻她的乳頭何其相似，而且她身上還有另外一個我觸摸過的小小肉肉的圓珠，長在她身體最敏感的部位，每次用手指一碰都會引來她的特殊嘆叫。我多想要也能像親吻她的耳垂和乳頭般親吻那顆圓珠！

我輕輕地將她推倒在床上，在她來不及理解發生了什麼事之前，急急地掀起她的裙襬，拉下她的內褲，用唇和舌尋找到了那顆圓珠，不顧一切地專注親吻、舔舐。

「你在哪裡？」

我的手搭在她光裸的肩上，她的兩肘抵住我同樣光裸的胸膛，雙掌軟軟地覆蓋著我的鎖骨。我和她之間保持著她的上臂那麼長的距離，她明顯地拒絕讓我把她抱得更貼近。

於是，我又多蒐集了一個「第一次」。第一次如此靜凝地看著她的眼睛，久久不動，什麼都不做，什麼都沒說，就只是看著她的眼睛。她也絲毫不動搖地回看我。我看到她眼珠微微的挪移，我看到她瞳孔精密的構造，我看到自己在她瞳孔上扭曲了的投影，我看到她眨眼時睫毛刷地蓋下來，又優雅地升上去，不像是肌肉的動作，比較像是水母順著海流漂浮，也像是太空人失重狀態的動作，一種自然的韻律。

某一次睫毛浮上去，瞬間露出的眼睛，神奇地讓我聽到她沒有發出聲音的話語，我知道在她心裡，在她眼底，她又問了：「你在哪裡？」我在哪裡？我就在這裡。不，她問的，不是當下此刻。那麼她要問的，會是：那時候，我在哪裡？

什麼時候？我應該遇見她，卻來不及遇見的時候？例如說，她還沒有結婚之前？那時候，我哪裡都去不了，我進入不了她的生命；那時候，我只是個小孩。我想告訴她，不要怪我，我真的已經盡力了，在我生命的最初，能有資格這樣對待一個女人時，我就在了，我就急急地衝進她的生活裡，我沒有遲疑，我沒有耽擱啊！

她的睫毛又降下來，這次停留得久了些，介於眨眼和閉眼之間，曖昧的長度，然後那一排彷彿自身帶有生命的黑色翅翼才又浮升上去，乘著一股弱氣流上升，盤桓。

露出來的眼睛，仍然沉默地問著：「你在哪裡？」沒辦法，我就不在那裡，不在能夠改變這一切的那裡。慢慢地，她的眼神中收起了原本的遺憾，帶上了一點點溫柔的挑釁。「你在哪裡？」似乎變成了：「如果你在那裡？」這是個好大的「如果」啊！如果我在那裡，我當然會大聲、用力，毫無保留地說：「你是我的！除了我你不可以愛上別人！只有我！」

想到這裡，我突然了解了為什麼不問，不能問，她愛我嗎？我躲著的，不是真正這個問題，或這問題的答案，而是如果問她愛我嗎？就一定同時要問：她愛H嗎？她因為愛H所以結婚嗎？她不愛H卻結婚嗎？我必須躲開這個問題，躲開這個問題可能的任何答案。

也許我的眼底顯現了悲哀，還是懦弱？她張開原本抵住我的雙臂，靜靜地滑入我的懷抱中。

怕

「你怕你爸爸嗎？」她問我。我們站在街上，我陪她等車。我陡地一驚，不確定她問話的意思。她真的要問我怕不怕我們的事被爸爸發現嗎？還是她只是在問我和爸爸的一般關係？想了一下，我回答：「我還比較怕我媽。我媽會很情緒化，情緒來時誰也沒有把握她會做出什麼事來，連她自己都沒有把握。」

「你覺得我情緒化嗎？」她接著我的話語問。

我堅決地搖了搖頭，「妳不是那種情緒化的人。」她笑了，然後明顯刻意收斂了笑，正色說：「所以你相信我做的，是我自己有把握的事？」我用同樣堅決的態度鄭重點頭。我當然，我必須這樣相信。她低下頭，然後抬頭看公車應該要來的方向，好長一段沉默。

「以前我一直都很怕我爸。可是最近變得比較怕我媽，我媽生病了之後。她讓我們都覺得欠她，而且快要沒有機會還她了。連我爸都變得怕她，因為我爸欠她最多吧。」

她形容她媽媽每天會花很多時間認真地想好要跟她爸爸說什麼話，提起哪一件往事。她媽媽不時還會打電話來跟她商量。今天要說那次上台北在火車站買便當被騙的事，還是說去幫阿姨挑首飾的事？火車站花了三倍價錢買便當之後，一到旅館妹妹就生病發燒了，她爸爸卻去找朋友，兩三天不見人影，不顧小孩死活。至於會要去幫阿姨挑首飾，就是因為她爸爸竟然嫌阿姨穿著打扮太不體面，不讓阿姨，她媽媽的親妹妹到嘉義家裡過年。

她媽媽似乎將記憶中她爸爸做過的壞事、錯事，徹底整理了。每天找其中一、兩件出來。但她不會直接講，而是挑選有時間、因果相近性的另一件事，輕描淡寫地說，刺她爸爸，讓他自己記起來。

「我媽說：『我沒有怪他，我只是要他自己怪自己，活到這麼大了，總不能做過的就忘掉，忘得那麼方便。』……」她說。這時，公車來了，她擺擺手，笑笑，上車走了。

More

我把窗戶打開，才發現外面下起雨了，而且是那種又冷又濕的雨，典型台北冬天的雨。冬天來了。

或許是讀詩寫詩的關係吧，我會常常追究腦中自動浮上來的字句，被那樣的追究無聊地糾纏。「又冷又濕的雨」，我是這樣想的。但有不濕的雨嗎？用「濕」來形容雨，不對勁吧？

不對勁，但很好。我知道，我能記憶比較濕的雨，和比較不濕的雨。「又冷又濕的雨」，因為冷天下的雨，格外地濕。很怪，但很真實，大熱天午後突然爆開來的西北雨，人站在雨中一秒內就會濕透的那種大雨，感覺上反而沒有那麼濕。西北雨的濕，是乾脆俐落的濕，對，乾脆俐落，所以不那麼濕。

冬天來了。我想起來為什麼要開窗，因為要抽菸。我把夾克也披上了，不要讓爸媽聞到菸味，不只要開窗，將菸對著窗外噴，還要把電風扇打開，朝外面吹。

真是件麻煩事。從抽屜最深處，一堆刻意保持得混亂的卡帶底下摸出菸盒來，長長的More菸。又細又長，而且是深褐色的，和到處看得到的肥短白色長壽菸徹底相反。韓說：「抽了 More，就絕對沒辦法抽長壽了，怎麼看都會反胃地覺得長壽菸長得像糞坑裡的白蛆。長得像白蛆，聞起來難免就有了白蛆的味道；看起來聞起來都像白蛆，也就引發人想像它會像白蛆般蠕動。你聽過了不起的哲學推理嗎？『長得像鴨，走路像鴨，叫起來像鴨的動物，最有可能就是鴨。』同理可證，看起來像蛆，聞起來像蛆，似乎會像蛆般蠕動的，那最有可能就是蛆。看看看，我證明了，長壽菸就是蛆，大部分的人都在嘴巴裡含著一隻隻的蛆。」

那當然是歪論，但歪論永遠比正論讓人難忘。我不敢讓韓知道，我從來沒有真正看過一隻活生生的蛆。我們家從來沒有那種會長蛆的糞坑。韓在眷村裡長大，他看過太多太多的蛆了。

電風扇的風呼呼地自我背後吹來，我以雙掌包成一個圈，小心護著火柴，將菸點著。我大可以先點了菸再開電風扇，我知道。然而在風中點菸，有一種特殊的蕭索意味，從西部片裡看來的吧。

在風中，獨自思索著……這像是一首詩的開頭，也像是一部電影劇本的開場設定。怎麼讓人知道那是風中呢？要有能被風飄起來的長髮或斗篷，不然就要點菸，用雙掌包成一個圈，小心護著星星柴火點菸。

在風中，獨自思索著，思索什麼呢？吸了一口菸，我想起那天送爸媽去機場時，曾慶幸地想，我可以輕鬆在家裡抽菸了，不必這樣戒慎小心。然而，他們離開的那幾天，我竟然完全沒有在家裡抽菸！為什麼？

這值得在風中點著菸思索嗎？因為我其實沒有那麼喜歡抽菸、那麼需要抽菸，抽菸只是一種叛逆的姿態？被禁止所以抽？一旦爸媽不在，沒有禁制的力量，也就不抽、不需要抽了？

原來自己也不過就那麼膚淺，從抽菸中得到那麼一點點偷偷摸摸的快感？不需要偷偷摸摸了，也就不需要抽菸了？還有其他的理由嗎？這值得在風中點著菸思索嗎？我知道有其他理由。剛剛拿出菸盒時其實就想到了的。More 也是M。More 就是M。M就是我的 More，Far more than I can take. Far more than I should take. Far more than I deserve. 所以有了M也就不需要More 了。那為什麼現在又在人造的風中點起菸來？這值得在風中點著菸思索嗎？重新需要More，因為我意識到 I am losing M, so I can only have More？

偷

連續三天，我沒有和她見面，我見不到她。她去了海邊，雜誌社辦的研討活動，三天兩夜，提供給雜誌社的讀者和作家們共聚討論文學寫作的機會。之前她問過我要不要去，我毫不猶豫地拒絕了，現在我咀嚼著拒絕的痛苦，反覆估量著究竟接受還是拒絕會比較痛苦？

「咀嚼著拒絕的痛苦」，又一個盤旋不去，糾纏的詞句。太巧妙的聲音，「咀嚼」和「拒絕」，但會不會巧妙得減損了詞句所要表達的？真正的痛苦使得人無暇巧妙，不是嗎？

所以，我還能這樣冷靜地咀嚼「咀嚼著拒絕的痛苦」，證明了沒有真正的痛苦，是嗎？

我拒絕，是為了逃避更大的痛苦；然而，這時候，無法見到她的當下，我無從判斷那是不是「更大的痛苦」。上一次，兩個星期前，她安排了找一群高中校刊社的編輯聯誼，去看電影，看《星際大戰》的續集《帝國大反撲》。我傻傻地去了。傻傻地站在十幾個不同學校的男生女生之間，完全不知所措。我一點都不想跟他們說話，我也一點都不想看到她和他們說話的樣子，更糟的，我一點都不想讓他們看到我和她說話的樣子。

她察覺了我的不安嗎？她指定了我和另一個北一女的女生，陪她排隊買電影票，其他人在戲院外等著。排了幾分鐘，隊伍感覺上都沒動，她就請那個女生到前面看看是不是開始賣票了，還是有黃牛在前面擋住票口。

女生一離開，我忍不住問她：「如果我消失了，你會怎樣？」我的意思是，她會生氣嗎？

她露出疑惑的表情：「為什麼你會消失？你為什麼這樣問？」

我不知該如何解釋，我以為這個問題再簡單不過，不用解釋。她維持疑惑的表情看著我，我不得不回答。「沒什麼，就是突然想到這個問題。」

「那要看你是怎樣消失的。就這樣在我身邊『咻』的不見嗎？還是約好了卻沒出現都找不到人？消失前你會跟我告別嗎？在我辦公桌上留一張紙條？不知道你怎麼消失的，很難決定我會怎麼樣。」她認真地回答。

她太認真了，使我無法告訴她：其實那個問題只是為了表達我在這裡，作為一群高中生中的一個，讓我很不舒服，我想走掉。也許又有點捨不得走掉吧。我只好編了個理由：「沒什麼啦，只是在這裡排隊，突然想起一部電影裡的場景，男主角，好像是華倫比提演的吧，在人群裡沒頭沒腦的問女主角，費雯麗還是娜妲麗華：『如果我消失了，你會怎樣？』」

她揚揚眉毛，好奇：「那是什麼電影？」

我聳聳肩：「其實一點都不重要，我也不太記得了。」

「想想嘛！」她的口氣裡有一點撒嬌。

「大概是間諜片吧？你知道，那男人有祕密身分，任務結束了就要消失……」

「那女主角怎麼回答？」她追問。我又聳聳肩。她不放過：「你知道，快告訴我！」

我其實不知道，只是前一秒鐘我在心裡編出了那不存在的電影的畫面劇情。「好吧，她瞪著華倫比提，說：『沒有人可以不經過我同意就消失的。如果你打著這樣的念頭，建議你立即放棄。我會追到天涯海角把你找出來，如果有人綁架了你，我會讓他們付出慘痛代價；如果是你自己決定要消失，我會讓你付出更慘痛的代價的！』」

她笑著驚呼：「哇，好有趣的電影！你還記得接著怎麼樣嗎？」我點點頭，不是我記得，是我現在知道了。就在這時，北一女的女生回來了，M用手勢阻止女生回報前面的狀況，眼睛盯著我，催促：「快說，然後怎樣？」

「然後，華倫比提就問不知是費雯麗或娜妲麗華：『那，若是妳消失了呢？妳覺得我該怎麼辦？』費雯麗或娜妲麗華突然變臉，嚴肅地說：『千萬不要來找我！讓我消失，就讓我消失。』」

我看到一片暗影遮蓋了M的臉色。北一女女生好奇地問：「你們在說什麼？電影嗎？」我和M都沒有回答。

我留著和大家一起看了電影，心情糟透了。散場他們說要去「老山東」吃牛肉麵，我刻意走在最後面，走出電影院後門時，沒有和任何人打招呼，沒有引起任何人注意，就朝相反方向離開了。

我絕對不要再看到她自在地在人群裡，而我卻不知所措，那樣的情況會讓我無名地憤怒，覺得自己像個小偷，要偷不屬於我的東西，而且還注定偷不到。

海邊

我花了兩天時間，寫了一首詩。比平常慢得多。因為我不知道自己要寫什麼，不是先有了一個句子或一個主題，甚至一個情緒所以坐下來寫詩。這次，是出於一個決心，詩的開端，甚至不是坐著，不在桌子前。

擠在喘不過氣來的公車上。車子不減速地衝過敦化南路和南京東路口的圓環，車裡彌漫著奇特的聲音，許多人同時緊張本能地深吸一口氣，卻又自覺地不讓自己驚呼叫出來所產生的聲音。車子離心力最強時，我幾乎要拉不住頭頂上的橫桿了，一個拉吊環的女人跌壓在我身上，她泛著味道的腋窩貼著我的下巴，我跌壓在旁邊另一個我們學校的學生身上，我的大盤帽帽沿頂著他的面頰，頂歪了，我的帽子和他的臉。

還好在我被迫鬆手的前一瞬間，車子朝相反方向甩了，重新站穩腳步時，我下意識要去拉下車鈴，然後才想到：不，今天我不下車，我沒有要在她辦公室的這站下車。同時，我想，我應該寫一首詩。

寫一首詩來回答從昨天就一直繞著的問題，一個奇怪的想像。從電影院門口排隊買票的記憶延伸而來的想像，想像著如果北一女女生沒有回來，如果她突然尿急去找廁所了，那麼在我描述完了費雯麗或娜妲麗華的回答後，M故意不看我，假裝認真、執著地看著被人龍擋住了的票口，然後淡淡地問：「那，如果是我消失了呢？你會怎樣？」

如果她消失了我會怎樣？我決心要寫一首詩來回答這個問題。寫詩，正因為我不知道答案，也許寫詩能夠幫助我找到答案；還是，寫詩能夠幫助我躲開答案。我又想起韓，想起在校刊社討論詩的時候，他說過的奇怪的話。他伸手過來，拍拍我的臉頰，說：「Cher ami，我的朋友，你太執著於答案了，答案把你綁在地上，讓你飛不起來，讓你寫不出好的詩，你還不知道嗎？答案是鉛塊，問題才是翅膀，詩乘著問題的翅膀起飛，一直飛一直飛，直到答案的重量逼它迫降。」

我很討厭韓這種輕佻的動作和語氣。把我當成小孩，或他的徒弟，故意用「Cher ami，我的朋友」稱呼我時，聽來就像《功夫》影集裡老師傅說「小蚱蜢」似的。但他每次用這種態度說的話，唉，卻總是留在我心中，忘不掉。

我在冷雨中走回家，大盤帽和鐵灰色夾克都淋濕了。我繼續在自己的房間裡踱步，心底莫名其妙地愈來愈激動。剛開始是莫名其妙，後來漸漸明白了。韓說對了，我是個總要給自己綁上答案鉛塊的人。我就是會要弄清楚自己為什麼激動。

我激動，因為這是多麼難得的處境。不是想像，不是假設，而是真實。我竟然能在真實中，在這個巨大而神祕的問題中寫詩：如果她消失了，我會怎麼辦？

我先在腦中否決了千百個念頭，然後又在紙上畫掉了幾十行試探的句子。終於有一個句子從畫花了的白報紙中顯露出來，驕傲地，昂然地，暈眩地，卻又不完全自信地，像是在遍地橫躺屍身中，唯一倖存站著的人。

「而妳去了海邊」，只剩下如此平常的一句。我知道我的詩會以「而妳去了海邊」開始，會以「而妳去了海邊」結束，而且每一段，不管詩一共有幾段，都會出現「而妳去了海邊」。

這是我腳下僅有的基礎，是生活中唯一重要，唯一有意義的事。

維根斯坦

上數學課時，數學老師讓我們自習。他站在教室門外，和一個別班的學生說話。我看到他們兩人相隔大約一尺距離的背影，他們面對著操場，不，操場完全看不到了，他們面對的，是一片迷濛的雨景，還有走廊簷下不停滴落的水線。

我攤開白報紙，本來想寫詩，寫那首以「而妳去了海邊」開頭的詩。詩沒有進度，我放棄掙扎，轉而隨手寫一封給M的信。

我告訴她我此刻的感動。我知道，但我又不知道數學老師和那個同學在冷雨飄飛的廊下說什麼，讓我感動。班上其他人應該都不知道吧，他們完全沒有概念為什麼今天的數學課會變成自習課。只有我知道。

這一期校刊最古怪的投稿，是一篇寫維根斯坦的文章。看起來很深奧、很有學問，裡面還夾雜了好多公式。有人說是數學公式，後來有人精確些修正，說有英文字母與陌生符號的不都是數學公式，還有集合公式和語言學公式。

編校刊的學弟們沒有人看得懂這篇文章，顯然讀校刊的學生裡，應該也沒有人看得懂。但在決定退稿的討論中，有一個編輯提到了詩，而且提到了我們。他說上一本校刊的詩專欄，不也刊登了好幾首應該都沒有人看得懂的詩嗎？然而在公開的檢討會上，當時校刊社的高三學長卻情緒激動地表揚那個詩專欄，說那些詩讓我們學校的文學水準提高到可以和任何一本外面的詩刊平起平坐，還帶頭請大家鼓掌感謝專欄編輯？看不懂也許不是那麼必然的標準？

那個被表揚的編輯，就是韓。他們說沒有人看得懂的詩，兩首是韓寫的，也有兩首是我寫的。所以學弟們就決定將談維根斯坦的稿子拿來給我們看看，問我們的意見。

哈，別人看不懂的詩是一回事，維根斯坦是完全不同的另一回事。不過將心比心，如果我們寫的詩，單純因為看不懂的理由，就被退稿了，我們心裡也會很不愉快吧？剛好，我記得數學老師上課時，不知是講集合還是講排列組合時，提過維根斯坦，我就提議把看不懂的稿子給數學老師看一下，請他幫我們判斷該不該在校刊上刊登。

把厚厚一疊稿紙交給數學老師時，看得出來他很困擾。到學校十幾年了，從來不曾覺得自己跟校刊會有什麼關係。我猜每年兩次收到校刊，他恐怕也不見得會有興趣打開來看吧。他的第一個念頭，應該是如何恰切地打發我吧，所以急急地在我面前就翻起稿件來，預期快快翻過去，然後抬頭跟我說：「這和我無關，你們自己決定，或去找別的老師。」但才翻到第二頁，他停住了，睜大眼睛看我，聲音不自覺地提高：「這是我們的學生寫的？」

我彎身把稿子翻回第一頁，指著標題底下明確寫著的班級、座號和姓名。數學老師誇張地抱著頭，像是自言自語，又像對我說：「我不確定這是他從哪裡抄來的，還是自己想的，『維根斯坦的語言表述和他的邏輯公式從來都對合不上，這既是根本的問題，也是他擁有的特殊真理形式，使得他能探觸別人探觸不到的真理的祕訣，別人無法、或不敢如此動用矛盾來臻及統一，將邏輯從自足的邏輯世界裡解脫出來。……』我的天啊，他知道自己在講什麼嗎？」

不知道為什麼，數學老師指著稿紙上整齊得帶些笨拙的字跡念出聲來時，我心底竟然有著莫名的震動，然後完全無防備地，眼前出現了M的身影，不知道什麼時候看到而留下印象的，她穿了一件自覺太短的裙子，坐下時先用手貼著臀部抹了一次後裙襬，然後不放心地重新起身，重複了一次同樣的動作，更仔細更鄭重些。然後，她抬頭看到我，臉上突然閃過一絲不好意思。

那不是因為穿了會露出大腿的短裙而來的害羞，不是。站在數學老師身邊時，我明確地了解她的不好意思，剛好相反，她是為了在我面前如此小心提防而不好意思。她應該要信任我，不該現出把我當作有窺視欲望的人，她大可以就是坐下，自在地坐下。我知道，我確定，我看到她放鬆下來，不經意地弄皺了裙面，露出了更多一點，多兩三公分吧，的大腿。

然後她跟我說話，真的沒有再介意過短裙地說話，我也就忘了她的短裙，直到這一刻，維根斯坦「將邏輯從自足的邏輯世界裡解脫出來」才讓我記起她的短裙。內心顫抖地記起了她對我的好。

數學老師說應該跟這個作者談一談，確定他不是隨便抄書。談一談就能知道他懂不懂維根斯坦，至少是懂不懂維根斯坦的數學。我說我可以去幫忙約。

這時，他們站在雨中的廊下，一定是在談我不懂的維根斯坦。看起來他們談得挺起勁的。我被兩人以雨霧迷離的操場為背景的剪影吸引了，不知為什麼一直無法移開眼光。我想，這應該有詩。應該有一首從這個情景開始的詩。

下雨之前，他們爭辯著愛情
低壓、陰沉、逐漸加強為二級的東北風
都預示了不可逆回的變化

落雨已從五千呎處出發
不受爭辯影響

我終於把眼光移回書桌上，寫在白報紙上：

雨不受爭辯影響落下
在維根斯坦之前的邏輯世界裡
但是愛情呢？愛情可以跟隨邏輯
從邏輯森然的世界裡
逃脫？

看不懂

我慢慢確定了詩要怎麼寫，那首以「而你去了海邊」的詩。你去了海邊，我留在多雨霧多喇叭聲的都市裡，但因為你去了海邊，所以在街道上，我聽見了海濤，聽見了寄居在大貝殼裡的海濤的祕密訊息。說你去了海邊，你在海邊。

你去了海邊，我循著反方向，去了山裡。巍峨蒼勁的山石上，我卻看到了波浪，費了億萬年凝固的波浪。凝固的波浪指著一個神祕的方向，我拿出登山用的專業指南針與畫著詳細等高線的地圖，認真查對，發現那就是你去了海邊的方向。

你去了海邊，我開始想像中的探險。我的眼前是一片沙漠，風狂吹著，十層樓高的沙丘忽焉形成，又忽焉消失。在幾乎完全被細粒黃沙遮蔽的視線中，我卻看到了一只玻璃瓶。我匍匐過去，從快速推積的風沙中搶救那瓶子，瓶中有一張紙，打開來，勉強讀出上面的字跡，寫瓶中信的人說：「我在海邊，卻找不到我所想念的人。」

而你去了海邊……

我坐在家裡，關著窗戶，老覺得外面有吱呀吱呀的叫聲，像海鳥飛過；於是我打開窗戶，吱呀吱呀叫聲消失了，還原為一堆混雜在一起互相干擾的街聲，但風吹進來，揚起沒有拉好綁住的窗簾，風中有雨意，冰冷的，帶有鹹味的，似乎是遠遠從海那頭尋來的風。

你不會真正消失。我想告訴你，不管你去了哪裡，不管我在哪裡，你去了的地方，會改變我在的地方。就是這樣。只要檢視我周圍環境的變化，找到那些只有我能察覺的訊息，我就知道你去了哪裡，你沒有消失。你無法消失。

詩中要寫的，就是這樣的信心。我現在只需要找到對的字句，一字一字，一行一行寫成詩。然後拿去給你看。我最新寫成的詩．但為什麼一定要是詩？難道不能就把這樣的想法，這樣寫在白報紙上嗎？為什麼還要尋找一字一字、一行一行的詩？

因為，也許你會看不懂我的詩。你不會那麼確定詩裡要說的是什麼。這就是詩的好處，你不一定會懂，不一定，比一定會或一定不會，適合我，適合我和你。

好長一段沉默

她從海邊回來那天，我打電話到辦公室，告訴她我請病假沒去上學。她沒有問我生什麼病，沒有問我病的嚴重嗎。電話那頭，是好長的一段沉默，長到我以為電話出問題斷線了。然後她說：「我中午去看你，好嗎？」

她中午來了，一進了房間關了門，她就抱住我，仰起臉來吻我。我微微轉頭，避開了。「我感冒，會傳染。」我說。「很嚴重嗎？」她問。「有點發燒。」「那你應該去躺著。」

我躺回床上。才躺好，她就壓到我身上，吻我，在我能防備之前，將舌頭伸進了我雙唇間。她不讓我說話。好一陣子，她的嘴才離開我的嘴，帶點調皮地說：「好了，反正要傳染也已經傳染了。」

她在我身邊躺了下來，問：「為什麼會感冒？」我想回答：「因為妳去海邊，吹了冬天的海風，所以我就感冒了。」但又覺得這樣的話聽起來很假，像是無聊的耍嘴皮，就沒說。我淡淡地問她這三天過得怎麼樣。她告訴我有哪些作家去了，誰跟誰一起座談，跟參加的讀者說了些什麼有趣的事。

她提到了一個詩人，在女中教書，他帶的班級是全校朗誦比賽中，唯一選擇朗誦新詩的，結果得了第一名。我曾經看過這個詩人寫給她的信。我忍不住說：「我不喜歡他，他詩寫得很爛，典型中文系舊詩改新，小腳放大式的寫法。」

她沒回應，好長一段沉默。

像是好不容易下定決心，她側翻過來，用手肘支著上身，故意無奈地看著我說：「你忘了我也是中文系的嗎？」我說：「所以更討厭他。」她搖搖頭，髮梢在我頸上來回飄划。「算了，你今天生病，不跟你計較，你要怎樣就怎樣。」然後做出一個凶巴巴的鬼臉，繼續說：「但你別得意，過兩天輪到我生病，到時候我也會要怎樣就怎樣！」

「我要怎樣就怎樣，你說的……」我吻她，同時手伸進她的上衣裡面，撫摸她暖暖的背，稍稍一碰，就解開了她 burazya 的扣環。

我們做愛。最長最長的一次做愛。我努力讓自己拉長每一個動作，仔細的記憶每一個細節。

結束後，她將頭深埋在我的肩頭。好長一段沉默。我覺得喉頭乾澀，很乾很乾，但我不管，用帶點破啞的聲音打破沉默：「今天我要怎樣就怎樣，你剛剛說的。」她有點驚訝，仍然極溫柔帶笑意地說：「你還要怎樣？」我放縱讓胸中的氣爆發出來：「我嫉妒，我要你說服我，告訴我不用嫉妒！」

又是好長一段沉默。

終於等到她開口說話，她發出第一個音的瞬間，還不知道她說了什麼，我竟然就忍不住哭了。就這樣哭了。事前沒有一點點難過的感覺，沒有哭意，在自己沒有意識也沒有防備的情況下，就哭了。因為沒有防備，所以也就哭得很狼狽。因為沒有防備，所以一時不知該如何讓自己停下來。

她慌亂地伸手抹我的淚水，口中反覆念著：「你不用，你當然不用，你當然不用……」

本文收錄於二〇一六年九月《一九八一光陰賊》（印刻）

善後——章緣

本名張惠媛，台大中文系學士、紐約大學表演文化碩士。旅美多年，現居上海。曾獲聯合文學小説新人獎首獎、中央日報小小説首獎、聯合報文學獎等，已出版七部短篇合集、兩部長篇及隨筆。作品入選海內外文集，包括《聯合文學二十年短篇小説選》、《爾雅年度小説選三十年精編》，大陸《小説月報》、《北京文學中篇小説月報》、《小説選刊》、《新華文摘》、《長江文藝好小説》、《作品》等文學選刊、《英譯中國當代短篇小説精選》，以及世界英文短篇研討會作品選刊（二〇一〇、二〇一二、二〇一六）。

明天就是中秋了。友蘭下了車，站在鐵門前，拎著一盒月餅，沒有馬上揿鈴。月餅是香港榮華的蛋黃白蓮蓉，黃金色的鐵盒，盒蓋是藍天一輪明月，並開兩朵豔麗的紅牡丹。

過去妹妹友竹總是拎著大包小包，精心準備了媽媽喜歡的吃食，什麼話梅、蟹殼黃、核桃酥、削好的蘋果和梨，媽媽喜歡什麼，她心裡明明白白一本帳。根本不必要的，療養院裡包吃包住，何況那個什麼話梅，看護也說了，老人家容易噎到，危險。後來話梅不帶了，改帶咖哩酥。咖哩酥也不那麼合適，一咬一身屑。友竹不管，還是照常張羅了各種媽媽可能愛吃的食物，每次變著花頭，像一個殷勤的情人，其實媽媽哪曉得這些，連來的人是誰都不認得了。這些食物帶去，有時媽媽並不馬上吃，或只嘗了一點，臨走時就交給看護。那個看護，小黃還是小王，安徽還是江蘇的，接過時笑得合不攏嘴，這些點心最後會進到誰的肚裡很難講。無用功呀，她常在心裡嘀咕，但不敢說出來。她一直有點忌憚這個妹妹。

從小，妹妹友竹樣樣比她強，學習好，當幹部，還比她高三公分。別小看這三公分，從小學六年級，她就一直多了這三公分，兩個人走出去，別人都以為友竹是姊姊，何況她又能說善道，得理不饒人。友蘭本來也不想當姊姊，當姊姊要禮讓妹妹，作妹妹的榜樣，而這個倔強的妹妹早就騎到她頭上。她唯一勝過妹妹的，就是得了媽媽的瓜子臉，一雙長而如燕尾向上飛的鳳眼，薄唇輪廓分明，左邊嘴角上一個淺淺的梨渦，笑起來頗有幾分嫵媚。美中不足的是眉毛疏淡，不描畫就幾乎沒有，神情顯得淡漠，一種還沒開張或即將打烊的模樣。友竹像爸爸，方臉高顴骨，濃眉大眼，皮膚黑，不怒自威。男生喜歡招惹友蘭，拿她的鉛筆，從後面一把扯掉她的髮帶，她只會哭，總是妹妹替她討回公道。長大了，那些欺負她的男孩倒過來追求她，寫詩傳話，在門口站崗或堵在半路上。她很早就結婚了，一直沒生育。過了幾年開小學同學會，跟那個最愛欺負她的同桌小赤佬好上，還懷上了，老公氣不過也在外頭玩，但是該辦的手續都沒辦。友竹看不過去，出面硬是押著姊姊夫簽了字，又自作主張讓她跟男朋友去領證，趕在女兒落地前名正言順。

友竹習慣替姊姊善後，她看姊姊的眼色常是怒眼圓睜，裡頭有不屑、不耐和不可置信：你就這麼搗漿糊下去？友蘭不懂妹妹擔心什麼，事情總是能解決的，不是這麼解決，就是那麼解決，即使一直無解，到最後不也就解決了。你越是風風火火跟命運對著幹，命運就越是起伏落差大，這道理友竹不懂。

療養院有兩道門。人走的鐵門森嚴，一條條只容伸出細手臂的間縫，二十四小時鐵將軍看守，防止院裡的住戶不小心遊蕩出去。車走的是自動鐵門。這裡收的多是重症病患不良於行，有的失去自主能力，失憶或癡呆，既然住進了這裡，也只有救護車才能送他們出去。親友可以來探看，但鮮少有帶病人出院的。當初就是沒法照看才送來的，何況病人們走不動吃不了，萬事不關心，外頭的花花世界早跟他們無干。

媽媽住在這也有三、四年了吧，一年總有那麼幾次，逢年過節，她不得不上這兒來探望，不來的話交代不過去。說白了，就是沒法跟友竹交代。除了友竹，這世上再沒有人會在意。爸爸走後兩年，媽媽確診為老年失智，這時女兒小敏正緊鑼密鼓準備高考，家裡氣氛比較緊張。友竹還是單身，有沒有對象不知道，四十歲的未婚上海女人，在婚姻市場上竟比離了婚的還不吃香。理所當然，友竹把媽媽接去一起住了，這麼一安排，在婚姻市場上就更掉價了。這樣過了三年，各忙各的，直到媽媽第一次走失。友竹慌得打電話給她，她向來不跟姊姊求救的，友蘭哪有方向，上海這麼大，誰知道媽媽走去哪裡了，也許一會兒就回來了。她這麼一說，友竹就炸開鍋了，說媽媽已經認不得路，哪能自己回家？說她把媽媽丟給她，不聞不問，她已經好累好累……友蘭無法爭辯，把那炸開沸騰的電話拿遠一點，再遠一點，只聽得含含糊糊時大時小時快時慢的語聲，篤篤篤篤，至於控訴的內容，她並不想知道。

媽媽找回來了，謝天謝地。後來類似的緊急事件又發生了幾次，請的看護不給力，友竹幾乎沒法上班。誰受得了一個老女人跟前跟後，千百次叨念著誰偷了她的錢？剛吃過一轉身又鬧著一天沒吃飯，抹得看護一身的鼻涕淚水，有時是屎尿。癡笑時沒心沒肺，扯開嗓子罵山門時鄰居都要報警了。小女孩般無知，卻不那麼無邪。等到媽媽完全不認得女兒，友竹便開始找療養院。上海市遠遠近近看了好幾家，考慮公共設施和病房、護理人員素質、膳食調理、探視規定和交通便利等等，當然還有費用。

要把媽媽送到療養院的事，友竹第一次表現出猶豫，幾次打電話來商量，但友蘭沒意見可給，療養院是那麼遙遠且令人厭惡的名詞。當妹妹焦慮地比較著這家和那家的利弊時，她聽著聽著就走神了，回過神來時只是說，你看著辦吧，但是你曉得的哦，我沒錢。她的工資本來就不高，因為做事態度不積極，從姑娘做到人稱大姊，只混了個小主管，積極等退休。老公賺得多一點，但要付房貸，還要留給小敏辦嫁妝。妹妹一人吃飽全家不愁，手頭自然寬裕許多，媽媽既然住在她那裡，她怎麼樣也得想出個法子來。友竹果然是個有主張的，斷然把媽媽的房子賣了，到手的錢分作三份，姊妹各拿一份，另一份用作媽媽的療養院費。這一來，解決了媽媽的問題，姊妹手頭也多了一筆現款，友蘭覺得這方法不要太靈噢。至於療養院她是不看的，妹妹決定的總不會錯，何況這些地方讓人沮喪，想到有朝一日老去的景況，能不忌諱嗎？

友竹選定的這家療養院，說是跟什麼國外醫療研究機構合作試辦，對照顧失智病患特別有經驗，不像別的地方把失智患者和其他行動不便的患者全關在一起，應該是媽媽可以安妥走完最後一程的地方。友竹這麼說，這事也就定了，擇日便一起把媽媽搬過來。

鐵門向右滑開，計程車開進療養院的前庭，灰白水泥地，一條窄窄的花圃作點綴，開著金橙紫紅的萬壽菊，前頭就是患者住的大樓，共有五層，底層是交誼廳和餐廳，還有辦公室和接待室。上下各層的電梯都要輸密碼，五樓是有自主行動能力但失智的病患區，從病房到公共區域間設了防盜門，要從外頭開啟，只有工作人員和家屬能出入。媽媽住的就是五樓。

二樓是不良於行坐輪椅的人，三和四樓是需要照料，但還有自主能力的老人。

九月中，藍天上有棉絮般扯散的雲，三四樓靠東邊的陽台欄杆上站滿了人，那些灰白短髮，早早穿上棉衣的老人，個子都不高，也許是佝僂著身軀，也許是人老骨架縮了，一個挨著一個手抓著欄杆往這裡看。他們死盯著這個無事早晨開進來的這輛白色計程車，這個早晨第一件值得關注的事。車上慌慌張張下來兩個女人，一個拿行李，一個扶著一名跟她們一樣的老人。拿行李的那個一抬頭，臉上一驚，旋即轉開眼去，嘴裡咕噥一聲：要死了，全是女的，女人真是太長壽了。扶老人的那個也抬頭，臉上也是一驚，死盯住她們，眼光來來去去，好像在認親人。老人早就習慣了陌生訪客的眼光，他們逡巡的眼光想在老人身上找到答案：這裡好不好？習慣嗎？開心嗎？想家嗎？恨嗎？

那裡是通往外界唯一的視窗，每日除了在房間和大樓的公共區域活動，陽台是唯一能看到外界的地方，可以看天，長年灰白色的天際線，如果遇上藍天白雲，那真像中了頭獎。可以望遠，這裡是郊區，幾棟灰色大樓，高低略有變化，姿色十分平常的一家姊妹，不像城中區那裡一棟高過一棟的摩天大樓，美女如雲爭奇鬥豔，雄偉的老建築有歷史，新建的大樓逞新奇，不是注射針筒似的高插入雲，就是開瓶器似的樓頂，有傾斜如醉酒的，也有聯排如褲衩。這些建築物和各種城市雕塑，一入夜便活過來閃著各種耀眼燈火，讓夜空無法黑得徹底。

俗世熱鬧都在那邊，療養院這邊看過去，最醒目的便是那棟白色大樓，是離這裡最近的醫院，病友們有時也得去那裡，總有那麼一天，去了就不再回來。建築物靜默矗立，老人們還是更喜歡看活動的街景，街景裡才有故事，而他們彼此的故事，精采部分已演過，結局也都知道了。幸而這裡可以看到外面的人和車，他們就那樣一字排開，占著自己的位置，像在劇院裡耐心等著好戲上場，有一整個白天可以等。計程車開走了，友竹還凝望著陽台上的老人，良久才收回視線，自言自語說：不知道他們在想什麼。

所有手續都是友竹去辦的，簽合同，交費用，主任解說著什麼，護理人員介紹著什麼，話語滔滔流過，她只是跟著友竹，手裡提著媽媽的一件行李，有點訝異竟然是這麼小的一件。想必是只帶了這一季的衣物吧，換季或有什麼需要，友竹自然可以捎過來。主任姓佘，看上去五十多，戴頂鴨舌帽，估計頭髮禿了。他講起話來聲音出乎意料地微弱，說是氣管炎兩個多星期了，友竹關心地問候，大概為了媽媽的事，兩人打過幾次交道。這家療養院床位很緊張，友蘭記起妹妹提過送紅包的事，後來到底有沒有送，她卻不甚了了。但至少現在兩方表現出一種熟人的親昵，一切順利進行。

佘主任一路走，一路點名走廊上遇見的老人，邱阿婆、王阿婆、林奶奶，有的扶著助步器慢慢踱步，嘴巴內縮假牙滿出，一路嘶著嘴，有的就坐在房門口發呆，眼睛半睜半閉，鼻水和口涎流下來。佘主任招呼著他們，老人從白日夢狀態裡突然被喚醒，一時還來不及有反應，一行人早就走過去了。偶爾一間關著的門突然打開了，一個看護匆匆走出來，看到余主任愣了一下，堆起笑，余主任便推開門探一眼，裡頭傳出來的有時是一股惡臭，有時是一陣哀嚎。

到了，就是這間。房門是開著的，人來人往，反正司空見慣。友蘭聞到不知是尿臊還是飯菜的怪味。這房間裡的病人是不到樓下用餐的，食物全由看護送上來。房間裡有一間浴室和廁所，五張床，看護跟她們睡。最裡靠牆床上臥著人，一動不動，鄰床上坐著一個老婆婆，頭也不抬，拿著一包餅，咂巴咂巴吃得津津有味，最中央是看護的床位，緊挨著的一張空床收拾乾淨了，應該就是媽媽的床。靠窗還有張床，床尾擺張輪椅，上頭坐著一個女人，看起來挺年輕，四十上下吧，皮膚白皙，容顏端麗，頭髮跟其他病人一樣剪得很短，看護正一口一口餵她飯，她機械性地咀嚼，大眼睛裡不是呆滯，是冷漠。

這個是周小姐，漂亮吧？她媽媽原來也住這裡，上個月走了，周小姐幾年前車禍，癱瘓了，家裡沒人，就把她跟她媽媽放在一個房。她應該是住二樓的，二樓現在沒空床，有了床就要移下去。余主任一口氣說完周小姐的餘生安排，周小姐眼睛眨也不眨。身體癱瘓，腦子應該是清楚的，媽媽走了，自己殘了，困在這個人人半死的地方等死，還被公然地談論，沒有一點隱私，一點人的尊嚴。友蘭早就調轉眼光，把行李在手上換來換去，友竹則顯得手足無措，彷彿周小姐坐在輪椅裡她也有責任，同在一個空間裡，對照著彼此的福禍，卻幫不上忙。

媽媽終於在她的床位上安頓下來了，衣服放在屬於她的櫃子裡，靠床的小桌上擺了全家福，爸媽和一雙女兒。阿婆，照片裡是誰啊？看護笑著問，媽媽乖巧地答：我不知道，沒有人告訴我。友竹剛想說什麼，看護笑容一收，快步上前一把奪走左邊阿婆的餅乾袋：黃阿婆，你怎麼把包裝紙都吃掉了？

終於，她們要走了，友竹搓搓媽媽的手背，摸摸媽媽的臉頰，咽哽依依說著再見，媽媽只是呆呆看著她。友竹轉過身對看護再三拜託：請好好照顧我媽，請好好地，耐心地……吃好飯的周小姐，仰頭閉目在輪椅裡養神，對外界一切動靜充耳不聞。

那一天的事，友蘭沒跟老公或小敏提起，只說外婆搬到療養院了，滿好。她什麼都不去想，趕緊撲回原來的生活裡，蜷縮在自己的洞穴，讓習慣帶著她一天天過下去，該吃就吃，該睡就睡，再沒有想起那一天。逢年過節她礙著友竹，勉強自己走個過場，心不在焉行禮如儀。但現在，當她不得不獨自回到這裡，站在鐵門前，那天的情景一幕幕閃現，彷彿過去它只是被捲起來收到櫃子裡，此刻一展幅，所有的細節栩栩如生歷歷在目。那個坐輪椅周小姐的眼神，此刻想來，不是冷漠，是絕望。她不禁抬頭去看那陽台，十月了，天冷風大，陽台上一個人也沒有。

余主任正在會客室裡講手機，一看她進來就把手機掛了，笑瞇瞇起身迎接，友蘭不由自主就把手裡拎的月餅遞過去，心裡直怪自己糊塗，怎麼沒想到給余主任帶一盒，人家可是幫了大忙的。

「喔唷，還帶啥月餅，謝謝謝謝！」

榮華月餅也算高檔，同枝爭豔的兩朵紅牡丹啊！余主任看來挺高興，友蘭心安了，也就微笑地在沙發上坐下。

余主任清清嗓子，把剛才的笑顏收斂了，正色說起正事。「去看過了嗎？」

「還沒，待會去。我想先過來，謝謝余主任。」

「謝什麼呢，你媽媽在我們這裡這麼多年了，你姊姊也都是老朋友了，她三天兩頭來，有時我們也要聊聊的。」余主任沉默了幾秒鐘，「唉，誰想得到！」

友蘭當妹妹也習慣了，尤其年紀一過四十，作小賣乖更是理所當然，她沒去更正。「想不到的，誰想得到？」接了這句後就無以為繼。向來拙於口舌，需要講話時，自然有像友竹這樣的人出頭。她的沉默，余主任理解是傷感和痛苦。家屬這種情感，他很熟悉，也懂得排解。他相信只要說出來，多說幾次，再怎麼可怖的事，也就見了陽光，不那麼駭人了。於是他從母親節的前一天開始。這些他都跟友蘭說過，這已經是第三次了。他覺得至少要跟友蘭好好地說上三遍，才能讓這事情不那麼奇特，才能安心歸入療養院的檔案。

母親節前一天，余主任接到友竹打來的電話，說母親節想把媽媽接出去玩一天。「當時我想，失智的病人，尤其像你媽媽都這麼嚴重了，出去有什麼玩頭？但是你姊姊那麼孝順，看得出她對送你媽媽來這裡住，心裡是放不下的，可能母親節想要特別孝順一下。這我們沒有理由不同意的，對吧？」

友蘭忙點頭。她知道余主任怕家屬責怪，但她是不會去責怪的，這是友竹的決定。

「母親節那天早上十點不到，你姊姊就來了，挺高興的，跟大家打招呼，從包裡拿出一套新衣裳給媽媽換上，還替她梳好頭髮……」那天媽媽精神不錯，聽說要帶她出去玩，她說不玩，要回家。友竹當時就應了，是回家。走前，友竹特別跟小黃道了謝，給了她一袋子東西，裡頭有一包進口糖，幾雙新襪子，一個小錢包。小黃問什麼時候送阿婆回來，來得及吃晚飯嗎？友竹說看情形吧，擺手說再見。

「下午五點多，警察局電話來了。你媽媽手上戴了環，上頭有她的身分編號，一查就查到我們這裡了。」

友蘭點頭不語。他們在崇明島西沙附近發現友竹和媽媽。崇明島多少年沒去了。姨媽住在崇明島，小時候放暑假時，媽媽總帶著她們姊妹倆，坐車乘船，去姨媽家玩上十天半個月，姨媽自己種菜，養了有雞，廁所在外頭，她看過糞上的肥白蛆蛆。她記得西沙濕地，海邊一大片沙地，長滿了蘆葦水草，潮漲潮退，有很多螃蜞躲在沙洞裡，沙地被牠們挖得千瘡百孔。友竹跟著表弟一起釣螃蜞，把姨媽準備的蚯蚓掛在竿頭上，垂在洞口耐心守候，額頭汗津津，鞋襪和小腿肚上都是泥。她記得自己戴著頂草帽，乾乾淨淨，倚著媽媽啃青白色的甜蘆粟，紅紅的太陽在蘆葦盡頭大海的那邊。

在西沙濕地的童年，連張照片也沒有留下，姨媽一家後來去了香港，表弟幾年前來過上海，友竹請客，找了家小巷弄裡本幫菜館，門臉小，檯子寥寥幾張，她覺得有點坍台，表弟是見過世面的。友竹圓眼一睜教訓她，你懂啥，西餐大菜他都吃過，就是吃不到正宗的上海菜，別看這店小，沒有提早兩天預訂是吃不到的，而且一個半小時就翻台。見面時聊起往事，表弟說友蘭現在看起來溫柔多了，小時候可是很凶的。她們都笑表弟記錯了，誰不知道友竹才是母老虎。表弟卻言之鑿鑿說有一次友竹釣上了一隻赭紅色的大螃蜞，個頭有一般的三倍大，將軍似地舞著大螯特別神氣，友竹得意洋洋，裝在小瓶裡到處獻寶，友蘭乘妹妹不注意，倒出螃蜞，一腳踩扁了。友竹朝姊姊撲過去，兩人扯頭髮吐口水撕衣服，姨媽好容易才拉開來，友竹臉上一條指甲劃破的血痕，好嚇人。姊妹倆聽得面面相覷。

半晌，友蘭笑，「聽他瞎講八講。」

「我只記得釣螃蜞，還有，我迷路了。」友竹說。

友蘭也記得。友竹那時大概六、七歲，她記得大人們突然叫起來，喊著友竹的名字，媽媽緊緊抓住她雙手，像螃蜞夾住肉，質問她妹妹去哪裡了？大人們這裡那裡找著喊著，有人往入口處去，有人往灘邊去，遊客如潮水般湧上又後退，只要身邊有小女孩身影的，他們都要仔細多看幾眼。她突然害怕起來，妹妹不見了，她一個人怎麼辦，她能取代友竹嗎？她能又是姊姊又是妹妹嗎？媽媽急得抬頭紋數條，鼻翼一聳一聳，一疊聲地問：真的沒有看到妹妹去哪裡了？她沒有告訴你？友蘭開始哭起來，淚眼模糊，世界在淚花裡顫動，比人高的蘆葦被風吹得往一邊倒去，一波小浪遠遠自起自落，一個小女孩的啼聲被送了過來，媽媽飛奔過去，沙沙橫掃開路，從蘆葦叢裡抱出了友竹。友竹一被抱起，立刻就不哭了，沾著泥巴的髒臉蛋兒閃著劫後餘生的光輝，手裡揮動著一截枯枝有如寶劍，挫敗已經變成勝利，只有她還覺得委屈，覺得害怕，繼續抹著淚哭個不停。

友竹為什麼把媽媽帶到崇明島去呢？隧道修好後，去崇明島不用再乘船了，高速公路一路直達，但是上海人得空喜歡往北往南到處玩，北京青島，廈門三亞，更流行的是出境遊，近的東南亞、日本、韓國，遠的美國、歐洲，去南半球的也很多，誰還去崇明島呢？除了懷舊的人。

年輕、健康美麗的媽媽，帶著一對姊妹花，去找最親的妹妹一家避暑，田野海濱，遠離塵囂，那想必是一段幸福的時光。沒聽友竹談起崇明島，從不知她懷念那裡。又或許，她沒有其他的地方可去。那似乎是挺合適的一個地方，遠離塵囂，靠近海。生命從海洋來，不是嗎？海葬也曾是熱門的話題。

友蘭並不想知道事情是怎麼發生，也沒有問過細節。她只是接受警方的說法，看來是車子失控，是不是有人干擾駕駛呢？比方說，突然去抓方向盤，打司機，或做出讓司機分心的行為……在一個廢棄的農舍附近，車子衝下橋去，水不深，但車子壞損得很嚴重。媽媽當場就走了，友竹半身在水裡，乍看沒什麼外傷，背脊骨卻是撞斷了，也有腦震盪。不知是什麼時候出的事，一直到下午三點多才有人經過。也許友竹已經幾次痛昏了過去，也許她一直都是昏迷的。

友蘭沒多問，也不想談論。她到友竹的家裡去收拾善後，發現所有東西都理得井井有條，善後需要的檔案和證明，房產證和銀行卡，全都放在一個大紙袋裡，擺在餐桌上，還有一封給她的信。信上友竹跟她道別，說對媽媽有責任，不忍看媽媽失去尊嚴受盡折磨，決定帶媽媽一起走。

友竹就是個傻瓜，從小專會製造麻煩，友蘭恨恨想著，什麼責任，什麼義務，有必要嗎？難道不能順其自然？她風風火火拖著別人跑，卻從未想過別人只想安靜過日子。

「作孽，老作孽噢！」余主任搖頭嘆氣。上海人說作孽是可憐的意思，但別的地方有別的意思，自作孽不可活，是這麼說的吧？她打斷余主任的喟嘆，「不好意思，還有件事要麻煩余主任，我很快要出國了，友竹，友竹就要請你們多關照了。費用方面……」

「哦，這樣啊，沒問題的，你費用預繳了五年，不是還留了一筆錢嗎，有什麼緊急事情，我們會照你的意思處理……」余主任什麼樣的家屬沒見過，雖然這個妹妹相較于姊姊冷淡許多，而且自從把姊姊送來後就再也沒出現，他還是帶著笑容起身送客，「你對姊姊也是盡心盡力了，這年頭，能這樣為家人出錢出力的不多了。我還有事，就不陪你過去了，先去前台作訪客登記，二樓，你曉得的。」

友蘭作好訪客登記，往電梯走去。帶給妹妹的月餅，轉手給了余主任，兩手空空很不踏實，只好抓緊自己的手提包。她幾乎可以聽到余主任會怎麼跟訪客介紹友竹：這個小姐可憐啊，以前她媽媽住在這裡，她常來探望，很孝順的，有一年母親節，把媽媽接出去玩，沒想到出了車禍，作孽噢……他會當著好強的友竹面前，幾句話交代友竹的不幸和她的餘生。把友竹安排在這裡度餘生，也許不是最好的選擇，但她能怎麼辦呢？一想起這些事，頭就一陣陣痛起來，還要不要過日子？幸好友竹現在連句話都說不清，不能再對她瞪眼睛了。

友蘭一到二樓，腳突然有點軟，心噗通噗通急跳。她給自己打氣，先熬過今朝，其他的，船到橋頭自然直。

姊姊，我們去裡頭玩躲貓貓。

媽媽會罵的。

不會的！

衣服會弄髒的。

不會的！

蘆葦這麼高，進去找不到路出來的。

來尋我呀，姊姊！

你這個傻瓜……

——原載二〇一五年九月十三、十四日《聯合報》副刊

人們說石頭早上就在那裡

張台澤

一九九八年生。國立科學工業園區實驗高級中學畢業，目前就讀政治大學歐語系法文組一年級。

在劇場中，表演結束時，演員們時常稱讚對方：「我喜歡你的選擇。」在舞台下，演員們揣摩過數百種表演的方法，在舞台上時，他們把當中最好的挑選出來，呈現給觀眾，所以他們說：「我喜歡你的選擇。」

而這次的戲劇演出後，我似乎聽到她輕聲的鼓勵，同時，我也想對她說：「我喜歡你的選擇。」這是你我一起完成的。

〈人們說石頭早上就在那裡〉的想法源自 René Magritte 的 **The Castle in the Pyranees**。

我會繼續創作，希望你們喜歡。

人們說石頭早上就在那裡，在空中。

一個龐大的物體漂浮在空中，多少引起人們注意。

現在東方時間九點三十八分，忙碌的城市湧入人潮，進城的人會問一下那是什麼。

石頭，人們說。

那漂浮在城市正上空的是否為石頭，目前沒有人知道。如果是石頭，在這個世界應該會往地面墜落，但那顆物體靜止在人們熟悉的城市上空，沒有墜落的傾向。

像石頭的氣球，有人會這樣解釋，其實滿有道理的，一個龐大的物體，只要有足夠的浮力能克服向下的重力，達成平衡，便能靜止在空中。而氣球若能控制好重量，便會有如此停在空中的效果。

但即使那東西的可能性是像石頭的氣球而非石頭，人們還是稱那東西為石頭。因為它的外觀，不管怎麼說，就是一顆石頭。也許有人動些把戲把石頭固定在空中，有可能有人們難以察覺的細線從四面八方綁緊石頭，使它高掛天空。當然也不排除是投影的可能性，科技公司透過石頭，宣傳最新投影設備，這樣做確實是滿成功的行銷手法，引起人們討論。

既然無法現在確定那是什麼，人們似乎有個共識，就稱那東西為石頭，無法知道是誰命名的，但是整個命名過程滿有根據的。那東西表面凹凸不平，在太陽照射下很明顯的分別出不同層次的亮暗面。它有石頭的稜角，符合一顆石頭外型的條件。它主要的色調是灰色，當然因為在光線照射下而有深淺不同。它很巨大，實際上有多大無法說明，受限於在地表觀察，可能有幾十棟樓高，長寬可能小於這個城市，大於城市裡的一個行政區。

而在大自然中石頭通常很巨大，所以那東西是石頭滿有可能的，也許一直以來城市的某些地方也有如此巨大的石頭，人們只是沒注意到罷了，誰知道呢，如果可以把城市顛倒搖一搖，也許這巨大的石頭就會咚咚咚滾出來。

簡單來說，廣義的石頭概念符合所有那東西擁有的條件，稱它石頭確實不為過。

現在是東方時間十一點十二分，再過不久人們將享用午餐，石頭存在到現在過了多久人們眾說紛紜，確切來說什麼時候石頭開始在那呢？

街上掃地的工友凌晨四點零二分起床，他原先預計四點整起床，不小心睡過頭，晚了兩分鐘。根據他的說詞，他走出宿舍時，並沒有特別注意天空，可以說他先注意的是那條巷子的整潔度。巷子跟平常比起來算是乾淨的。

他這時走向清潔室拿清潔工具，之後開始清理街道。在他第一次堆積一些垃圾，正要把地上垃圾蒐集起來時，他看見石頭飄浮在空中，那時大概過了二十分鐘，他以為眼花，便不去看天空。

直到八點左右，他前往廣場掃地時，石頭的巨大使得他不得不相信自己的眼睛，彷彿石頭是刻意讓他看見。在他旁邊的工友們也都看到了。

政府的玩意，一位工友說。繼續掃地，另一位說。

這裡有另一個案例。一間在城市北方工廠的警衛聲稱他到下午三點二十一分才第一次注意到石頭，這跟工友說的時間點不是有很大的出入嗎？

這名警衛當天值夜班，他的警衛室面向南方，也就是朝向現在石頭所在的天空。他在裡頭面對窗外時的景色並沒有遮蔽物，所以他半夜兩點出去巡邏時，外頭天空並無異狀，天色一片漆黑，繁星點點。

他在工廠的重要處簽名，並無發現異常。

他是個嚴謹的看守者，不曾遺漏工廠各個角落，他手電筒光線所及之處遍布工廠暗處。當他前進下一個廠房時，他依舊保持四周上下觀察的習慣，他說當他在外頭時往上看並無巨大的石頭漂浮在空中，如果有他一定注意到了，甚至會立即通知區警備。結束巡邏回到警衛室之後，他便一直待命在那，同時注意著監視器和窗外，他看著戶外，從一片漆黑到天邊泛起早晨的白光。

美好的一天。

七點換手準時下班。

當警衛到家時，他還記得自己看下窗外才躺下，天空晴朗，沒有半點雲朵。他完成一天的工作，確保工廠的安全，安然地入眠。

醒來時，意識有點模糊，他瞇著眼，仍不適應光線，淺淺地睡著。隨著年紀愈大，他所需的睡眠愈少，只需要睡些精華的部分就能維持一天的體力。他覺得自己清醒著，猛然坐起，憑著一直以來的習慣早起往窗外一看，石頭的存在立刻震驚他。彷彿是石頭伴他入眠，並喚醒他的。

他馬上打電話給警衛室，他的同事告訴他，他們在換崗時，便想問他，只是他走得急，似乎想快點脫離，彷彿睡個覺便能消抹幻覺，但事實是，他們全都看到了。七點換手時，石頭正在市中心上空。所幸石頭的存在並無造成工廠停止運轉之類的事件，他們說。

警衛掛上電話，安心許多。

暫且先不論各種觀點，以下說詞來自一位盲人鋼琴師，他主動向妻子問起石頭的事，使人們大為驚訝，以下是他的說詞：

「昨晚我在市中心演奏舒伯特，結束時大概十點左右，回家前我還參加了一場舞會。

「我喝了點酒，到家時感覺身體有點不適，甚至有點頭痛。所以我還沒洗澡就去睡了。

「醒來時，我感覺不到窗外的日光，我猜想應該還沒天亮。

「我小心地下床，盡量不要吵醒她。

「我打開窗戶想感受外面的氛圍。微風一陣一陣舒服地吹進我，讓我感覺非常輕鬆。

「突然間，有一種從來沒有過的感覺使我起雞皮疙瘩，我想也許是晚上的演奏會非常成功吧，但我感覺到不同的東西，是現有感官以及情緒之外的事物。

「在離我很遠的地方，在空中，有某種物體漂浮在那。那種感覺只從上方傳來，感覺就飄在那兒。我無法具體描述那是哪種感官，只能稱它為一種感覺。

「那物體感覺得出來在空間中占了許多體積，滿有壓迫感的，但似乎又神祕地閃耀著，並不是說真的會發光，而是想要表達什麼，卻藏在龐大的身軀裡，被封閉住了，並以一個巨大的個體存在著。

「在那當下我真的很難確認那是否為實際存在的物體，我既沒有接觸到也無法看見，它甚至沒有發出任何聲音。

「微風時起時停，那感覺卻不曾消失，我以為是夢，甚至認為是自己太早起床精神錯亂，我關上窗，回到床上，在我意識到前已經睡著了。

「當窗外再度明亮起來，我起床，那感覺依舊存在，我拍拍自己臉頰，捏一下大腿，非常肯定自己是清醒著，而外頭有個龐然大物。

「我叫醒我老婆，問她是否有東西在天空中，我怕被笑，但我真的很想知道。

「她並沒有馬上起床，我再度搖醒她，『你看窗外那是什麼。』，她勉強睜開雙眼，往窗外看，『石頭，親愛的。』，我並不驚訝那會是顆石頭，我甚至連石頭都沒見過，但為什麼我可以如此強烈的意識到那石頭的存在，這才是我好奇的。

「之後，她繼續賴著床，我起身下床，坐在鋼琴前，演奏貝多芬。

「九點多時她的呼喊聲驚嚇到我，我停頓片刻，她問外面那巨大的物體是什麼，『石頭。』我大喊。

「早餐時，她具體地問我石頭的外觀，我都能一一地答出，『你看得到了，親愛的。』我聽見她高興地流下淚水

「『不，我仍看不見。』

「現在，我依舊看不見。石頭在我腦海裡並沒有呈現一幅明顯的圖像，但我確實能感覺到石頭的存在，那感覺是非常鮮明的。」

有更多人向媒體和政府反映自己最先注意到石頭的時間及過程，人們要求政府能作出合理的解釋，石頭的存在不僅激起輕微的恐慌，但是更多的是好奇心，一股熱情在人們心中蔓延開來，有許多人想更加了解石頭，開始嘗試各種方法，盡可能的以科學的態度和理性的角

度來處理石頭。

但情況並非如此。

警方在石頭正下方圍起周長十公里的封鎖線，嚴格管制進出的人們，並發配警衛在樓頂駐守，畢竟石頭下方是人們辦公的高樓，所以只能盡全力防止人們攀上頂樓，對石頭做出任何的破壞或調查。

現在是石頭出現後第一個禮拜的東方時間九點零四分，政府與人們仍無法對石頭有更進一步的理解。

這個禮拜以來，人們縱使有極大的好奇心，組織許多勇敢的隊伍，準備採行人們的方式調查石頭，卻全被政府擋下。

有志之士們組成人們的調查團，準備登山器具，從地面日日夜夜輪班觀測石頭，分析各種將會面臨的困難，打算與政府協調「登陸」石頭。

他們精算過，同時也猜測，以石頭如此堅硬的外表，要在城市最高樓與石頭建立繩索，發射器應該要有S馬力，並以T角度朝向石頭發射，如此應該能固定住。運用三角測量法，石頭離最高的樓頂大約是G公里，但發射器必須同時考慮高空風速、風向以及三角測量法的誤差，很有可能發射器的力量無法抵達如此的高度，即使是順風，也必須是非常強勁的風才有可能幫助達到石頭。

不管如何，在經過組內充分討論與理性思辨後，人們認為有很大的可能性能建立起通往石頭的繩索。在那之後，他們將開始最基本的調查，諸如密度、成分、體積、鑽探，如此便能更進一步釐清石頭究竟從何而來，為何可以浮起來，甚至確認那個東西是否為石頭。

有了基本面的認識，進一步的調查便會執行。各式各樣的計畫被廣泛且深入地探討，人人都想參與有關石頭的計畫，調查石頭變成一種全民活動。

人們對石頭的好奇演變成一種狂熱，石頭是最熱門的話題，外地的人們來到城市只為與石頭拍照；面向石頭的旅館房間價格瞬間翻倍，「你今天石頭了嗎？」是人們打招呼的第一句話；媒體大量報導石頭的消息，邀請地質學家、物理學家、大氣科學家討論石頭的現身，古老的傳說被挖掘大肆報導；時尚界也跟風，把石頭繡在 T-shirt 上便是潮流；大量企業把生意頭腦動到石頭上，買下石頭，企業家說。

原本平凡的都市生活因為石頭而活絡起來。

回到計劃裡，人們想登陸石頭的渴望未曾減弱，反而日益增強，他們如此反覆的規劃登陸石頭，到最後，整件事情對那些人而言，是非常縝密的。

「登陸」石頭。「登陸」石頭！

現在東方時間石頭出現第一個禮拜的晚上八點四十七分。

人們上街，抗議政府蒙蔽事實，剝奪人們知的權利，行事毫無效率，他們認為直接派直升機是最快的方法，但政府一再迴避這個提議，所以只好自己行動，突破封鎖線，登上高樓，發射繩索……。

人們不知道的是，在這一個晴朗的午夜，當抗議人潮已經退去，政府派出直升機，打算登陸。

不在早上採行的原因是不想干擾民眾生活，吸引過多的注意，所以政府以自己的方式悄悄地派出直升機。在那個萬里無雲的夜晚，已經有特派員雙腳踏上石頭，但並沒有任何調查結果，原因很簡單，夜晚的天空若無雲，則高空必有強風，直升機無法穩定住，便迅速折返。

當然，政府的行動被人們的夜晚觀察員發現，只是此事沒有傳開，大部分的人並不知曉。他們等待明天政府會主動對昨夜作出解釋，但是政府卻……說謊！知情不報，違反正當程序，上級施壓，隱瞞實情。政府面對人們質疑昨晚的直升機登陸時，選擇蒙蔽，而不是公開。

團體的人們拿出證據，證明政府的直升機在石頭上空，照片裡的人登陸石頭，卻匆匆離開。

人們憤怒著，就是今晚，強烈的寧靜暗湧著繁雜的暴動網絡，團體的每個人無不處在機敏的備戰狀態，子彈已經上膛，人們不語，他們知道，就是今晚。

城市最高大樓樓頂蜂擁著暴怒的人們和大量的鎮暴警察，不只在大樓，整個地面陷入汽油彈燃焰的火光，場面極為混亂。

這場暴動還會持續著。

一切都計畫好了。

接下來發生的一切極為迅速。

在東方時間石頭出現後的第九天凌晨四點五十七分十二秒，最高樓已經失控，警備急速轉移最高樓和廣場，其他大樓缺乏警備，人們便抓住機會（雖說是機會，但一切都經過討論以及無數計算），突破第四大高樓頂樓守備，攻上塔頂，開始發射繩索。

四點五十七分十四秒，第五大樓樓頂被攻破。

四點五十七分三十秒，第二大樓樓頂被攻破。

四點五十八分零五秒，第二大樓繩索架設成功。

四點五十八分五十六秒，第三大樓頂被攻破。

五點整，一個人開始攀爬繩索。

那個人抓著繩索，交替著雙手前進。他的身體懸擺空中，繩索隨著夜風波動，不停伸縮著，如彈簧般變形起伏，他難以保持平衡。

雙手摩擦著繩索，紫黑色的鮮血從雙掌瘀痕慢慢滲出，匯成細河地流下。

他自身的重量未曾停止向下拉扯，另一端的石頭冷硬地透過與樓頂相接的繩索提供他一股維持平衡的抵抗，那股抵抗是脆弱的，亦是堅不可摧的。

那是一鬆手就會失去所有連繫的抵抗，取而代之充滿內心的是希望的殞落。鬆手後將不停墜落，直到脆弱的、渺小的、無謂的以及所有與人們自不量力的形容詞，再度被人們提起，且哀傷，不，不會哀傷，人們會尖叫，會摀嘴倒抽一口氣，會更加殘暴地試著登陸石頭，但因為有了失敗的經驗，沒有什麼值得努力的念頭再度瀰漫在人群中，最後，冷漠再度印證「也許就這樣吧」的自處精神。

然而，那也是永不放手便能讓人們間的冷消逝的抵抗。緊繫狂風的繩索不停打轉，加強混亂中應有的節奏，人們在這世界踉踉蹌蹌地生活著，習慣混亂帶來的一切，以一種無名的意志接受陌生與熟悉的可笑人生戲劇，而那股能為著每天儘管有時看似面對著一場似有若無的人生，也要繼續尋找生命出口的意志，正是鼓舞人心的抵抗，它使隔閡被填補，使爭執被諒解，使無知啟蒙，使冷漠消融，使人心連結。

即便風不停吹，那個人仍握著繩索。當風止息時前進，當風揚起時，在亂流中旋轉翻身跳躍定位在一個奮鬥的崗位平衡著。

旭日緩緩升起。

那個人「登陸」成功，時間：06:00。

登陸石頭的消息迅速地傳遍整個城市，人們仰頭望著，尋找他的身影。

「他在那！」

人們伸出窗外，屏氣凝神地注視著他。

那兩個小時攀爬上石頭頂端的旅程，整個城市安靜了下來。

這是第一次人們這麼關注著一件事，只是靜靜地看著這件事發生，心中揚起一股與希望相似有同樣正面力量的東西，那是人們第一次體會到他們能做些什麼。

當那個人站上石頭頂端時，人們的喜悅已經埋藏不住，以笑容、尖叫、眼淚、掌聲、跳舞、歡呼，熱情地表達出來。

他站在石頭上，看著底下的人們歡呼著，心中泛起一股奇異的感動。

他全身痠痛，手掌流出的血已經乾了，四肢在攀爬岩石時磨傷，那確實是顆石頭，非常堅硬。

他處在假想的圓心，視野望去一覽無遺，欣賞著自己熟悉的城市，他從來沒有以這樣的角度觀看一直以來所生活的地方，他張開雙臂，想像自己正在飛翔。

太陽升起，人們離去，回到夢鄉，深沉地睡了。

人潮離去，留下這座城市準備開始新的一天。

有許多人打算休假，也有許多人回歸正常的日子，上學、工作、玩樂、實踐夢想。

這座城市很明顯的不一樣了。

人們說他們早上就在那裡，在石頭上。

團體的人們陸續登上石頭，依然是非常消耗體力的工程，但已經安全多了。

調查的器具搬上石頭，生活用品也逐漸帶到石頭上，人們開始在石頭上的調查。

一個禮拜後，人們了解石頭的各種性質，凡是能被測量出的結果都有個明確的數據。石頭的體積是X，重量是Y，密度是Z，岩石組成為J岩，內心實心，無分層……。

但仍有許多人們所不了解的事，諸如像是石頭從何而來，為何在此，如何保持在空中，對於這類問題人們在石頭出現後一個月仍沒有答案。

至於政府的態度，它選擇與人們合作，且讓人們擁有主導權，雙方在不停溝通下已經達成共識。他們在這一個月一直努力追求理解，理解雙方的想法，所以他們對這個事物的討論也愈完整透澈。

那第一位攀登上石頭之頂的人也漸漸被大家遺忘。他回歸正常生活，在人群中生活著，他會抽空參與石頭的調查，盡自己身為熱愛這個城市的人的義務。

偶爾，他不小心在石頭上睡著了，醒來時，他會望向他居住的城市，在暖和的陽光下，一片光明，像大海般波光粼粼，這似乎讓他想起曾經看過的畫面，只是陽光太耀眼些。

偶然的一次起身，他才注意到，原來石頭沒有影子。

——原載《幼獅文藝》二〇一六年十一月號，第七五五期

本文獲二〇一六年「類型文學・小說獎」

喊暝

——謝明憲

謝明憲，國立清華大學中國文學系博士，現擔任國立清華大學文學系通識教育中心、國立台北科技大學通識教育中心、中原大學通識教育中心兼任助理教授。

曾獲二〇一六年桃園鍾肇政文學獎短篇小說首獎。著有《釋奠與權力：初唐國家教化的理解與建構》等學術論著。

「阮子个病看到無藥醫啊！」

許碧玉疲憊地帶著剛上國小的兒子文元，在蒼白的診間等候看診，一等又是一整天；公用電話一頭是她的好友阿紡，兒子安靜看著醫院窗外。

「謝太太，你的小孩其實沒有任何問題，身體也很健康，不用再來了。」醫生用很篤定的口吻強調。

「哪會沒問題，每暗他攏睡到半夜嚇醒，你看，現在全身軟糊糊，攏無精神。」

「我記得，那時候每天晚上，都會重複夢見同一個噩夢，然後喊暝、大哭。」

謝文元看著一張老照片，是七歲時的自己，父親帶他去南瑤宮進香時拍攝的。畫面中，他坐在石獅背上，但如今的他，已經無法求索當時的任何回憶，只覺得相片中的自己，像個陌生人。唯一記得清楚的，是在六歲、七歲期間的夢境，不斷湧現而出。

「那個夢，到現在還記憶猶新。不過有一部分全忘了，只記得就好像躺在黑色的輸送帶上，聽得到輪軸轉動的聲音，嘎嘎嘎地。很長很長的輸送帶喔！在幾乎完全黑暗的空間中。」

謝文元認真地回想，他屢次調整鼻梁上的黑框眼鏡，迷焦似的鎖住眉頭，凝視自己的童年印象。

「接下來，我會看到牆上或地上有一個巨大時鐘，正在倒數：六、五、四、三、二、一。輸送帶將我帶到盡頭，是個不停旋轉且深不可測的黑洞；一旦時間倒數結束，就會產生極大的吸力把我吸進去。這個時候，我才有意識地抵抗、恐懼、掙扎，用手緊抓著洞口的雜草大叫，直到醒來。」

「每次都一樣，只有結局。」

許碧玉絕不相信兒子沒有問題，不過，這些大醫院該做的檢驗都做了，各科醫生也都說沒事，無計可施的絕望，讓她不知如何是好。

「我知道，我只能判斷沒病，你要不要考慮別的可能？」

醫生很誠懇地說，其實也讓她鬆了一口氣。這些日子，她一個人牽著文元，從八德搭公車到桃園，再從火車站前的桃客總站，走到大廟附近的源芳醫院，有時是到廖海醫師的診所。還有幾次，轉車去長庚照了腦波、心電圖，看著文元身上纏繞著各色電線，末端貼著冰涼的貼片，簡直就不像個人；或者像今天，已經是第三次來台北馬偕了。只是接下來呢？還能去哪裡？能檢查什麼嗎？醫藥費真是個無底洞，讓生活窘迫至極；她心想，如果不是要照顧小孩，她倒想去工廠上班，不然：「以定枝的薪水，真不知道要怎麼晟養這个囝仔大漢。」

「記得在七歲的時候，母親帶著我們三個小孩到台北馬偕。我站在某個路口天橋上，遙望遠方檢驗所藍底白字的招牌，還要等待下一個檢查。不過，現在我真的搞不清楚是在哪個路口了。」

「那時候，我的身上都會散發出虛弱的藥味。不過，即使吃了那麼多藥，每天晚上十一點左右，或者有時候是下午睡午覺，睡沒多久還是會驚醒。我的直覺告訴我：『我快死了』。我爸還說我醒來以後，就會一直哭說：『我真驚！我真驚！』我還去過附近一個阿婆那裡收驚，去了很多次喔。」

「囝仔無通驚，囝仔無通驚……」

阿婆熟練地將白色的國小制服綁著一杯米，在昏暗的日光燈下前後搖晃著。小小的文元深怕阿婆手上點燃的香枝，轉來轉去會燒灼到他的額頭，也害怕神壇上的眾神目光；他的頭低到不能再低，好像在懺悔做錯什麼事，屈著身子被焚香的白霧繚繞著。

「你看，這杯米這裡……」阿婆一邊對著許碧玉解釋，一邊又化一碗水讓文元喝下。許碧玉抬頭往神壇望去，看不清桌上的眾神明，在她身上盤旋的白霧，彌漫到廣福路口的天橋下。她抱怨，命運真難，萬天神佛我一個都不認識啊！祢們真的會同情我嗎？

許碧玉又被吵醒了。更嚴重的是，文元的身體狀況似乎越來越虛弱，三不五時還會發燒。

「醫生嘛沒效，收驚嘛沒效，擱想帶去給醫生看，嘛不知道要去佗位看？桃園啦、台北啦攏有去過。人說這个醫生，就帶他去看，一趟嘛要一千外，咱做工仔人一個月才賺幾千塊爾爾。」許碧玉很憂鬱地跟阿紡訴苦。「要給這個囝仔虐死。」

「阿玉仔，我看不是看醫生，就是應該去問神。問神嘛要有緣，這間無效，就換一間。你个囝仔較貴氣，明仔載我帶恁去崎頂金母娘娘遐，予金母娘娘做契子看覓，是不是比較平安？阿秀彼个囝仔嘛是真穲帶，嘛是做契子了後就無事了。」

「金母娘娘廟其實只是間鐵皮屋神壇，在小巷子裡陰陰暗暗的。我只記得，當我媽媽拜完之後，廟祝要我自己跟金母娘娘許願，然後就可以擲筊。只要擲出三次允筊，我就算是金母娘娘的契子了。離開前，可以到神壇上拿面金牌，過一過香爐，我就拿到人生第一份值得炫耀的寶物。這面金光閃閃的金牌，讓當時的我得意得不得了，簡直以為自己脫胎換骨，像是假面特攻隊Ｖ３，可以變身對抗內奧修卡兵團。我還拿到學校說：

『我的乾媽是神明。』不過，當時這麼珍惜的東西，後來也不知道怎麼不見的。」

時間一到，許碧玉很自然地又醒了。她想，原本金母娘娘壽誕要去還願的事，還是就算了。

「阿無，隔轉日我帶你去女媧娘娘遐，去問看覓，那間是在問前世的……」在瘋大家樂的時候，阿紡就很頻繁走訪宮廟，有時候會拿某間宮廟的籤單，要文元亂解；有時候則是來問夢境，自己逼牌。總之，阿紡對於哪間宮廟靈驗，哪間宮廟問事時有什麼規矩，總是如數家珍。

文元看著父母騎著小小的達可達，跟著阿紡姨，一路從關路缺騎到了埔心火車站，再從埔心往楊梅方向沒入田間。到了女媧娘娘廟，幾個人端坐在神壇前，同樣焚香燃起白霧，壇前的中年婦女向許碧玉要了她與小孩的生辰八字，便將自己的眼睛用紅布遮蓋起來，開始端坐念念有詞。

「阿玉仔，陳師姊這嘛要去地府幫你調資料，她講一个人一生甘那會當調兩擺。待會娘娘開喙的時陣，你攏毋通插喙。」許碧玉點點頭。

「許碧玉！」又燃起一摺壽金，女媧娘娘說話了。

「你佮恁翁今世是戀愛做夥，就是因為佇前世，你是一個大戶人家的婢女，你个子就是你前世服侍的老夫人。恁翁佇前世嘛是佮你戀愛，他是專門替老爺收田租，不過他愛賭博，偷賣老爺的土地去還債，又叫你去偷拿老夫人金銀財寶。不過，老夫人有藏一寡仔私奇，後來擱把偷賣掉的土地買回來。所以，他今世會這麼難帶，就是你前世相欠的。」

許碧玉看了一下病懨懨的文元，她其實不太相信這就是她的前世，一方面她和定枝其實不是戀愛結婚，而是相親結婚；而且真要算帳，也該算在定枝身上，他才是始作俑者吧！老天爺怎麼可以這麼草率就要我來擔？但如果真是像女媧娘娘所講，這些日子已經還清了嗎？文元算是在折磨自己嗎？

她不敢再想下去，再想下去只會更惶恐，如今只要相信女媧娘娘，一切就會比較簡單吧！

「你回去了後，拿三欉香一只壽金，先拜天公。拜好了以後，擱問囝仔講：『你有原諒我無？』若是講『有』，按呢就算化解。」

文元說：「『有』。」

許碧玉很辛酸的笑了一下，她知道，要怎麼說幾世冤親債主，真正受折磨的其實也不是她，而是小阿元：「可憐个老夫人」。但是，當天晚上十一點，習慣的驚呼聲又來了。她和定枝又起身，趕緊搖醒喊暝中的文元，再沒有力氣去追究誰的前世今生，然後又沉沉睡去。

其實，她之所以願意一窺因果，只是為了當下的茫然，她只是想要討個說法，「至少先讓我相信」。也許在知道了以後，卻又奈他何？也許就一直這樣下去。但是再怎麼樣，先找個理由，先找個故事，彷彿才有力量承擔委屈。

「那天之後，我又夢到一個怪夢，完全不可怕，只是無法理解。」

「在這個夢裡，我不再是個小孩，而且是在很深的夜裡，獨自搭上一輛閃著五顏六色的小公車。也許是比較早上車，車上還沒有什麼人，我坐在靠窗的位子上。不知什麼時候，車內開始變得非常擁擠，在我的座位旁坐下一位女孩，我們應該是認識的；而站著的人全都靜默無聲，我與女孩也完全沒有對話，甚至連引擎的聲音都聽不見。沿途的街道，也閃著跟公車一樣的各色霓虹，路上完全沒人沒車，也沒有任何路標；但是在夢中的我，非常篤定知道待會要去哪裡，所以一點也不慌張。現在回想那些畫面，會讓我想起良根的畫風。」

「通過一群低矮平房之後，公車進入了一排高聳的針葉林，我知道這裡已經是山的脊線，感覺可以看得很遠；樹林過後，便循著很陡的彎路，緩緩繞下山。沿路陸續有人下車，快到山下的時候，車上已經剩沒幾人。小公車到了終點站停了下來，路邊又有方才的矮房子與霓虹燈，這些房子比我的身高還矮，沒有任何人開門。我趕緊問了下車的人，這是哪裡？那個人很高大，他沒有看我，只說了：『河南』。」

「什麼是『河南』？斜坡下去的確看見一條河，岸邊有許多人往來，不過天色實在太暗了，看不清楚他們在做什麼。」

隔天一早，阿紡的電話來了。

「阿玉仔，師姊昨暗私下偷偷佮我講，她講有看到你的後生後面有綴一个查某，徛佇廟門口不敢進來。她說，你上好擱去一趟。」許碧玉也說了昨夜的狀況，看來好像不只是他們母子前世的牽絆，今世的羈絆到底怎麼回事？這些恩怨真殘酷要以性命相搏嗎？

轉了幾趟公車，這次只有許碧玉一個人去。

陳師姊看到的，大致就如阿紡轉述那樣。但是，原本就半信半疑的許碧玉，對此更是充滿不滿，她純粹只是想要聽聽看，究竟有甚麼理由這麼說？「阮囝這呢小漢，她為什麼欲來纏阮囝？阮是有欠她啥？」

陳師姊：「因為他後面綴的這個人，她說是恁翁的姊妹，就是他的阿姑，她有代誌想要請恁幫忙。」

許碧玉動氣地說：「哪有可能！」一定枝只有兩個姊姊，雖然好一陣子不見，卻是早就熟識的，是很和善親切的人，也都跟他們一家都很熟；而且最重要的是，他們現在都活得好好的。

陳師姊說：「你叫恁翁轉去問，問他厝裡个長輩，是不是有人知影恁翁有一个阿姊，在囝仔个時陣就過身。這个囝仔整身軀攏漉糊糜，看起來嘛真可憐。」

廟中氣壓陰沉，許碧玉說不出話來，她的氣憤悄悄變回恐懼。她與定枝決定到桃園工作，其實有些家族長輩不太諒解；所以對於定枝這些家族往事，她從未聽聞，也不願去聞問。謝過陳師姊之後，收割的稻田與天空金黃一片，影子的確在田埂上拉得很長。

「這個夢的奇怪之處，在於日後竟然又重複夢到好幾次，總覺得好像有著某種連續性。」

「我看到河上、河邊都有許多船隻停泊，很多人在做粗工，有搬運貨物的，也有些人在修船，他們衣衫襤褸，看起來都很忙。沒有人意識到我，我也沒有意識到剛剛鄰座的女孩，和我一同漫無目的地站在公車總站，像在看著一部灰色電影。前方的路上，許多人像縴夫一樣，赤裸著身體拉著一艘巨大的帆船，迴轉的船身下，有著像火車的車輪與軌道。」

「遠方又來了一輛車，說是一輛車，還不如說是一群人擠在一個會移動的空間中；

他們非常熱情，不斷熟絡的聊天，在當下的意識中，我們簡直是闊別已久的好友，我也的確是為了他們而來。」

「你是不是有一個阿姊，佇小漢的時陣就無去？」許碧玉很緊張地問了。因為她不知道這個問題，定枝會不會生氣？也不知道將小孩的問題，牽連到家族往事對不對？更不知道，如果困擾全家的原因，真的來自定枝的親生姊姊，到時候應該怎麼處理？她其實很害怕，如果真有這麼一個阿姑，又被當作鬼怪，到時候不知道她又會遭受甚麼批評？

「你跑去黑白問什麼？」果然生氣了。

「有還是無？」

「你莫佮阿紡去問那些有的沒有的，我有阿姊我會不知！」

「咱轉去南投問看覓，這關係到俉子个性命！」許碧玉理直氣壯地吼著，謝定枝雖然不回話，臉上的肌肉卻還是憤憤難平。

隔天，謝定枝還是請了假，碧玉也幫文元請好假，難得一起回了南投老家。但是，當說明問題之後，謝定枝的母親阿福嬸並沒有歡迎的表情，對於文元的病情，也顯得刻意冷漠。

「無這个事情。平常時攏無轉來，俉老爸破病你也攏無關心，干焦會曉問這有的沒的！」阿福嬸很不情願地回應，自顧自地拾掇大灶上的鍋碗瓢盆，而許碧玉牽著文元在魚池旁散步。謝定枝在詢問母親之前，其實已經先問過春仔伯，心裡已經有個底，因為春仔伯對家族中的大小事，幾乎無所不知。

春仔伯：「這足久个事情，我無啥清楚，彼時陣𪜶攏還沒出世。」

定枝：「所以我有一个往生的阿姊？」

春仔伯感嘆地說：「佇日本時代个庄腳，囝仔小可仔破病，可能就真嚴重。以前攏食藥包，內底有消炎个，無个看醫生啦。隔壁巷仔彼个李仔，他嘛有一个囝仔，你要叫阿姊，早時佇沙地跋倒，空喙去坱著沙，暗時就發燒死阿。人攏講是破傷風，唉！這款代誌真濟啦。」

春仔伯：「阿賢，你騎機車去戶政事務所走一趟，去查看覓，看有資料無？」定賢是定枝的親弟弟，聽到這些事也頗駭異。

定賢：「好。」

定枝的父親在年初的健康檢查發現了癌症，經過半年的治療，情況並沒有好轉；他半躺在藤椅上，跟難得回來的孫子話家常。「就久攏無返來看阿公，阿公攏个呿呿嗽呢。」臉上雖然還是微笑著，這種問題還是不敢去打擾他老人家。

「哪有閒返來？」老人面對兒子總是很嚴肅。

「就囝仔放假，想要返來看阿公。」定枝隨便編了個謊言，老人家其實不會在意的。

「恁住桃園較遠較辛苦啦。」

「元仔，予你阿公睏晝，來伯公這。」春仔伯與定賢都過來了，定枝攙扶著父親回房午睡，就回到春仔伯家裡泡茶。

「伯仔，你看。」桌上擱著一份戶籍謄本，事由欄的文字條陳著「謝清子　昭和二十年三月十日死亡」。

「彼个時陣大家攏在佈田，真無閒。我个印象，可能是跋落去湳田底死的。」

「媽媽哪無愛承認？」定賢問。

「當初時無顧好，現在當然嘛不想再講。現此時阿元又閣按呢，會當理解啦。」

「彼當陣敢有好好地埋？現在是葬佇佗位？也是清彩埋埋？」

「連名攏沒人知了，準做有墓仔嘛無人會睬。」

春仔伯頂多也只知道這些訊息。不過，這已經讓許碧玉完完全全地信服了，她心想阿元的問題，一定就是這位姑姑有事相託。她突然覺得無限憐憫，姑姑過世的年齡，比阿元現在還小；這麼小的小孩，孤身被拋棄在那個世界中，會是多麼惶恐無助，任誰都會想要想方設法逃離，也許就把恐懼轉嫁到阿元身上吧！

「我的夢也許不是我的夢，我不過是個傳聲筒罷了。」

「我其實對於當時現實中的我一無所悉，都是旁人告訴我發生了什麼事，我的記憶所繫根本無從編年。」謝文元其實難以明確說明，哪段夢境發生在哪一天？夢境與夢境的編綴，其實也摻雜了現實的主觀。

「這裡的天色真的很怪，就像白天有著強烈積雨雲來襲的陰沉色彩，卻又無風無雨。遠方來了一群人，在夢裡的我，感覺跟他們都是舊識，一點也不陌生。『快上來！』他們沿著台車軌道旁，搭乘奇怪的車，匆忙地要我和女孩也跳上去。那個車子的空間，有點類似洗衣槽，人在裡頭不停攪動。但是當車子離開了河岸，進入了田野，我們突然都變成騎著自行車，速度也越騎越快，彷彿後面有人正在追趕。」

「跟著我身後的女孩，在我耳旁說：『緊走』，我的朋友們也不知為何，都想逃離這裡，但是我該逃往哪去呢？」

陳師姊告訴許碧玉，姑姑需要重新將牌位安奉，而且她說她想要住在佛寺，待在觀世音菩薩身邊。於是，將姑姑的姓名、生卒寫上牌位，完成冗長的招魂法事後，許碧玉便撐著黑色雨傘，用謝籃提著牌位，搭著師姊找來的載卡多，獨自幫姑姑安神。小貨車沿著埔心的鄉道駛往中壢，除了遇橋喊聲之外，一路顛簸沉寂；陳師姊說，姑姑想要住在圓光寺，許碧玉希望幫她完成心願之後，從此就一切圓滿平順。

「是噢？一切攏完滿啊。」謝定枝心中也有了踏實的感覺，除了文元可能可以擺脫喊瞑的折磨，不再有家人流落在外，也無須對往日的草率感到罪愆。

「下班了後，我去夜市買一个蛋糕轉去。」不只是對於文元，對於全家來說，整件事的完成就像重生。

「夢的最後的片段，我看到女孩的臉，其實也不算是臉，只是看見她的哀傷、恐懼，還有許多五味雜陳的情緒。要道別了，我成為小女孩，小女孩成為我；我逃不走，在台車上動彈不得，沿著軌道末端，滑進河岸水田裡的無底洞，就此沉沒下去。」

「當天晚上我又喊瞑了，而且情況更嚴重；父親都拉不住我，只好用力打了我一巴掌後，我才真正醒來。」

那天晚上，許碧玉與謝定枝輾轉難眠，也不講話，只是在等待黑夜遠去。

許碧玉什麼事都不想做，總覺得人真是渺小無知，努力也沒有任何意義。站在這個世界面前，人的意志根本不算什麼，快樂、憤怒、悲傷全都不算什麼，就像我們不曾體會螞蟻的悲傷。無形的力量大到令她束手無策，她看不到，也聽不到那位姑姑，或是神佛的一絲動靜；唯一可知的，是自己在失去期望下已經完全崩解。

「我認輸！我認輸！恁到底是要啥？全部攏提去！」許碧玉憤怒地朝著空無一人的房間大聲咆哮。

「去承擔他人的痛苦吧！也許這樣才能解脫。」謝文元若有所思地、惆悵地，看著窗中反映的自己。

客廳的電話響了，春仔伯打來的。

「恁老爸袂使了，緊咧轉來一趟。」

所有親戚都回來了，廟前的大埕停了許多車，喪禮在小小的牛運堀顯得很隆重。由於定枝老家布置成靈堂，父親也停柩在內，文元和兩個弟弟只能安排借住在對面的春仔伯家中。許多親戚也都去春仔伯家中打聲招呼，不免聊及文元的情形，不過文元大部分時間都是癱軟在床上，只有吃飯的時候才會下床。

「哪會這呢嚴重！」大嫂、二嫂、三嫂被文元的現況嚇了一跳。印象中，文元雖然不算活潑的小孩，但是與現在簡直命懸一線相較，比上次回來還虛弱許多。

「比頂擺閣較嚴重呢！碧玉仔你不是講有去安好啊？」許碧玉必須全程參與喪禮，沒有太多時間可以兼顧三個小孩，所以這幾天都是託付春仔嬸照顧文元；文元夜晚喊暝的情形，依舊每晚發生，不過突如其來的嚎哭，還讓她驚愕不已。

「我……我嘛毋知欲按怎？」許碧玉已經不知道要如何回答了。

「我佮你講，無等阿爸个代誌清氣了後，咱來犒將請媽祖問乎清楚。恁阿元就先去辦休學，這陣先住這。」大嫂的建議，其實是庄內常常用來決疑的方法。庄裡大厝的媽祖，是來自南瑤宮的二媽，原本在定枝小時候，本地人都是到隔壁庄的媽祖廟參拜，那裡是分靈自北港的北港媽。某年，庄頭來了個外地人，宣稱是彰化南瑤宮二媽派來的使者，說是二媽要求要住在大厝裡；後來庄內的長輩有人真得媽祖的託夢，也說要入住此地。定枝的大伯才半信半疑地去了趟彰化，焚香擲筊請示無誤後，便將二媽迎回。多年來，庄內只要有人生病未癒，便會舉行犒將，請示媽祖開藥單。

「毋好閣去麻煩別人。」定枝的母親不贊同替文元勞師動眾，可能與上次姑姑的事件也關，也可能與喪禮剛剛結束有關。這段期間，麻煩庄內叔伯的人情已經難以償還，如今若又要勞煩大家，阿福嬸實在不敢去請求。

「阿母，我……」許碧玉眼睛瞪得大大的，很驚訝婆婆會反對這件事。她是堅決要做的，不管要懇求多少人，得罪多少人，她都不在乎。

「袂麻煩啦，我去講就好。」二嫂是相當俠義的人，只要家裡有人需要幫忙，總是頭一位挺身而出的。其實大厝裡大部分都是親戚，大家也都習慣幫來幫去；更何況文元的事也早已傳開，表示關心、願意幫忙的親戚也不少。春仔伯也去邀集庄內叔伯，選定一個良辰吉時，準備問事的相關事宜。

幾天後，定枝再從桃園趕回來，碧玉與二嫂、三嫂也在張羅犒將求神之事，燒鋸屑麩的大灶滾動著，已經開始準備菜肴。大厝裡的姪孫仔也把煮好的晚餐，擺在廟埕上的大圓桌上，作為犒將祭祀之用。

日落以後，犒將的儀式完畢，廟埕上已經拉好電線，庄內的人們也陸續聚集。廟裡的二媽，已經迎出至方才犒將的大桌上端坐；兩張藤椅一前一後地，架放著媽祖輦轎，轎上繫著天上聖母令牌。春仔伯的大兒子，下班回來擔任輦轎前籤的乩身；桌頭則由碗粿伯仔擔任，在他年輕時，也是發過誓的乩身，現在年紀大了，就改為解讀的桌頭。

輦轎一開始只是規律地搖晃著，春仔伯手持一把香，讓焚起的煙抰著鑾轎。一會兒，前籤突然往上竄起，後籤險些摔倒；劇烈晃動之後，前籤轉向鋪平鋸屑麩的大桌上，轎棍猛力敲下：碰！碰！碰！碰！

「我是六媽！」前籤厲聲大喊了一聲。

「六媽來了……」所有人紛紛雙手合十膜拜著，有些人則是跪在地上。雖然大厝的媽祖是二媽，有時候也會有其他的媽祖降駕。碧玉與定枝持香說明了原因，轎棍開始在大桌上的鋸屑麩寫字，桌頭就把文字念了出來：

「有一男二女住佇他个身上。」許碧玉與謝定枝相視慘然。

「這是有內神通外鬼。」六媽的話語都很簡潔，沒有繼續解釋什麼意思，也沒有說明如何能夠如此，但許碧玉直覺想到身世淒涼的姑姑。

沒多久，輦轎又再次劇烈晃動，在廟埕內繞了幾圈後，竟然開始往廟埕之外衝去。所有人都慌了，不知道該怎麼辦，紛紛都跟著輦轎跑去。春仔伯在輦轎旁邊大喊：「肖兔與肖狗莫來！囡仔莫倚！攏毋通叫邊仔人个名。」

碧玉與定枝，還有大部分沒有禁忌的親戚，跟著輦轎衝進厤竹林之中。闃黑的竹林中沒有什麼空地，人與人都在竹間相挨站立。香枝上的火星隨著輦轎不停閃爍，冷冽的空氣裡，盡是踩踏竹葉的聲音；此時，前籤對著空無一物的竹林深處開口了，只是沒有人聽得懂他的語言。

「是六媽佮彼个講話。」旁人跑出竹林窸窸窣窣地討論，他們用「彼个」，來表達對於鬼魅的恐懼。

輦轎再次轉身，朝著大埕跑去。已經有人搶先跑回通報：「拄才親像六媽个談判。」

回到神案之前，前籤、後籤又再次與輦轎搏鬥，繞了好幾圈，轎棍才不斷用力敲擊桌面。疾筆直書，筆生記錄之後，刷、刷、刷，迅速又將鋸屑麩抹平，讓轎棍能夠續寫，一旁還有人拿著水轂仔補充散落的鋸屑麩。

「六媽頭拄仔有佮您講，您講您會使離開，毋過希望有一个條件。您講愛庫錢、大銀、小銀三份，每一份每一種攏欲一百零八捆。另外，擱愛自頭到尾一軀新衫、帽子、鞋子，一男二女三份。明仔暗就要攢好，會使無？」輦轎平靜地搖晃，此時是桌頭在說話，已經不是六媽。

「會使。」許碧玉顫抖地回答。

隔天，大嫂、三嫂帶著許碧玉到草屯街上挑選全套衣服，謝定枝則去買銀紙。

「不是愛買紙的？」三嫂以為是要去買紙紮的紙衣紙褲之類。

「碗粿伯仔講要買一般人穿的，一男二女。」

「欲去買路邊攤？抑是去店買？」

「我想買較好的，這款事情袂想要儉，咱去找較好的店買。」許碧玉想著，辛苦這麼久了，連媽祖都為她出面了，我一定要慎重完成任務；他們就在街上的時裝店，將晚上供奉的衣物全都買齊。

傍晚，各戶又再次將飯菜端到廟前準備犒將，許碧玉一家除了應有的飯菜之外，另外還要準備一桌點心，備好一些菸、檳榔、飲料，慰勞這些無償協助的鄉親們。犒將儀式結束，又將媽祖請至大桌上，輦轎定置其旁。

這次前籤也很快就起乩了，並且開口說：「兩个肖虎的，兩个肖豬的出來。」定賢屬虎，另外定枝的大伯公家、厝叔家、表哥家也都有人自告奮勇出來。

媽祖降旨說：「謝定枝，你拿一捆壽金去燒給土地公，請土地公帶路。」等到謝定枝請土地公回來以後，輦轎旋又轉身說：「恁四个等咧綴轎子走，把這些个銀紙、衫仔褲，扛到溪邊燒化掉。要記得扶使叫名。」輦轎這次不再繞行，直接朝著貓羅溪的方向奔去。

沒有人敢去觀看燒化的過程，感覺距離死亡很近，所有人都靜默等待輦轎歸來。時間過得很慢，卻沒有人散去，都在遙望根本看不見的火光熄滅。

輦轎回來了，又開始繞著廟埕轉，停止之後，用力撞擊桌面三下，在桌面一筆一劃地寫了起來。

「許碧玉，這个藥單，每日燖一帖。」許碧玉低頭看著桌頭在紅紙上，用毛筆寫上給文元的藥方，每帖除了幾味中藥之外，還要搭配一尾鰻魚。恍惚間，她望見廟埕前的廣闊湳田裡，全都注滿了水，瀰漫至貓羅溪畔；水中探出無數的鰻魚，銀色的肚腹在黑水中舞動，旋又沉入爛泥田中。

許碧玉跪著哭了。

「自從那天以後，我就再也沒有夢到這些夢了。姑姑、或是女孩，或是那些莫名的朋友，他們的消失，感覺我有一部分人生已經和解，不再痛苦，然後徹底煙消雲散了！這不是遺忘，而是根本不曾存在。」

一切都結束了嗎？定枝已經從土地公廟回來，定賢與其他人也都將供品燒化完畢，文元則在春仔伯家中睡著，人們也已經陸續散去。突然間，前籤又用力上下跳了起來，後籤差點被甩出去，在場所有人都嚇得面面相覷。

「是按怎樣？」每個人心中想問，卻不敢發出一絲聲音，連腳步都無法移動。

「恁四个，佗一个拄才佇堤岸邊有叫名？」六媽要春仔伯點香，凡是沾染到的都需要淨一淨，讓繚繞的白霧隨著寧靜的廟埕熄去。

「我們往往不會知道，那些干涉或主宰我們人生的人究竟是誰？有何目的？但是他們總是記得，在我的某個時間的夾層中，還有一段前因後果，沒有把故事說完。」

退駕了。

本文獲二〇一六桃園鍾肇政文學獎短篇小說首獎

虛掩

林新惠

一九九〇年生於台北。東吳音樂系、政大台文所畢。曾獲林榮三文學獎、教育部文藝創作獎、雙溪文學獎。誤打誤撞從普通班跨入音樂系，又誤打誤撞從音樂探入文學。曲折的路上是文字撐持著每一個搖晃的時刻。

七七之後翌日，妻回來了。

那天，他從前晚七七結束後的昏睡醒來，已是第五十日的正午。髮際和脖子悶蒸一層黏膩的汗，電風扇徐徐調頭過來，麻癢癢的。起身摸至冷氣遙控器，抬眼才發現定時關機的冷氣早已停止，室溫顯示三十度。

就這麼坐在電風扇的低吟中，許久，許久。倒不是昏沉，也沒在追憶，他只是非常困惑：今天該做什麼？

已經無事可做了。四十九日以來，他接獲許多表單，死亡證明書、殯葬費用請款單、骨灰暫存所需的聯絡明細、放棄急救同意書、家祭公祭流程。他寫過很多次，自己的名字、妻的名字、他們的關係、電話、住址、身分證字號。作七法事決定在家裡進行，法師說，這裡才是亡者安適之所。殯葬業者牽線聯繫到的作法團體，以「法師」為 LINE 的名稱，妻後第三日加他為好友，從此他時常和這「法師」LINE。他猜 LINE 的那一頭應該是幾個人共同管理這個「法師」帳號，因每一次對話，回覆他的遣詞總有些不同。他遵循 LINE 來的指示，在第五日清空客廳，下午便有人扛著鐵架、布幔和佛像，組裝靈堂，妻在三尊佛像及紅燭黃燈之中對他微笑。之後就是每一次七日，按照 LINE 的法師指示，準備貢金，跪奉披衫跨入客廳的法師。每週的這一天女兒不會加班，總是在法會開始前半小時就回家，布置花果、飯食、揀除殘香與斷燭。女兒在第三十天請假，那天告別式，業者說日子合適，他禁不住淺淺一笑，沒有回答，那天是他們的結婚紀念日。告別式後尚有五七、六七，及至七七，法師一面念禱，一手執妻的照片，一手取靈堂上一燭火就之，燃點邊緣後墜入鐵桶，併以咒符、連日積累的殘香斷燭。繼骨灰後他又眼見妻幻化一垛煙灰。靈堂拆落，恭送法師及佛像，四十九日結束。五十日開始，滿室僅存尚未消散的煙味，以及他一人，坐在床沿，恍然無所事。

卻是此時響起鈴聲，使他醒轉。戴上老花眼鏡，按開手機，法師向您傳送圖片。再點開，圖的底色緞紫，背景坐落巨大蓮花，其上覆蓋疏密不一金色標楷粗體字：「往事已矣，來者可追。生者當放下不捨亡者的執念，多為稱誦法號，迴向亡者。另也應整理分送亡者之物，為其多結善緣，布施有所需者。肉身雖朽，因緣仍存，常提正念，南無阿彌陀佛。」他選取「Thank You」貼圖，傳送，法師已讀，不回。

揉眼起身，他決定依法師所言，開始整理妻的衣物。踱出房間，行經女兒臥房，瞥一眼，女兒早上班去了。走廊轉彎是浴室，而後客廳，他望向玄關彼端，棲著女兒的室內拖鞋。再右轉就該是妻的房間，他不假思索正要直接走進去，卻險險撞上關起的房門。

壓下門把，才驚覺，是鎖著的。又反覆試了幾次。是鎖著的。

睡得太長的混沌瞬間抽起一絲精明的思緒，晶晶瑩瑩纏繞：房門只能從裡頭手動上鎖或從外頭以鑰匙上鎖、鑰匙因根本用不著連放在哪都不知道、這扇門是房間唯一的對外通道、女兒不在。

思緒糾結眼裡，融為液體。那一刻，他毫無疑心。妻回來了。

他敲敲門，輕喚妻的名字。然後等待。門會打開，或者不會，他其實不太確定比較希望哪一個發生。如果妻來應門，那該說些什麼呢。仔細想想，這還是第一次和妻分別這麼久。結婚之後，他們就是鑲嵌在這屋子裡了，唯一獨自離開的時候就剩他偶爾出差，那也不過三週以內的事。總之就是相識而後結婚，日日夜夜看著對方臉形身形髮型逐漸離當年愈來愈遠。卻也相去不遠。人還是那人，無論來應門的是前些日子臉上身上橫滿急救管子的妻，或是初識時一雙眼轉得精明剔透，貓一般玲瓏輕巧的妻，他都認得。

再敲一次門，妻的名字又從嘴裡滾落，他聽得出有些顫抖，兩個字落在木質地板，碎入沉默。

時間凝結，他屏住呼吸，身體暫停在敲門的姿勢。

什麼也沒發生。

日光在玄關那頭，淹進窗子，車聲人聲潮起潮落，仍然運轉的現實世界排浪而來，他鬆懈呼出僵持已久的氣息，依著門滑坐地板。

妻回來了。但妻沒有開門。法師說的整理遺物這下做不成了。可是妻回來了，那還算遺物？要不傳LINE問問法師？還是等女兒下班，告訴她吧？

地板和門板的溫度涼涼地滲進他的身體，恍恍惚惚，才剛睡醒的他，又漸漸盹著了。

再度醒來，是女兒打電話回家裡，說今天要加班，要他自己先吃，晚上也早點睡，別等門了。

終究，妻回來的那天，他沒能告訴女兒。而關於女兒，他則有好多想和妻聊聊。

妻回來的隔天，他起床後巡過一圈家裡，女兒不在，妻的房門仍如昨天鎖著。沒辦法動妻的衣物，只得將這一個多月來他和女兒堆積的衣服丟進洗衣機。半小時後一件件抖開，他才發現這裡頭完全沒有胸罩。後陽台薰熱的風拂過晾衣桿上每個衣架，黑色襯衫、深灰色T恤、又是黑色襯衫、深藍色襯衫、白色襯衫、西裝褲、西裝褲、西裝褲……若不細查其間尺寸和裁剪差異，還真分不清他和女兒的衣服。

女兒不像女生。例如那頭短髮。或者她每天上班穿的那雙貌似尺寸較小的男士皮鞋。但女兒確實是女生。每個月總有一、兩天，妻會煎好一碗藥端進女兒房內。女兒蜷坐床沿，枕頭用力按在腹部，即便是正熱的夏天，仍然披披掛掛。偶爾一陣痛起來，女兒像被某種巨大外力綑綁，整個人遽然縮起，咬著牙卻仍有細細的嗚咽洩漏。他在外頭湊近虛掩的房門，自細縫窺望，看妻摟住女兒，看女兒有時痛得身心脆弱，窩在妻的胸口，看得自己茫茫發著慌。

妻說，女兒的體質遺傳自她。西醫的檢查做了，中醫的藥、推拿、針灸也都試了，仍然每月彷彿遭臨一場大病。妻說自己以前也是這般，「倒是生了她就好了。」妻苦笑，「這樣到底是好是壞呢。」

但這五十多天以來，倒沒見過女兒那樣難熬。在後陽台夾妥最後一只襪子時，他忽地納悶，連那幾天暴增的廁所垃圾，還有浴洗後偶爾不慎滴沾的跡痕，也都未見。怎麼回事？身為一個將近六十歲，所有性經驗都是和妻一同發生的男性，念及自己的女兒似乎五十天以上都沒來生理期，他不免有些或重或輕的揣測。想著便踱到妻的房門，敲門，輕喚妻，試試把手，貼上門問起那碗端進女兒房內的藥是什麼配方。沒有回應。女孩子有時候身體失調也會這樣吧，他說。沒有回應。你每個月都要煮給她吃的那四物雞，不太難吧？

沒有回應。他長吁一氣，轉進廚房翻找鍋子。一併也尋到常備的四物藥包和一盒冷凍肉塊。應該不難吧，他對著流理台上三樣東西發愣。冷凍雞肉盒邊隱隱化出一灘水，他的記憶渾糊，四處流淌，以前三個人圍著一鍋雞，尋常無話的時候，妻便喃喃念起這雞該怎麼燉。每一次的聲調和停頓都相同，他毫無留意，反正，下個月這雞仍是妻會料理的。水漫到他托著流理台邊緣的手，他索性拆掉盒子，生雞肉和藥包全丟進鍋裡，盛滿水便上爐子煮。

火烘得他雙頰發燙，汗濕衣領，一面撈浮沫，一面看著透明水漸漸暈黑。他從褲子口袋掏出手機，LINE，點按女兒的大頭貼。我煮四物雞，晚上回來吃吧。送出。女兒秒回，一張「okay」貼圖。貼圖小人貌似挺興奮的，他不確定女兒的表情為何，還想寫些什麼，輸入處的直線閃爍，心底閃過紛雜斷語。倏忽湯水大滾沸出鍋緣，爐火瞬熄，隨之白煙蒸騰，瓦斯味衝鼻，他忙地擱下手機。白煙消散時，他想起前天妻的照片燒起來是很濃很濃的，黑煙排空，順著向上望，夜晚的天空正如一鍋透明水漸漸暈黑。

燉一鍋雞，到底還是有些難吧，他拿捏不準，煮得骨肉分離。夏日傍晚七點的天空還殘著光，他全身褪得只剩一條四角內褲，盤坐餐桌一角，遠端望見玄關的窗戶框住墨藍的天，近則端詳和他垂直對坐的女兒，舀起黑黝黝湯水，瓢裡都是骨頭，牽掛零零散散碎肉。

今天據說是入夏最高溫，他和女兒分著吹電風扇，藍色扇葉轉向他，復擺過去，女兒上了一整天髮蠟的短髮，僵持不住，垂落幾綹晃蕩額前。女兒的短髮，削去兩側，僅留頂部，每天做不同造型。他曉得這是流行，路上的年輕人，作七和告別式見到的親戚晚輩，大多這副模樣。只不過，都是男孩子。女兒袒露的額頭沁出汗珠，他想起告別式那天，家屬列隊答謝，司儀囑咐男眾一邊女眾一邊，女兒跟在舅媽後頭，司儀又提高音量，男眾一邊女眾一邊，伸手向女兒示意。女兒仍然垂首，大抵還沒意會到司儀對著自己。終於司儀離開他的位置，走進女性家屬，拍拍女兒的肩，另手仍持麥克風，男眾一邊女眾一邊。

站列的家屬和排隊的外人，一雙雙浮腫的眼接連抬起，觀望這秩序之外的插曲。是漫淹的涕淚或空調不盛的會場，又或是祭儀翻騰起的濃濁思緒，家族眾人一時間都沒能反應過來，一些辯駁一些澄清，哽在喉頭。包括他自己。他正要上前，女兒卻一言不發，埋頭，從女眾那邊，承著所有人的目光，越過前台中央，達抵他身邊。他回過頭來，見她一滴汗自祖露的額際沁出，滑至眼角，一眨便滲入眼瞼，染紅眼眶。

女兒肯定委屈了。可他又想，覺得這事委屈或不委屈，哪一個對女兒才真是委屈呢？無論如何，總是不容易吧，女兒這樣子。

女兒這樣不容易，應該還會在家住上好些時日吧。這五十幾天，沒有妻徘徊於他和女兒之間，梭織兩人幾無交集的日常和近況，安靜便濃稠地滲進每個角落。總是女兒起得早，他起得晚，不喝咖啡的她會溫一壺咖啡給他；女兒常加班，回來得晚，他一日忙完瑣事，便早早睡去，睡前他會留紙條告訴她冰箱有什麼方便熱起來吃。他們在平日錯過作息，在假日沉默地錯身，偶爾會有今天這麼一天，他們無語對坐一餐。他有時揣想，日子是否就要這麼過下去了，一方屋簷，兩個人，各自獨居。

意識到這些，他忽然非常想見到妻，踅到妻房門外，一次又一次壓下不會動的門把。遠邊浮著女兒洗碗的水聲，手裡的門把碰碰撞撞，他焦急起來，彷彿被鎖著的是門外的自己。

他渾身浸滿門把的嗑碰，直到女兒喚他的聲音穿過他瞬間靜止的心搏。他驚詫回過身，擋住門把像藏著一個祕密，但其實他想告訴女兒這個祕密，妻回來了，不，如果是要和女兒說的話，應該是，你媽回來了。五字堆擠喉頭，兩人視線交纏。

再一次，告別式那天一般，他正要說明什麼，女兒卻已垂下雙眼，離開那個話語梗塞，空氣繃至險些綻裂的現場。

七七之後一週，他一如往常醒得晚，房間燕熱，空氣溽濕。拖起身子，開門，行經女兒房間，轉彎，浴室，客廳，女兒的拖鞋擺在玄關邊緣。這週下來，他已習慣每天起床巡視家中，確認沒人，再試試妻的房門把手。於是一如往常右轉，一手早已舉起，正要搭上門把。

卻探進空無。

妻的房門敞開。

他一時怔忡，佇立房外。這分明是他多日試探，隱約希望發生的事，但真發生了，反而有些虛惘。

或許因為仍沒見到妻吧。

謹慎步入，環視房內。一張單人床，床頭有矮置物櫃，床尾和梳妝台之間僅容一張座椅，梳妝台旁立一座組裝式衣櫃。五件家具幾乎填滿整個房間。他仔細檢視每個平面，置物櫃上的鬧鐘、乳液、護脣膏、眼藥水；床上摺疊好的棉被壓在枕頭上；梳妝台的鏡子蓋下去了，成為一個小小桌面，化妝品應該都在桌面下，桌邊只擺面紙、化妝棉和棉花棒；衣櫃關著。

房間沒變，像誰來過也像從沒住過誰，那便是妻的模樣和性格了：整潔，清淨，思緒和習慣都收納妥當，沒有明顯的生活跡痕，例如隨手掛在椅背上的衣服，或底處殘一口茶的杯子。妻的房間收拾得像家居用品展示間，任何人都能進來，沒有負擔地坐坐。

也隨時都能離開。念及此，他有些心驚。

當初決定分房是妻的意思。妻的更年期症狀犯得凶，他幾次夜半醒來發現妻跪在廁所裡嘔，沒有指責但十分哀怨說自己暈得厲害，他頻頻翻身她就像在暈船。這下連同他也睡不安穩，最後妻提議把儲藏室清空，權充她的臥室。一人睡雙人床，他還是只躺左半邊，是睡得舒坦了，只是偶爾翻向右側，一手伸過去卻探了個空，他會訕訕把手收回被窩，有些茫然想著，不知妻一個人睡得如何，平日妻一個人在家，又如何。只不過分房睡便覺得妻神祕起來。

或許妻的衣櫃藏了一件沒在他面前穿過的洋裝？還是掀開化妝桌會發現一個不是他送的墜子？像現在這樣獨占妻的房間，還是分房以來第一次，他大可打開衣櫃解答各種揣想。但他沒有，比起忖度將近兩個月不見的妻是否有過他不知曉的另一面，此時的他更加惶然，又一個禮拜過去了，還是沒見到女兒每個月如臨一場大病那樣虛弱的時刻。他坐在床沿，雙手向後撐，毛巾被搔得他有些不安。

許多念頭旋繞，在他心底膨脹，發酵，最後冷不防洩出一句，「妹妹好像兩個月沒來……那個了啊？」他措詞非常小心，小心到有些結巴，彷彿有誰正在傾聽。

他和妻叫女兒「妹妹」，好像女兒上頭還有兄姊似的。事實上，他們沒能來得及知道第一個懷上的孩子究竟是哥哥或是姊姊。妻還為此服過一陣抗憂鬱劑。那是他記憶所及妻唯一懈怠家務的時光，時常他回到家裡，屋內昏暗，他從玄關至主臥房一路開燈，每摁亮一盞便照見一些頹敗的軌跡。茶几上積滿一週的報紙和廣告傳單，浴廁薰著只有停水時才會有的惡臭，洗碗機胡亂堆著的仍是前天的碗盤。及至主臥房，他佇立房門外，還沒開燈就曉得裡面的情況。聲音比光更早砭刺過來，妻趴在雙人床旁空蕩的小嬰兒床，兀自哼著難辨的旋律，微風輕晃嬰兒床上的風鈴，各色卡通化動物懸空款擺，鈴聲碎在妻連日沒褪下過的睡衣。

他想不起後來妻是怎麼好的。待他意會到時，才發現家裡又回復以往的模樣，回到家都像走進家居用品展示間。妻打理屋子一如後來她自己睡的房間，清淨，整潔，該收納的與該擺出來的都各居其所。一間房子掃得連日子的餘燼都沒有，多了誰或少了誰都不顯突兀。他現在才了解，這或許是漫長的，離開的信號。

而無論女兒長得多大，妻還是會在那無名的孩子該出生的時候，問他：「不曉得是男生還是女生？」

生出來的女兒為妻承擔每月一次的苦楚，沒生下來的孩子卻是妻一輩子的懸念，魍魎隨行每一次稱呼「妹妹」。他明知這一切對女兒十分不公，卻也默默守起妻的成規，並暗自希望女兒沒聽出蹊蹺。

只有那麼一次，女兒對他們這聲稱呼提出疑惑。那時她做幼稚園的剪紙作業，連自己的頭髮也一併剪下，他們看她沒傷到便隨她玩去。卻是那晚外食，女兒如常搶著付錢，捧著鈔票和帳單走去收銀台，一會小跑步回來，雙手把找零散在桌邊，晶圓圓一雙眼探向他們：「我是弟弟還是妹妹？」他們被問得一愣，女兒又歪頭說，「那個阿姨叫我弟弟。」

女兒的頭髮從那之後就再也沒留長，隨著升學階段愈剪愈短，當其他女孩還在和髮禁邊緣拉扯，女兒的短髮已遠遠不及髮禁的長度。真正留長的是他和女兒的距離。他還記得女兒第一天上國中，薄透的制服襯衫隱約現出運動內衣，關上門回過身時裙襬旋出膝上細瘦的腿，那一刻他看女兒的眼光便和以往有些不同。女兒亦有所覺察，坐上機車後座不再如幼時攬住他的腰，而是向後抓著扶手。女兒的前胸和他的後背隔出一隙，彼時九月，秋陽烤得他頸項和胸口燥紅，倒是背上只覺涼索。

他和女兒之間那一隙拉成一絲長髮。兩端皆無語，但女兒仍能在無語中覺察他這一頭的震動，如近來幾次作七，她會在他跟丟誦念的經文時伸來一隻引路的指尖。或是告別式那天她走來男眾這邊之後，每一次家屬答謝下跪，起身時，她便撐著他的胳膊，似乎早已看穿海青裡頭他的膝蓋顫抖。但反過來，他其實不太明瞭女兒究竟需要什麼，這段日子他不曾目睹女兒的眼淚，不曾遇上女兒一個月發生一次的脆弱，於是甚至沒有機會像妻一樣，在女兒那麼難受的時候摟摟她的肩。

他向後支撐的雙手一鬆，就這麼倒在妻的床上，靜靜地說，「好像還是妹妹照顧我多一些啊。」一七七之後一週，他醒來之後的時間是祭儀當中那條海青，那樣長，那樣絆人，教他才剛起床就又陷入海青一般的黑昧。

直到一道亮光扯掉那朦住他的昏暗。他驚醒，倏地坐起，瞟向床頭鬧鐘，已是晚上七點。

「你怎麼睡在這裡？」女兒走向床邊，一手拎著西裝外套，一手插著口袋。

他沒有回答。他不確定該怎麼回答。要從妻回來的那天開始說起嗎？

他靜靜垂頭，女兒放軟聲音，「你這禮拜都沒出門吧。」

這他更不確定了。或許是，或許不是。是的那邊大概多一點。他睡得太長，長得每一天都恍惚，甚至女兒這一提他才發現已經一個禮拜。

「爸，你要出去走走。」女兒乾脆蹲下，挽起他的視線。

從這角度能窺見女兒襯衫上頭敞開的衣領，頸脖、鎖骨、一點點胸口。視線閃避，向上攀，爬上那削去兩側僅留頂部的短髮，再沿著垂下來的幾綹落進女兒的雙眼。他緩緩開口，終於說出今天第三句話。

「我在等妳媽回來。」

七七之後四週，他依舊睡到中午，不過醒得一點都不拖泥帶水，他很清楚，接下來幾天，可有得忙了。

他一逕走到妻的房間，毫無拖延，不沿路巡視女兒的房間、浴室和客廳，也不觀望女兒的拖鞋是否擱在玄關。

妻的房門仍然敞開。他的視線輪流停在每個家具上，最後決定從床頭置物櫃開始。彎下腰、撐住下盤——置物櫃騰空而起，他的腰部漫延痠軟。

三週前睡在妻的床上還有女兒的叮嚀給了他靈感。那天以後，他的白天都是搭公車換捷運，直至城市邊緣的家具大賣場。他決定出去走走，幫妻買一張新的床。現在的睡起來不夠舒服，當初以為分房不會太久，只將就地湊一個床架，一張薄薄的睡墊。

賣場偌大，他毫無頭緒，隨動線曲折蜿蜒，直到前後都望不見出口，才曉得被困在蛇腹之中。平日白天還能來逛家具賣場的人比想像得多，偶爾他恍神，偏離或悖逆人行流向，免不了一番摩擦踩踏，便縮起自己細聲道歉。如此不一會就十分疲累，他就近找一張沙發坐下，茫茫四顧。來這裡的人大多年輕，孩子還偎在懷裡的夫婦，或許多像女兒那樣的女孩子，給另一個像普通女生那樣的女孩子挽著。女兒是否也有這樣的時刻，那麼挽著她的另一個女孩子又會是誰？或者，儘管難以想像，當他看著一對男孩摟著彼此的腰，他會想或許那其實是一個像女兒那樣的女孩子摟著一個男孩？但他並不確定是否希望女兒真的摟上男孩子的腰，畢竟這麼久沒見著女兒來生理期了。

一切都令他困惑。他離開沙發，沒幾步路，又沿著一張床倒下來。眼前刺進幾束聚光燈，他側過身，再翻另一側，靜靜望著熙來攘往的腳步，牽著勾著的手。之後又起身，躺到另一個，沒一會兒再換一張。就這麼躺遍寢具區的所有單人床，他仍然無法分辨其中差異，無法決定買哪一張。只好繼續前行，最後抱了一組四人份的碗筷組，排在長長的，每一台推車都滿載雜什的人龍尾端，輪到他結帳時店員有些疑怪他只買了一樣東西。他沒有辦法解釋為什麼在深海一般的家具賣場繞了一下午，最後只揀取一顆無關緊要的石子，也無從解釋為什麼偏偏是四人份的碗筷組。他一直以來都不知道怎麼解釋那令他困惑的所有。

當然他沒有告訴女兒，往後的每個平日白天，他都在同一賣場徘徊。他依舊躺過每一張床，再挑一件不特別需要的貨品結帳，隔熱墊、桌巾、浴簾、馬克杯、靠枕、拖鞋、鍋具、沙拉碗、乾燥花……一天一件隨著他捷運換公車，像蒸騰的暑氣晃晃盪盪回到家。不過屋內並沒有因此一點一點除舊布新。他把所有買來的東西都推到雙人床空曠的那一邊。

直到昨天他在動線中尋著一條意外的岔路。岔路延伸至房門，門上吊牌：「快來看看我們的新房間！」他壓下門把。

門後是和妻的房間差不多小的臥房展示間，家具擺得較多，卻感覺比妻的房間寬敞。或許因為衣櫃門上的鏡子複製出不存在的空間，或許因為懸吊式櫥櫃不必占據行走的面積，或許是桌子的材質，或許是那張平時可收束成沙發的床。他躺上床，枕著雙手，水療機散出的清新氣息中，他依稀望見妻走在剛下過雨的路上，脂粉味裹在豔綠水氣裡。這裡誰都可以進來，也隨時都能離去，而此時人聲雜沓退得很遠很遠，遠得彷彿那條彎進這裡的岔路正被一點一點拭去，獨留他在這裡，這裡妻會喜歡，電視機上的硬紙板「讓您的小臥房擁有大空間！」啪嗒啪嗒作響……

他倏地坐起，心思澄澈，水療機的芬芳滌去連日困惑。只給妻買一張床，太少了，他想，他要為妻買下這整間房間。

下了決定後一切都容易起來。如同七七那一陣子，他又接獲許多表單，信用卡簽單、運送單、購買證明、會員入會表，順著格子留下自己存在的佐證，電話地址生日 Email，一遍一遍寫上自己的名字，盡量不去想表單裡沒有一個關於妻的格子。買了沉沉一整間家具，腳步卻愈發輕盈，這一天他不再抱個貨品回家，反而買支霜淇淋，多走一站捷運，任憑濕熱太陽舔得他滿手黏膩的香草與奶香。

而後就是今天，七七之後四週，他得趁搬運公司來之前將妻的房間清理妥當。他舉起床頭櫃，搬回自己的房間，想把床頭櫃拖進衣櫃，才發覺這三週下來日日積累的雜貨已經從雙人床的一邊，堆積到地上，延伸至衣櫃中。這下只得盡數拆封，分門別類鑲嵌到家裡的每個角落。於是浴簾從藍色泡沫圖騰換成繽紛幾何拼貼，女兒放在玄關的拖鞋給換了一雙，客廳茶几多一只盛滿乾燥花的籐籃，沙發上再添兩個靠枕，桌巾重鋪，馬克杯舊的新的共擠一個杯架。摁亮新換的黃燈，屋內大抵還是舊的，但他寬慰一笑，想著妻或女兒回來了，就能採摘這許多四處暗生的新。

手機鈴聲卻攪亂他的耽想，女兒的 LINE，今日又要加班晚歸。於是四人份的碗筷組只有一套沾進晚餐的油水，而白天一番意料之外的折騰，讓他無心繼續收拾妻的房間。他早早睡去，踅回房間的路上關閉每一處燈。終究他費盡一日點亮滿屋子的新，只得自己一人再逐一吹熄。臨睡前他設了七七之後第一次鬧鐘，以便明天早些接續整理的工程。夏被如薄薄的期待罩著他，僅僅有一件事情在日子的遞換處等待，便足以使他渾沌模糊的生活逐漸聚焦。冷氣低吟，電風扇間歇拂過涼風，他的雙腳蜷回被裡，緩緩睏進鬧鐘沉默的倒數。

隔日，七七之後第二十九日，他醒得比鬧鐘早。這麼早，他想，清出一些妻的衣物之後，還能為女兒準備早餐。這麼一想心底便很飽滿，匆匆走過女兒的房間、浴室、走廊盡頭是客廳，右轉一踏就會是妻的房內。

關起的門卻讓他急煞住自己。

定神一瞧，門不全然是關著的。是虛掩的。

他湊向門縫，清晨微光從玄關漂至房門這端，殘存的昧暗中，依稀能辨出衣櫃敞開。氣息則更早一步竄進他的身體。是妻的氣息，脂粉味裹在下過雨後濕漉漉的水氣中，那樣翠綠而透明的氣息。而後是呼息。他屏住呼吸，門縫卻洩漏出淺淺的，不均勻的喘息。

他一點一點將門縫推得更寬，身體卻揪得更緊，門後的妻無論是什麼模樣，他都認得。門躡得咿咿呀呀，他努力抑住那一聲湧向喉頭的呼喚。

床上覆滿妻的衣物，堆堆疊疊，內衣便衣洋裝長褲禮服套裝互相糾纏。看來孱弱的背影身陷其中，穿著妻的睡衣，垂墜的棉質和各種衣物的掩蔽下看不清身形。但方才門的跫音已將那背影慢慢朝他翻轉過來。

他首先看見削去頭髮的右側臉，而後是僅留頂部的髮，沒有髮蠟，隨著轉身的動作從左側垂墜右側，髮尾浸濕汗水，散在臉上。

女兒一手抱著妻在冬日常穿的大衣，偎著大衣領口彷彿棲在誰的胸前，另一手則糾扯妻的衣物成一團扎實的枕頭，按著下腹部。穿過披亂的髮絲，女兒望他的眼神，有些驚詫，有些了然，有些想說但又遭身體內的劇痛倏地掐斷的話。女兒縮起身子，像被無名的外力綑綁起來，咬緊牙齒卻關不住衝出來的嗚咽，隨後是沉沉的喘息。女兒的汗與體溫將妻的氣息翻騰得更濃烈。

不知不覺他已逐漸走向前去，感覺踢到什麼，俯視但見塑膠袋包裹起來的，紅白相間，半乾未乾的血漬。他停下腳步，不知為何無法再向女兒跨出一蹴。而後望向床尾的梳妝台，擺著一把鑰匙。他一眼就明瞭，那是連他都不曉得收在哪裡的，妻的房間的鑰匙。

當然他也同時明瞭了其他所有。他不確定自己是否應該再向女兒靠近，自從女兒不再在機車後座抱住他，他就再也沒碰過女兒的身體。他更不確定的是，若他一掌撫上女兒的肩，是否就會拂去妻留在女兒肩上那些安慰和陪伴的手勢。

他握緊沒有伸出的手心，悄悄向後，退至門邊，按下內側門把的鎖，再退到門外，一點一點闔上門，門縫愈闔愈小，越過虛掩的邊緣，咯噔一聲，他再試一次門把，已經無法從外頭打開。

轉向廚房，他翻出鍋子、一盒冷凍雞肉塊、一包常備的四物藥包。盛水上爐子，開火，望著一鍋透明水逐漸暈黑，他曉得此後一週妻的房門都將無法開啟。待天再亮些，他得打給搬運公司，請他們晚一週再送貨。他思索到時也許需要解釋什麼。

就這麼說吧，妻回來了。

——原載二〇一六年十二月十二、十三日《自由時報》副刊

本文獲二〇一六年第十二屆林榮三文學獎短篇小說獎二獎

附錄

一〇五年年度小說紀事

邱怡瑄

一月

・資深作家畢璞，於一月一日過世，享壽九十四歲。畢璞，本名周素珊，一九二二年五月十六日生，廣東人，嶺南大學中文系肄業。來台後曾任職於《徵信新聞》、《大華晚報》、《公論報》等，曾任《婦友》雜誌總編輯。著有小說《故國夢重歸》、《風雨故人來》、《寂寞黃昏後》等，其他散文、童書、傳記亦有數十本，為五〇、六〇年代重要女作家之一。二〇〇七年由秀威資訊出齊《畢璞全集》，共二十九冊。

・四日，文化部公布第三十五屆行政院文化獎，得獎者為李行導演、李乾朗教授、作家鍾肇政。於三月二十四日舉行頒獎典禮。獲獎人鍾肇政開創台灣大河小說的重要成就，且提攜文壇後輩不遺餘力，譽為「台灣文學之母」。

・九日，《中國時報・開卷周報》舉辦年度開卷好書獎頒獎典禮，由作家黃春明、鄭明進等人頒獎，獲獎作家郭強生、甘耀明、吳明益等蒞臨出席。

・十日，《亞洲週刊》公布二〇一五年十大華文小說入選作品，台灣作者有：王定國《敵人的櫻花》、陳雪《摩天大樓》、劉大任《當下四重奏》。

・十三日，兒童文學作家馬景賢逝世，享壽八十三歲。馬景賢一九三三年四月十二日生，河北人。台灣師範大學國文系畢業。來台後曾主編《國語日報》的《兒童文學周刊》主編，擔任中華民國兒童文學學會理事長、國語日報董事等。創作兒童文學作品小說、童話、兒歌、戲劇、翻譯等多種。著有《春風春風吹吹》、《三隻小紅狐狸》等百餘冊。

・二十六日，第十八屆菊島文學獎頒獎典禮與澎湖縣作家作品集第二十輯發表會於澎湖縣生活波物館舉行。小說類得獎：首獎蔡孟凱、優等陳旻道。

・自二〇一五年十二月十九日至二〇一六年三月三十一日，高雄市圖書館總館展出高雄市五六年級作家巴代、王家祥、王聰威、吳億偉、言叔夏、郝譽翔、蔡素芬等作家作品，且由周昭翡主編《來自陽光，帶有鹹味的筆》，介紹這些中青世代作家與作品。

二月

・十六至二十三日，第二十四屆台北國際書展於世貿舉行，於十六日開幕典禮頒贈書展大獎，小說類得主有王定國《敵人的櫻花》、甘耀明《邦查女孩》、劉大任《當下四重奏》。

・二十四日，思行文化出版留學生文學代表作家於梨華的「於梨華精選集」《又見棕櫚，又見棕櫚》、《黃昏，廊裡的女人》、《小三子，回家吧》三種之新書發表會。

・二十五日，台北市文化局主辦，《文訊》雜誌社執行的「二〇一六台北文學季」舉行開跑記者會。文學季策辦短篇小說、文學改編戲劇、報導文學、青少年讀劇四種類型文學創作工作坊以及十五場「文學X視覺」系列講座等，邀請國際作家角田光代來台，以及白先勇、袁瓊瓊、蔡素芬等多位作家參與。

・《文訊》雜誌於二月號製作「小說引力：二〇〇一至二〇一五華文長篇小

說」專題，刊出學者編者梅家玲、陳素芳等評選觀察，以及入選作品《西夏旅館》、《複眼人》、《海神家族》、《邦查女孩》、《華太平家傳》等評論書介。

三月

・台灣唯一一份以小說為主要內容的《短篇小說》雙月刊停刊，二〇一二年六月至二〇一五年十二月底，共出版二十二期。第一至四期由傅月庵主編，第五期起，改由初安民主編。

・十日，國立台灣文學館委託《文訊》雜誌社編纂《臺灣現當代作家研究資料彙編》，於紀州庵文學森林舉行第五階段成果發表會，傳主有詹冰、高陽、子敏、齊邦媛、趙滋蕃、蕭白、彭歌、杜潘芳格、錦連、蓉子、向明、張默、於梨華、葉笛、葉維廉、東方白等。

・十二至十三日，明華園改編洪醒夫小說作品《散戲》，由黃致凱編導，將現代舞台劇與傳統歌仔戲跨界合作，呈現文學作品裡歌仔戲在五〇、六〇年代受影視衝擊被迫流浪野台的故事。

・二十一日，新台灣和平基金會「第一屆台灣歷史小說獎」公布得獎名單：首獎從缺，佳作：李旺台〈播磨丸〉、朱和之〈逐鹿之海〉。

・二十二日，九歌出版社舉行「九歌一〇四年度文選新書發表會暨頒獎典禮」，小說類由童偉格主編，年度小說獎獲選者為賀淑芳，入選者尚有：蘇偉貞、蔡素芬、駱以軍、黃錦樹、袁瓊瓊、陳淑瑤、張亦絢、徐譽誠、黃崇凱、盧慧心、張怡微、川貝母、鍾旻瑞、蕭鈞毅、陳姵蓉。

・二十五日，國家文化藝術基金會舉辦第十九屆國家文藝獎頒獎典禮，文學類獲獎者為小說家李永平。

・三十日，新北市文化局舉辦《向大師致敬——古龍》文學紀錄片特映會，紀錄片由華志中導演，劉淑慧擔任製片。挖掘武俠小說家古龍珍貴的一手史料、照片與鮮為人知的生活細節，歷時十年拍攝完成。

・三月，文化部、德國柏林文學學會主辦「聽見那島：台德文學交流計畫」，邀請小說家巴代、伊格言與詩人李進文駐會寫作，並於萊比錫書展舉辦多場朗讀座談。

四月

・十二日，台北市文化局主辦，《文訊》雜誌社執行的第十八屆台北文學獎公布得獎名單，小說組首獎林育德〈阿嬤的綠寶石〉、評審獎李夜〈寄居〉、優等獎楊双子〈木棉〉、祁立峰〈時差〉。

・十七日，民視播映由楊麗玲小說《戲金戲土》改編的電視劇《阿不拉的三個女人》，並舉辦系列講座，自五月二十九日起，舉行六場，討論小說與影視改編、影視音樂創作與台語電影、歌仔戲發展等，邀請導演、演員與創作者共同參與。

・三十日，三立電視、青睞影視主辦「《紫色大稻埕》作家座談暨《台灣美術研究演義》新書發表會」。由謝里法小說《紫色大稻埕》改編的同名大河電視劇也於春天開始播映，重現當時大稻埕裡台灣重要藝術家的年輕身影。

五月

・四日，文化部公布第四十屆金鼎獎得獎名單，圖書出版小說作品有甘耀明《邦查女孩》、李永平《朱鴒書》。

・四日，於一九八八年創刊的《開卷》改版，亦停辦創始於一九八九年的「開卷好書獎」。

六月

・二十七日，由彰化縣文化局舉辦的「第十八屆磺溪文學獎」公布得獎名單，短篇小說類——首獎：李柏宗〈茹苦〉，優選：張欣芸〈轉骨湯〉、黃彥綺〈風扇〉、呂婉君〈幸福〉、藍舸方〈灰髮〉、邱致清〈利涉大川〉。

．二十八日，第三屆聯合報文學大獎公布得主，由小說家、學者吳明益獲得，代表作品有《天橋上的魔術師》、《家離水邊那麼近》、《單車失竊記》等。

七月

．十九日，台積電文教基金會與聯合報副刊聯合主辦的二〇一六第十三屆台積電青年學生文學獎公布得獎名單，短篇小說首獎江樂筠〈漫長的告別〉、二獎黃冠婷〈半隱半光〉、三獎劉友安〈彼夢的堤岸〉，優勝獎龔羿芳〈破相〉、李思萱〈0號線男孩〉、林宜賢〈Explosions〉、蕭信維〈年獸〉、蔡均佑〈食〉。

．三十日，台灣推理作家協會舉行第十四屆徵文獎頒獎典禮，首獎：舟動〈進化的引信〉，入選：霞月〈踏雪無痕〉、弋蘭〈法律與淑女〉、沙棠〈天蠍之鉤〉、克拉珊〈廢墟惡靈〉。得獎作品結集為《天蠍之鉤：第十四屆台灣推理作家協會徵文獎合輯》。

八月

・耕莘青年寫作會成立五十周年，《文訊》製作〈文學薪火．代代相傳——耕莘青年寫作會五十周年〉專題，邀請各世代參與耕莘寫作會發展的文學創作者口述或執筆，且於紀州庵文學森林舉辦特展。

・六日，作家王文興完成第三本長篇小說《剪翼史》，耗時十三年完成，寫校園、家庭、信仰與人生，反映時代和現實。新書發表會與洪範四十年活動共同於紀州庵舉辦。

・七日，台南文化局舉辦的「第六屆台南文學獎」公布得獎名單，台語短篇小說：首獎呂美親〈藤枝 kap 清子　昭和熱天〉，優等黃文俊〈楊桃將軍〉。華語短篇小說：首獎陳怡憓〈守宮〉，優等張英珉〈掌中魂〉。

・九日，小說家王拓過世，享年七十二歲。王拓，本名王紘久，一九四四年一月九日生。基隆人，政大中文所碩士，曾參與《美麗島雜誌》、《文學季刊》，曾任夏潮聯誼會會長、立法委員、文建會主委等。創作小說多為描述底層人民生活困境的寫實文學，著有小說《金水嬸》、《望君早歸》、《牛肚港的故事》等。

・十七日，南投縣文化局舉辦「第十八屆南投縣玉山文學獎」公布得獎名單，短篇小說：首獎錢映真〈移動進行式〉，優選楊若慈〈竹花〉、陳毅〈高接〉、程裕智〈翻轉，二分之一〉。

・二十六日，台中文學館開幕活動，首創台中文學市集，邀請作家擺攤，販賣簽名書。二十八日配合第一場特展「春光關不住——普羅作家楊逵特展」，舉辦「楊逵野菜宴，大家來逗陣」活動。

・三十一日，文化部啟動「閱讀時光II——文學改編戲劇影片拍攝計畫」，邀請溫知儀、李志薔、洪于茹、謝定瑜等四位導演改編四部經典文學作品：王定國〈妖精〉、吳濁流《先生媽》、王禎和《玫瑰玫瑰我愛你》、李維菁《生活是甜蜜》，每部七十五分鐘。

九月

・洪建全基金會舉辦第二屆銅鐘經典講座系列獎座，邀請小說家陳冠中於九月十日、十月二十九日、十一月五日、十一月六日於台北、花蓮等地進行導讀、演講、座談與小說課。

十月

・四日，新北市文化局公布第六屆新北市文學獎得獎名單，短篇小說類第一名潘逸飛〈香客〉，第二名李璐〈安樂〉，第三名魏執揚〈蛇〉，佳作簡李永松〈Yutas的部落地圖〉、閻望雲〈淺眠〉、許淳涵〈風景畫〉。

·十八日，紀念楊逵一百一十歲冥誕。國家人權博物館籌備處邀楊逵孫女楊翠，策畫「春光關不住：楊逵紀念特展」，於景美人權文化園區展出。

十一月

·五日，由林榮三文化公益基金會主辦「第十二屆林榮三文學獎」揭曉，短篇小說獎首獎蕭鈞毅〈身為女人〉，二獎林新惠〈虛掩〉，三獎聶宏光〈襯衫〉，佳作李璐〈三分之二的松鼠〉、施君涵〈紙月亮〉。

·五日，葉石濤文學紀念館成立四週年，台南市文化局在台南市米街、大菜市、抽籤巷等地舉辦特色市集、音樂演出、達人說故事、戶外電影院、作家與學者的文學講座及特展。

·六日，由公益信託星雲大師教育基金舉辦的第六屆全球華文文學星雲獎揭曉，貢獻獎為小說家李永平。歷史小說首獎為朱和之《樂土》，二獎林恕全《如來擔》。

·十四日，第三十九屆吳三連獎頒布，文學獎由小說家平路、詩人江自得獲得。

．十六日，二〇一六台灣文學獎公布，圖書類長篇小說金典獎為陳耀昌《傀儡花》，其他入圍者有邱致清《水神》、阮慶岳《黃昏的故鄉》、王定國《敵人的櫻花》、馬家輝《龍頭鳳尾》。

．二十二日，陳映真於北京過世，享壽八十歲。陳映真，本名陳永善，一九三七年生於苗栗，淡江文理學院畢業。創作文字獨具魅力，是鄉土文學派主要代表，也是當代最被議論的小說家之一。曾參與《文季》、《夏潮》等雜誌的編務，創辦《人間》雜誌，報導社會底層與現實，在八〇年代形成一股社會改革的力量。著有小說《我的弟弟康雄》、《唐倩的喜劇》、《鈴鐺花》、《忠孝公園》等，評論《知識人的偏執》、《西川滿與台灣文學》等。

十二月

．四日，二〇一六鍾肇政文學獎舉行頒獎典禮，短篇小說類首獎謝明憲〈喊瞑〉、二獎高肇政〈靡靡之音〉、三獎黃昱嘉〈芥菜任務〉、許勝雲〈起風了〉，佳作黃宏春〈穎川堂〉、葉士瑜〈消失的翅膀〉、張俊堯〈白貓信箱〉。

・八日，國藝會公布二〇一六「長篇小說創作發表專案」補助，由陳雪、邱祖胤、鍾文音、趙慧琳四人獲選。二〇一六年起，增加「馬華長篇小說創作發表專案」，首屆得獎者為賀淑芳。

・九日，高雄文化局舉辦的「二〇一六打狗鳳邑文學獎」頒獎，小說首獎洪明道〈路竹洪小姐〉、評審獎甲鳥內人〈怪物〉、優選獎楊寶山〈招羅漢腳仔〉。

・九日至十一日，愛慕劇團以陳思宏獲第十屆林榮三文學獎短篇小說首獎〈廁所裡的鬼〉為藍本，改編為舞台劇，高雄演出。

・十一日，台中市新文化協會與國立台中教育大學台文系共同主辦「二〇一六重現二十七部隊學術研討會」，活動包含作家李喬講述小說《埋冤一九四七埋冤》、二十七部隊成員鍾逸人與學者李筱峰、陳翠蓮、周婉窈對談、透過論文探討戰後臺灣歷史小說中的二十七部隊等，並於會中舉辦「青年論壇」，共同追憶、還原二十七部隊的歷史。

・十一日，《文訊》雜誌舉辦「熱潮融化了『冰點』：三浦綾子《冰點》在台出版五十周年講座」，由張明敏、陳徵蔚、陳蕙慧對談。

・十七至十八日，台灣大學台文所主辦「論寫作：郭松棻與李渝文學研討會」，由柯慶明專題演講郭松棻與李渝小說，張俐璇、廖淑芳、簡義明、戴華萱、劉淑貞、王鈺婷、黃啟峰、蔣興立、唐毓麗、鍾秩維、陳淑蓉、吳明宗、林祈佑、謝欣芩、楊佳嫻發表論文，座談參與有蘇偉貞、季季、賴香吟、楊富閔、封德屏、梅家玲、垂水千惠、陳明柔。

九歌文庫 1249

九歌一〇五年小說選

Collected Short Stories 2016

主編	李瑞騰、莊宜文
執行編輯	蔡佩錦
創辦人	蔡文甫
發行人	蔡澤玉
出版發行	九歌出版社有限公司 臺北市105八德路3段12巷57弄40號 電話／02-25776564・傳真／02-25789205 郵政劃撥／0112295-1
九歌文學網	www.chiuko.com.tw
印刷	晨捷印製股份有限公司
法律顧問	龍躍天律師・蕭雄淋律師・董安丹律師
初版	2017年3月
定價	360元

書號	F1249
ISBN	978-986-450-118-2

（缺頁、破損或裝訂錯誤，請寄回本公司更換）

國家圖書館出版品預行編目資料

九歌一〇五年小說選 / 李瑞騰、莊宜文主編.
-- 初版. -- 臺北市：九歌, 2017.03

336 面 ；14.8×21公分. -- （九歌文庫；1249）

ISBN 978-986-450-118-2（平裝）

857.61　　　　106001751